# リリアン卿

## 黒弥撒《くろみさ》

ジャック・ダデルスワル=フェルサン

大野露井 訳

Messes Noires

Lord Lyllian

Jacques d'Adelswärd-Fersen

国書刊行会

『リリアン卿』を発表した頃のフェルサン

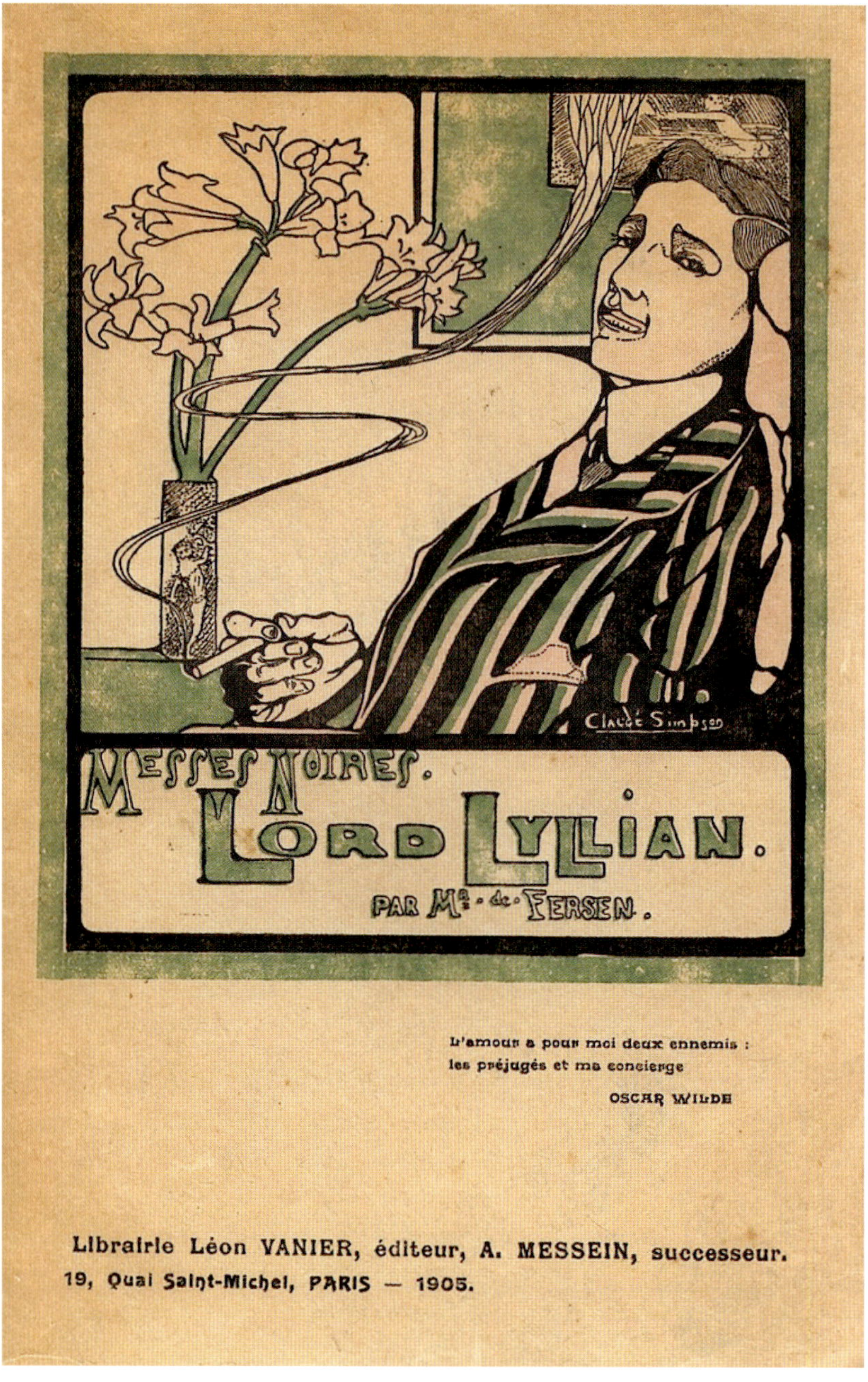


『リリアン卿』初版（1905年）表紙

プリュショー撮影のニーノ（1905年頃）

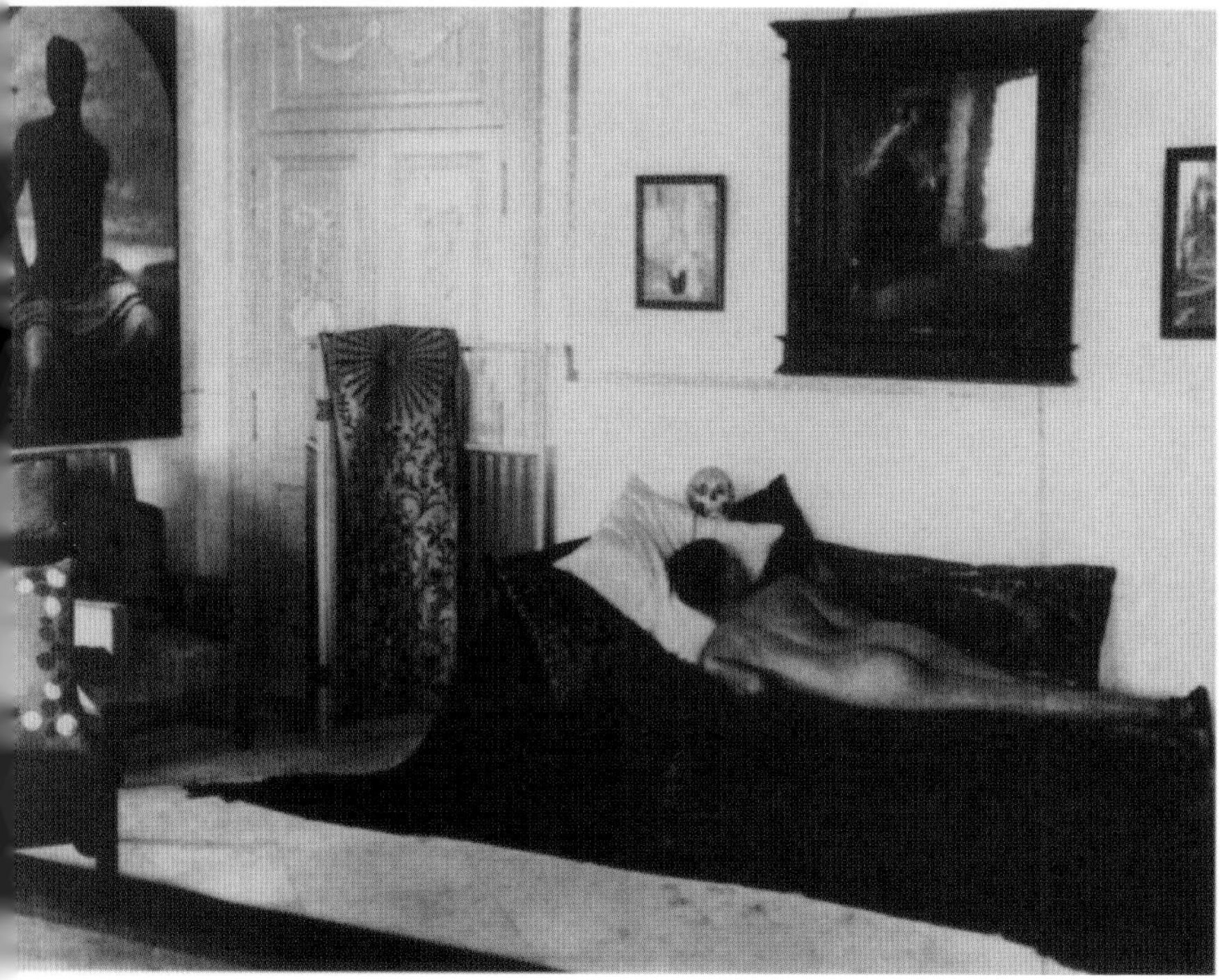

リシス館の寝椅子に横たわるニーノ、プリュショー撮影

パウル・ヘッケルによるニーノの肖像（1904年頃）

十代のフェルサン

二十代のフェルサン

ベルギーの作家、ジョルジュ・エクードに贈られたフェルサンのポートレート

# リリアン卿——黒弥撒

# 元検事、X宛の書簡

親愛なる友よ、

この手稿は机の引き出しにしまっておくつもりでしたが、あなたのおかげで公刊せざるを得なくなりました。もしこの書物が何らかの騒ぎを起こすことになれば、私は迷わずそれをあなたの手柄に帰すでしょう。今日では醜聞はありふれたものになりましたが、あなたは醜聞を創造するのがお得意ですから、本書を捧げるに相応《ふさわ》しい方であると思います。

しかしながら拙文はその性質上、あまり広く読まれるべきものではありませんので、あなたのご友人にはお勧めできません。

第一に、本書にはいくらかの常識が含まれているために、ときに偏見を押しつけることがあります。これは実に退屈で悲しいことであると言わねばなりません。不条理こそ魅力的であるということは、あなたがよくご存知の通りです。

次に、本書は道徳を攻撃するものではありません。これも、非常に残念なことです。第三共和制下[1]の道徳というものは、老婆か、あるいはお高くとまった役人のようなもので、これを嘲笑《あざわら》うのは愉快ですからね！

ともあれ、これがリリアン卿の物語です。あなたの仲良しの管理人が、おかまと呼んだ人物です。あなたはどうせ聞く耳を持たないでしょうし、この本を読むこともないでしょうから、その人物について語るのはよしましょう。ただひとつだけ、どうか覚えておいてほしいのですが、私たちは彼と会ったことがありますし、あなたも彼のことはお嫌いではなかったはずです。

彼の失敗は、無作法者が幅をきかせる時代に生れ合わせたことです。ビュフォン[2]が見落としたような獣が、世間にはたくさんいるのです。それと、あまりにも演劇的な形で、人々に愛されたのも失敗でした。アドニス[3]のように瑞々しい裸体をさらして、イミトス山[4]のふもと、夾竹桃《きょうちくとう》の下で陽を浴びているような姿だったら、あなたのお気にも召したでしょう。しかし、イタリアン大通り[5]では、そんな軽装で歩くことは許されないのです……。

ともかく、われらが主人公である少年は、「糞食らえ！」と言い捨てて去ってしまいました。幻惑に溺れつづけたこの傷つきやすい少年は、いまは夢の国で、彼を翻弄したキマイラ[6]たちと共にあります。もしお暇があって、これらの頁を繰ることがありましたら、そのことを頭の片隅に置いておいてください。これはただのギリシャ風の犯罪劇の再現だとか、トトについての小説だとか、アンティノポリスの噂話とは違うのですから。[7]

そして、もしその気になられて、息を切らしつつ最後の章を読む日が来たならば、どうか掠れた声で、しかし古《いにしえ》の異端審問官のように魅力たっぷりに、こう呟いてくださることを望みます。「彼は生きた、彼は微笑んだ……」と。

するとこんな谺《こだま》が聞えて来るでしょう。

「おまえさんは振られたんだよ！」

ジャック・ダデルスワル＝フェルサン

# I

「結局、彼は何者なんだい？」デルスランジュは仮面の奥から尋ねた。「気になって仕方がないよ。あのおしゃべりな坊やは誰なんだ？」

「むしろ高級娼婦と言うべきだよ、外交官殿」黒いアルルカンの衣装に身を包んだ、すばらしく細っそりとしたデッラ・ロッビアが答える。「彼は英国でも最も古い家柄の出だ……」

「若いんだろう？」

「ああ、十九歳か、その辺りだ。おや、煙を吐いていないね……。もうすこし阿片《アヘン》をどうだい……？」

デッラ・ロッビアが合図すると、蜘蛛のように素早い、皺《しわ》だらけの中国人の給仕が、茶色い糊状のものを丸めてパイプに詰めた……。

「まだ二十歳にはなっていないはずだ。確か、代々続くリリアン卿の十七代目か十八代目で（おっと、これはいい曲だ、ちょっと聴いてごらん……クロアチア風の舞踏曲だ）、ありとあらゆる名士たちが、歴代の当主の言いなりになったそうだ」

「だが、ほとんど狂人だと聞いているよ」

「君はやっぱり外交官だから、言葉を――いや失敬、意味を――弄《もてあそ》ぶのがお好きなようだね。つまり、芸術家か狂人か、という問題だろう。ねえ？」

「おまけに孤児で、莫大な財産があるんだろう？」

「やれやれ質問攻めだ！　ここは職業安定所かい？」見事な刺繍《ししゅう》の施された外套の上で指をちらちら動かして笑ったのはスコティエフ皇子である。

「それだけじゃない」それまで疣《いぼ》のような目を細めてきらきらする指輪を撫でていたジャン・ダルザス[8]が、おもむろに囁《ささや》いた。「奴と来たら、まるでオスマン帝国の大宰相みたいに横柄なんだからな！　顔はなんとも可愛い。マンテーニャ[9]の描くお小姓よりもね。男たちに混じっての順番待ちに耐えかねて、自殺した女もいる。スコティエフ、君のお好みだよ。それに、馬鹿ではない。勇敢で、わざとらしくて、大根役者でないとすれば、相当に複雑な魂の持ち主だね。嘘をついているときも真剣だし、真剣なときでも嘘をつく。皮肉を言うときは子供じみているが、子供じみていることがすでに皮肉でもある。――悪徳のせいで多分に文学的だし、文学のせいでずいぶんな悪徳を身につけている。ついには自分のことをアルキビアデス[10]の甥の息子だか、甥の孫だかと思い込むようになった。要するに、いかにもバーン＝ジョーンズ[11]が描きそうな堪らない肉体をしていて、蛇のようにしなやかで、そのくせ金髪で、子供みたいな顔なんだ。まだ学校に通っているようにも見えて、ちょうど生徒が教師に向けるような嘲《あざけ》りを、誰にでも向けてみせる。ついでに塩胡椒をして、熱いうちに食卓へ運んでやれば、それがその坊やだよ！」

「おまけに孤児で、莫大な財産が……」デルスランジュが夢見るように繰り返した。

「だからこそ、どんな悪徳にも向き合えたというわけなんだろう。ねえ、ダルザス？」皇子が割って入り、曖昧に笑った。

「あなたのお好きな悪徳以外はね、殿下。それでは身が持ちませんよ。アスティ酒はいかが？　お注ぎしましょう……」

「ありがとう、ほんのすこしで結構」

「何にせよ、まさにこの場所、この広場で、僕は先月、彼に会ったんだ」と続けたのはデッラ・ロッビアである。「ハロルド・スキルド[12]が逮捕された後で、ヴェネツィアに来たんだよ。そのときすでに、とんでもない噂が山のように流れていたが、ご存知のように、噂はどれも本当だった……」

「なんですって？」豊かな胸をジプシー女の衣装に包んだフェアネス夫人が疑問の声をあげた（周囲は彼女の肉体を、ギリシャの浮き彫りのようだと称していた）。

「可愛らしい女性は、こんなことに興味を持たないものですがね……」

「嫌な方。ご存知のことを教えてくださいな」

「いいでしょう。予審判事として、いや、肛門奉行として述べれば……幼い卿とあの作家とが交わした手紙から明らかになったことというのはですな……いやはや恐ろしい！　それでスキルドは重労働を課せられたわけです。しかしリリアン卿のほうは、あまり気にしていないようですな。裁判のあとは、旅行ばかりしていますよ」

「じゃあ、今夜きっとここに来るのね？」ジプシー女は囁いた。

「約束はしてあります。しかし先程も言ったように、ピエロのように気まぐれで、クリタンドルのように神経質で、スカパンのように移り気ですからね[13]」

「それに名前の通り官能的なのね――リリアンなんてかわいいわ」フェアネス夫人はますます誘惑的な面持ちになって言った。

会話が途切れ、静寂が訪れた。見慣れない楽器――デッラ・ロッビアがゲットー[14]の場末で見つけてきた、ジプシー娘たちが奏でるもの――から和音が漂ってくるだけだった。パラッツォ・ガローニの大広間を彩る黄金は褪せていたが、天井画は相変わらず圧倒的だった。このティエポロ[15]の傑作は、照明の光彩と、居並ぶ人々と、彼らの衣装とによって息を吹き返していた。

「この内装はたいしたものだよ」と、ジプシー女の夫であるフェアネス氏が、そろそろ立ち上がろ

う と伸びをしながら言った。「さすがは芸術家だね、デッラ・ロッビア。君は比類のないものを作ったよ」

確かにこのヴェネツィアの画家が、社交界と場末の双方に顔のきく友人たちを招いたこの晩餐会——それは晩餐会というよりも花と香水と病的な精神の狂宴だったが——は成功と言えそうだった。「あれなどは、ぞくぞくするのが大好きな私たちにしてもずいぶん震えが来ましたよ。[16] その甲斐があったでしょう、閣下？」

最初に目につくのは、部屋中を照らしている巨大な燭台だけである。デッラ・ロッビアがふだん工房として使っているこの広間を際立たせているのは、桃色の大理石の三脚台で焚かれている馥郁《ふくいく》たる香りだった。その異香は加熱した空気のなかを、オパールの半透明な乳色さながらに漂った。卓子はなく、斑岩《はんがん》の板が床のうえに直に寝そべっていた。斑岩はほとんど常に、その日の朝にキオッジャから届けられた花々で埋め尽くされていた。珍しい、粗暴な花々で、海の塩辛い気配と、湿った土の肉感的な匂いとが同居していた。その花々の隙間に、果物と肉が放埒《ほうらつ》に置かれている。クッションや毛皮のうえに長くなって、客人たちは大いに酔いながら、なんとか意識を保とうとしていた。何人かは、先端を銀で飾った竹のパイプで阿片を吸っていた。スコティエフ皇子は機械的に袖を捲り上げ、腫物だらけの腕に金色の針を刺すところだった。モルヒネである。ダルザスは生の牛肉の一片をしゃぶりながら、ゆっくりと入れ歯を拾い上げた。[17]

そしてその場の全員が、すっかり酔った様子で、締まりのない口と、どんよりした涙袋とを誇示しながら、きわめて壮麗な風景のなか、麻薬の同好会、悪徳と醜悪のタブロー画とでもいうべきものを組み立てていた。

「デルスランジュはまったくすばらしいよ！　ボルジア家の一員としては……いや、それとも彼はブルジョアだったかな？」とジャン・ダルザスは続けた。「フェアネス、君は、理想とするサド侯爵の物真似をしているようだね。……ただ、ちょっとマルサス[18]らしさもあるし、いかにも既婚者という風だ。そして皇子は……スコティエフ皇子はどなたの衣装をお召しかな？　ドージェ[19]かい？」

「いやいや、これは私の国のものでね。ちょっと仕立て直したのです。これは……何といったかな？」皇子は子供じみた、癇《かん》に障るような手の動きを繰り返していた。「ほら、陰謀に加担した人間に白状させる連中ですよ」

「死刑執行人ですか？　それとも宦官《かんがん》？」とダルザスはいかがわしそうに尋ねた。「ああ、それでは皇子は、もう役を演じてはいらっしゃらないのですね」

「宦官は君がやればいい。そう、死刑執行人だ。確かにそれだ。君ならそんな役に耐えられるかね？」とスコティエフは、半ば鋭い、半ば暖かい声で返事をしながら、デッラ・ロッビアに向き直った。「リリアン卿の下の名前は何というの？」

「レノルド」とデッラ・ロッビアは答えた。「もし来ればですが、見たらすぐにわかりますよ。あの偉大なレイノルズが描く肖像画を真似てはいるけれど、名前が一字足りないんですからね。[20]ナショナル・ギャラリーに飾られている若い侯爵たちとおなじ白い肌、青い目、それに唇はあまりに紅く、官能的で、ついつい口づけしたくなる傷口みたいなんですから」

　画家の言葉は夢のなかに溶けていった。そばではボヘミア風の拍子と和音が続いていた。中国人の給仕たちはパイプを詰め直し、空になったグラスを運んだ。そのとき突然、運河の方から新たな音楽が立ち上り、そこにナポリ風の歌声が和した。

「あれが彼ですよ。ナルキッソス。[21]女王陛下をお守りする、輝く鎧をまとった騎士」とジャン・ダルザスが言った。彼は一輪の薔薇をデルスランジュに放り投げ、こう続けた。「執政官殿。これに毒を塗って、僕からだと言って彼に贈ってください」

「なぜナルキッソスなんだい？」

「なぜなら奴にとっては、他人から注がれる愛情こそが鏡だから。奴はその鏡に映った自らの接吻を呑み下す。奴は自分を愛している。それに、男もいた……だがそれがなんだ！　もし奴に惚れるつもりなら、ハロルド・スキルドのことを思い出すんですね。タレーラン[22]のように重労働をする羽目になりますよ」

　場は静まり返った。ジプシー娘たちも演奏をやめ、静かな歌声だけが柔らかな光のなかに残った。窓掛から月光が漏れた。フェアネスは、なんとか立ち上がると、窓のところへ行って一箇所だけ開けた。

「そうだ、あれは彼だ——まるでコーラのようだ、僕らの愛する〈さまよえるユダヤ女〉コーラ、『クレオパトラ』を演じているときの美しいコーラ。[23] おやおや！ なんて美しい空だろう！ 見てご覧、ミュッセ[24]の詩のように芳《かぐわ》しい空だよ」

「さてさて、ご友人の皆さん、準備はよろしいか？ 彼は僕たちを驚かせようという腹のようだが、そうは問屋がおろさないよ！」ジャン・ダルザスが嘲笑した。「さあ、生意気閣下のおなりだ……」

二分間が虚無のうちに過ぎた。全員が待った。そして玄関の前の、黄金色のダマスク織の窓掛が持ち上がると、笑みを浮かべたリリアン卿が、黒絹の外套をまとって現れた。

見えているのは頭部だけだった。手は絹をつかんでいた。子供のように繊細な、薄っぺらい手で、指輪はひとつもしていない。可愛らしいというよりも奇妙なリリアン卿は、十五歳を過ぎているとは思えなかった。髪は灰金。小柄で、目は知性を感じさせるが疲れていた。官能的で高慢な鼻。上唇にはわずかに銀色の影がさしている。髪には黄金色の網が輝き、そこに挿した二輪の花が額を囲んでいる。その白い睡蓮は透明な真珠で彫刻したかのようだった。

彼はしばらくそこで身じろぎもしなかった。居並ぶ人々の好奇心と焦燥感に悶え、人々の探るような視線に歓喜しながら、えもいわれぬ珍味を愉しんでいるかのようだった。あからさまな欲望と汚らわしさが彼を包み込んだ。その笑みは、牧羊神かスフィンクスのようだった。

デッラ・ロッビアが立ち上がった。

「入っていいかい?」リリアン卿は歌うように問うた。若者らしい奇妙な抑揚があった。「従者も一緒なんだ。いいかい?」

主人の答えを待つまでもなく、彼は襟元の開いた服を着た、六人の褐色の男たちを呼ばわった。毛深く、体臭の強い男たちは、小卓を取り囲んで踊りはじめた。

「遅れて申し訳ない」レノルドは言いながら、彼の登場に騒ぎ立てる客人たちの声にかぶせるように招待客の名簿を読み上げている画家の声を聞き取るために身を屈めた。「歌手の連中とか、男子学生みたいな可愛らしい女の子と一緒にいたんだ。僕は口づけを許し、それから酒を飲んだ。ふりほどくために、一発殴ってやらなけりゃならなかったよ。いまは部屋に閉じ込めてある。明日の夜、いい子にしていたら、また考えよう。とにかく、そんなことがなければ、もっと早く着いたんだ」

それからリリアンは辺りを見回し、ジャン・ダルザスを指して「あれは誰?」と訊いた。「知っている男だ……」

「あれはジャン・ダルザスですよ。セバストの穴男[25]という渾名で知られています。いや、リリアン卿、それにしても驚きました!」

「驚いた? なぜ? 僕が彼と寝るつもりだと思っているの? まさか! もしそう思ったなら素直に白状するんだね」

そして少年は、たったの一足で、外套のまま、作家の隣まで跳んだ。

「ダルザスさん、僕がリリアン卿です。お会いできて光栄ですよ。……僕たちは古い知り合いなんですよ。覚えているでしょう……ギリシャで。それに、他のときにもあなたをお見かけしているし、あなたの著作も読みました。ご自分でおっしゃるとおりあなたはひどい人間だし、本当に優雅で……とにかくあなたが好きなんです！」

「私のほうは、ムッシュー、まだ何とも言えませんな」ダルザスは苛立って言った。「そんな日も来るかもしれませんが。それにしてもどうしてそんなに野暮ったい恰好《かっこう》なんです？」

「何をおっしゃる！　あなたも時代遅れですね。ご想像とは逆に、これは踊るにしても、泣くにしても、笑うにしても、愛し合うにしても、実に理にかなった服装なんだ」と、ここで主人に向き直り、「何か飲み物を……今夜を刺激的に過ごせるように！」

デッラ・ロッビアは卿にシャンパンを一杯と、桃色の液体が入った小壜とを手渡した。

「そいつは最高ですよ、リリアン。ぜひ試してください」

リリアン卿は蓋を開け、中身をすべてグラスに空けた。

「地震[26]が来たみたいになるぞ」催眠術にかかったようなデルスランジュ氏が呟いた。

しかしリリアン卿は聞く耳を持たなかった。飲み物のために両手が塞がっていたので、外套の生地がはだけた。フェアネスは驚嘆の声を押し殺すことができなかった。

「なんてこった、裸じゃないか。外套の下は素っ裸だ」と肥満した妻に囁く。

「あら、結構なこと!」と夫人は、子供のように喜んで言った。

部屋のそちこちでは、再び噂話が始まっていた。

「それで、君は白人奴隷《どれい》に賛成なのかい?」

「ああ。ただ、女の子だけだ。男の子はいただけないね……」

若い英国人の来場で中絶された会話はすっかり旧に復した。ナポリ人の歌手たちも客人に混じっていた。アスティ酒を飲みすぎた何人かは、フェアネス夫人に秋波を送っていた。

「愛についてどう思う?」

「わずかばかりの心付けみたいなものかな……」

リリアンはいつの間にかダルザスと内証話に興じていたが、そこに悲しげな歌声が割って入った。

デルスランジュ氏は卿の目の前で爪を嚙んでいた。フェアネスはシャツのボタンを外して眠りかけていた。皇子はちょうど、その夜の十本目のモルヒネを注射するところだった。皇子の後ろでは、二人のナポリ人の歌手がお互いの腋の下をくすぐっていた。

デッラ・ロッビアが窓を開けるよう命じた。

「野獣みたいな臭いだ」と彼は毒づいた。

「そのままで!　ここはすばらしいよ」リリアン卿が制した。「何もかも見分けがつかない。みんなの顔が辛うじてわかるくらいだ。ルーベンス[27]にすこしゴヤ[28]らしさを加えたような……。ああ！何か飲み物を。狂ったことをしたい。狂ってしまいたいんだ」

「これが彼の癖でね」デッラ・ロッビアは、すでに無感覚になっているデルスランジュに耳打ちした。

彼はアスティ酒に胡椒とブランデーを加えたもの――彼が考案したカクテルだった――を勧めた。リリアンはぜひにと飲みたがった。

「いいぞ！　飲み干したら、僕は踊ろう。お楽しみに。でもその前にこいつらを起こせ！　いったいどんな連中なんだ？」彼は悪戯《いたずら》っ子のように、枕に突っ伏して埋もれているフェアネスに近づいた。

「よう！　起きろよ、乞食め！」

フェアネスは動かなかった。

だがフェアネスの連れ合いは、間近にいる美しい少年に魅了され、うっとりとした目を向けた。リリアン卿はもはや恍惚の境にあった。

「音楽家たちに演奏するように言ってくれないか、どうだろう？」彼はデッラ・ロッビアに言った。

「どうだろう？」の発音には抗しがたい力があった。総毛立つ猫か、あるいは酒場の娘といった調子に、いくらかの権勢を響かせた声だった。ジプシー娘たちはおもむろに、ヴィオラで官能的な曲を弾きはじめた。野趣あふれる和音が長く引っ張られ、撫でるようなアルペジオが共鳴した。リリアン卿は眠っている夫の隣にいるフェアネス夫人に近づき、ほとんど触れんばかりになった……。そしてゆっくりとした皇帝のような所作で外套の留金を外し、黒絹が滑るのに委《まか》せた。先ほど射し込んだ月光さながらの白さの、神々しい裸体が露わになった。

デッラ・ロッビアが、ジャン・ダルザスが、肥ったデルスランジュが、そして皇子でさえも、歓喜の嘆息を飲み込んだ。

一糸まとわぬリリアン卿はガニメデ[29]のように若く美しかった。踊りが始まったが、それはむしろ猥褻《わいせつ》な漫歩といった風情で、彼は頭を反り返らせて目を剝いていた。夢中になっている夫人の脇を通り過ぎながら、彼は相手の顔に指を這わせた。胸には、オパールと星型のルビーを繋ぎ合わせた稀有な首飾りが煌《きら》めいていた。娘のように華奢《きゃしゃ》な両手首には、インドの金細工のものと、宝石を鏤《ちりば》めたものと、二本のブレスレットが嵌《は》まっていた。その遥か下方では、二つのピンク色の真珠を象《ぞう》嵌《がん》した悩ましい宝石が、一歩ごとに彼の局部を撫でた。

客人たちは呆気にとられた（なんて尻っぺただ、なんて尻っぺただ、とデルスランジュは涎《よだれ》を垂らした）。フェアネスを起こさぬよう、誰もが言葉を発せずにいたが、むしろ起きたほうが面白いと思ったダルザスは気にしなかった。

しかしリリアン卿が前屈みになり、ジプシー女に扮した夫人の頭部をすっかり逞《たくま》しい腿で挟んでしまうと、恋に狂った夫人はもはや前後不覚となり、自分がどこにいるかも弁《わきま》えず、挑発を繰り返す目の前のそれにがむしゃらに噛みついた。リリアン卿は叫び声をあげた。

その声でフェアネスは目を開けた。

「なんて悪魔だ！」とフェアネスは吠え、酔いも一息に醒めた死人のように青白い顔で、顳顬《こめかみ》の血管を波打たせながら、床に転がっていた鋭いナイフを摑んだ。そしてリリアン卿に飛びかかったが、相手の瞬発力が上だった。彼の命令で二人のナポリ人が、フェアネスの行く手を塞いだのである。

「放せ！　そいつを殺すんだ！」フェアネスは怒号を発した。

「窓を開けるんだ……。そう、そのまま運河へ」レノルドは再び命じた。

「リリアン、どうするつもりだい？」誰かが訊いた。

「窓から放り投げろ」

「酔っているんだな？」

「そんなことはどうでもいい！」

デッラ・ロッビアがそれ以上の介入を試みる間もなく、子分たちはいまではすっかり怯《おび》えているフェアネスを抱え上げ、窓から放り投げた。優れたイタリア喜劇の幕切れのように、水に落ちるときのどぼんという音が聞えた。

「さあ、今度は釣り上げてやれ。まだ僕のことが気に入らないと言うのなら、決闘を受けよう。

……ただし風呂に入れた後でね！」リリアン卿は満面の笑みで嘲った。

召使たちが出てゆくと、レノルドは外套を着て、震えている夫人に近づいた。口づけるかのように身を屈めて、その唇を嚙んだ。

# II

リリアン卿ことハワード・イヴリン・モンローズは二十歳だった。一八八×年の三月に生れた。リリアン城があるのはアーガイル公爵領インヴェラレイの近くで、そこは雷鳥狩りと浪漫を愛するわずかな人々のほかには訪れる者もない、荒々しく憂鬱なスコットランドの一地方である。

ベン・ロモンドの山影と対峙する城の周辺はすばらしかった。花崗岩《かこうがん》の崖に屹立《きつりつ》する城は眼下の瀝青《れきせい》のように黒い湖を見下ろし、雪に覆われると神秘的な巨人が眠っているようにも見える、先の尖った樅の木の森に囲まれていた。ところどころに、桃色の染みのような低木が茂っていた。リリアン城は五世紀まえからここにあり、伝説によれば、不幸なメアリー・ステュアートもダーンリー卿から逃げてここへやって来たそうである。[30]

レノルドは幼少時代をここで過ごした。重々しい歴史を反射する鈍い水面を見下ろしながら、中世風の衣装を着て行きつ戻りつする夜警に心ならずも見張られるようにして、暗鬱とした壁に囲まれて育った。

　レノルドは母をほとんど知らなかった。育ててくれた父、アイルランド総督であり副王であった父は、決して母のことを語らなかった。おそらくレディー・リリアンは、自分と同じ悲しげな眼と脆そうな体つきをした息子を産んだ後、間もなく命を落としたのだろう。生前の姿を彷彿とさせる肖像画は一枚しかなかった。そこで母は半ば微笑んで、ゲインズバラ[31]が好んで描いたような黒いドレスを纏い、暗い色合いの大きな帽子をかぶっていた。

　衰弱した表情で真珠の首飾りを弄んでいる母は、憂鬱な美の犠牲となったように思われた。そして肖像画の頂点に置かれた一族の紋章と、背景に描き込まれている一族の領地の、囚われ人であるように思われた。

　まさに彼女は囚人だったのだ！　その若さと優雅さが夢と消えるまで、彼女の苦しみはやまなかった。レノルドは覚えている。あるとき、まるで自分と心臓の鼓動を同じくするような見知らぬ女性への愛に突き動かされて、彼は自らの小さな手で木枠のまわりにたくさんの野花を絡ませ、その女性に贈ったのだ。

　あるとき、椅子に腰掛けてその愛おしい像にくりかえし口づけていると、いきなり入ってきた父に驚かされたことがあった。

「何をしている？」と父卿は糺《ただ》した。「あっちへ行け、レノルド。この肖像画に触れることはならん」

そして、優しさに絆《ほだ》されて、こう付け加えた。

「口づけしておくれ、息子よ。この世界では、生者だけを愛さねばならぬのだ！」

だが息子はもう山々を目指して駆け出していた。魂は震え、目には涙が浮かんでいた。

彼が顔を合わせるのはこの、背が高く痩せていて、灰色がかった髪をした、老年のラマルティーヌ[32]を思わせる父だけだった。城はたくさんの部屋を持ち、多くの侍従が仕えており、狩りの季節には大勢の狩人《かりうど》や鷹匠《たかじょう》が、昔ながらの出で立ちで革帯に角笛を挿して馬を駆ったが、それでも城は寂しかった。

鷹狩りといえば、すでに幼いときから、レノルドは檻《おり》のなかの猛禽の鉤爪《かぎづめ》や嘴《くちばし》、そして冷酷に血走った磁石のような目に惹きつけられて、憎しみと恐ろしい喜びの入り混じった気持で、密かに鳥たちを眺めていた。ああ、十月になると、湖や樅の樹々や山々に茶色がかった霞がかかる様子は、なんと美しかったことだろう！　鷹は空に放たれると電光石火に天翔《あまか》け、ふと静止すると、凍りついた空で獲物を探す……。そして、突然、稲妻のように襲いかかる。獲物は混乱をきわめて息を切らし、低木に囲まれた地面で喘《あえ》ぐのだ。

リリアンはすこしずつ、自分を囲む男たちの風貌や横顔のなかに、ある特徴を見いだすようになった。それはリリアン城の鷹どもを思わせた！

雷鳥の猟期が終わると、年老いた卿はスコットランドを後にして旅に出た。ウィンザー城かオズボーンの離宮に、女王のご機嫌を伺いにゆくこともあった。

ときおり、宮廷に関する記事を読んでいると、イングランドの最も著名な人士に先んじて、父の名前が記されていることがあった。そのようなときレノルドは、巨大で打ち崩し難い誇りが咽喉《のど》のあたりで膨らんで、窒息しそうになる感覚を、快く受け入れるのだった。それは単純に、石に刻まれたような確固たる一族の紋章に結びついた数々の特権を、いつか自分も享受するのだという予感から来るのではなかった。否！　むしろ反対に、彼の瑞々しい魂は希望と熱意に溢れていたのだ。彼は将来を未知の戦場として夢想した。そこで彼は新たな勝利と勲《いさお》を、自らの手で積み重ねるのだ！

彼の考えることといえば、そのことばかりだった。彼は祖先の威光によってではなく、自力で名声を得たいと思った。一族の伝統は、高慢の元だからである。そんなことを考えながら、彼は玩具の兵隊で遊んだ。わずか十二歳にして、レノルド・モンローズは生きたいと願っていた！

彼は自分の若さにやきもきすることがよくあった。子供らしい願い事が、雄々しい向上心と溶け合っていた。宮殿も、宝石も、銅像も、肖像画も、軍隊も手に入れなければならない。招待を受ければ、女王でさえ光栄に思うだろう。彼がイングランドを牽引《けんいん》し、いずれは世界を征服するのだ！

彼はほんの子供に過ぎなかったが、彼がそのような夢想に耽《ふけ》っているときには、召使は決して礼を失してはならなかった。無礼な家令には、躊躇《ためら》いもなく馬鞭が振り下ろされた。

　このようにして、すなわち矜持を守るほかには欲望とてなく、慈しみの気持もなく、情熱もなく、愛情もなく、ひねもす夢のなかにあるうちに、レノルド・モンローズは思春期に達した。その魅力となっている奇妙に倒錯した美しさは、本人のあずかり知らぬところで、母から受け継いだものだった。

　その年の七月、突然、父が死んだ。

　古参の侍従であるジョーが、ある朝、芝居がかった様子で現れた。留金のついた靴で、喜劇のなかの召使のように飛び跳ねながら、いつも以上に年寄りじみた悲しげな顔をして、手には信書を持っていた。そしてレノルドの部屋に入ると、単純にこう告げた。

「リリアン卿が亡くなられました。共に祈りましょう！」

　仔細は後からわかった。カウズ[33]からの帰路にあった父は、ある夜、行き過ぎた酒量と賭博のためにクラブで発作を起こしたのである。これが少年にとっての悪徳の天啓であった。厳格かつ穏健、常に身ぎれいにしていた父の偶像は、永遠に汚されてしまった。

　まだあどけない卿にとって、続く数箇月は胸を抉《えぐ》るような悲しみの時であった。父があんなに愛した狩猟の季節がやってきた。父は父なりに息子を愛していた。上の空の、冷めた様子ではあっても、息子を愛撫することもあった。ときには話しかけさえしたのだ。だがそれもすべて消えてしまった！　いまや城には新たな亡霊が加わった。その亡霊は夜になると息子を怯えさせ、昼間には踵《かかと》の高い靴を履いて、幾重にも閉ざされた石造りの広間や回廊を歩き回っているように思われた。

同じ頃、少年が成人するまでの養育のために、一人の家庭教師が任命された。遠縁の従兄弟である。総督が身内を集めて開く夜会で、この男が父と執念深くブリッジをしていたのを少年は見たことがある。従兄弟はイングランドの南部、エセックスのどこかにある伯爵領に住んでいた。父卿は息子に向かってこの親戚をこう評した。曰《いわ》く痛風持ちの、頑固で、自分勝手な老人と。

そして父の死から八日後、レノルドは家庭教師となったS・H・W・シンダム伯爵から、父卿の遺言について連絡を受け、合わせて来春の二週間、伯爵のホップ畑が広がるオークランド・ロッジに滞在するよう招待された。

したがってそれまでの秋と冬を、彼はリリアン城で孤独に過ごさねばならなかった。父はロンドンのハノーバー・スクエアにすばらしい邸宅を持っており、そこで皇太子やブランズウィック摂政殿下のための舞踏会を開いたこともあった。しかし少年はロンドンとその喧騒を恐れたのである。

彼はロンドンに知り合いなど一人もいなかった。独りで自分という存在に向き合うと、大きな街にゆくほど孤独の切っ先は鋭くなる。

狩人たちには暇が出されたが、その他については城館はこれまで通りに管理された。檻のなかには相変わらず鷹がおり、湖と田園にふたたび霞が降りると、領主たる少年は気だるげに、帝王然として、若者らしい無聊を持て余しながら散策をした。
退屈。召使たちは小さな卿の退屈を決して見逃さなかった。彼のシルエットが城のあちらこちらで目撃された。金髪の少年の頭部はあまりに白く、黄昏時《たそがれどき》になると透けてしまいそうだった。

彼の髪はまだ長く、黄金色の房が耳を隠し、首を囲っていた。父が着せたがって誂《あつら》えた服も、まだ持っていた。緩やかなベストの前は首の下から開いている。刺繡を施した大きな襟から伸びた首は、次第に薔薇色を帯びてゆく。短いズボンは弱々しい脚をきつく包み、絹の靴下と先の開いた可憐な靴は、お辞儀をしたりメヌエットを踊ったりするのに適していた。

このときの彼は、もう一人の先祖を描いたすばらしい肖像画によく似ていた。その先祖はフェルトの帽子をかぶって長い杖によりかかり、軍馬とグレイハウンドを侍らせて、ジャコバイト[34]の帰還について思いをめぐらせているようだった。

灰色の空のある憂鬱な日、彼はかつての母の寝室に入った。父卿の生前は、どうしても思い切れなかったのである。

色褪せた臭いが漂い、柘植《つげ》と白黴《しろかび》の香りが部屋に入った彼をとりまいた。どこにでもあるような部屋だったが、かつて女性がそこに暮していたことはわかった。可愛らしい桃色の寝台は彫刻をほどこした天蓋を戴き、部屋の中央に鎮座していた。あちらこちらに置かれた小さく華奢な調度は、暗いダマスク織の壁紙と奇妙な対照をなし、気まぐれで魅力的だったレディー・リリアンの魂を思い起こさせた。そのとき、まるでわが身の恐ろしいほどの孤独と外界からの隔絶に初めて気がつきでもしたように、リリアンは母が息を引き取った寝台の前で泣きはじめた。

遠くから音楽が流れてきて彼を慰めた。あるいは山の羊飼いが、角笛を吹いているのかもしれない。ああ！　生きとし生ける者の魂……愛しき者、死せる者……。

すべてを否定するように金髪の頭を振りながら、「ママ！　ママ！」と彼は囁いた。接吻も愛撫も知らぬ若い唇は、寝台の絹をはじめ、母の遺物につぎつぎと触れた。

涙が乾き、落ち着きを取り戻すと、彼は辺りを見回した。具体的な場所も時間も思い出せないが、ただ楽しかったことだけは覚えているということがあるように、彼はその部屋をぼんやりと思い出した。いつもより疲れて、人前に出る気にならないようなとき、母はその憂鬱な気質によく似合う、古い時代の生地でしつらえられたそこの肘掛椅子に座っていたに違いない。それに母はよくあその紫檀《したん》の簞笥《たんす》に物を出し入れしただろう。軽やかなその簞笥には秘密の引き出しはなかったが、それでもどこか謎めいていた。母の小さな足はこの絨毯の上を這い、夫を迎え入れるために扉を開くと、美しい笑みを鏡に映しながらこう言ったことだろう。「私たちのかわいいレノルドは元気かしら？」

母が亡くなった日に父の命令でこの部屋が封印されたことを息子は知っていた。その後は部屋が傷まないように、伯爵夫人の侍女がときおり足を踏み入れただけだ。それもこれも、父卿の愛ゆえであった。だが母がその愛に応えたとは思えない。母の魂はいつも上の空で、俗世の出来事にはまったく無関心だった。

レノルドは年老いた侍女を呼んだ。

「母上が死んでから、父上はこの部屋に入ったか？」

「いいえ、一度も。私だけが管理をいたしておりました」

「ご苦労」とレノルドは答えた。「退がってよい」

---

本当だったのだ。これまでここに入った者は、あの年老いた侍女の外には誰もいなかったのだ。レディー・リリアンの魂はこの四つ壁のあいだで、いまも自分の親しんだ品物にまつわりついているのだ。

「ママ……ママ！」

かつてその品物に触れた母との接触を求めるかのように、レノルドはすべての品物に触れてまわった。そして偶然から、ウェッジウッドのメダリオンを象嵌した、物陰で青く光るように見える小間物簞笥を開いてしまった。

箪笥は無数の小さな空間に仕切られていた。レノルドはひたむきな好奇心で、それらを一つ一つ開いた。

最初の引き出しにはレース飾りがあった。二つめの引き出しには、亡霊にしか用のなさそうな、萎れた花と色褪せたリボンがあった。そして三つめの引き出しには、小さなアルバムがあった。死んだ夫人はそこに、城のまわりの景色の素描と共に、日々の出来事を簡単に記していたのである。

レノルドはアルバムを開いた。

日付と短い文言が、美しいがどこか震えたような手跡で並んでいた。四月十七日、何もなし。……四月十八日、彼が来た。……四月十九日、何もなし。……四月二十三日、何もなし。……

「きっとパパの旅行中だったんだ」とレノルドは思った。

アルバムをもとの場所に戻すと、その底に手紙の束があるのが見えた。その手紙の横には、一房の髪が入った水晶のメダリオンが輝いていた。

「ああ、ママの髪だ！」

誰かに見られるのを恐れるように、彼は儚げな水晶と手紙を素早くつかんだ。

窓辺へ走り、光の下でもう一度見た。

「でもママは金髪だった。あの肖像画みたいに。パパもいつもそう言っていた」レノルドは記憶をたぐりながら、水晶の下で丸まっている茶色の房を検分した。

少年は躊躇した。手紙！　それで謎が解けるかもしれない。決めるが早いか、メダリオンと手紙を束ねているリボンを解き、卓子の上へ紙をばさばさと落とした。

そして彼の目はある文句に、ただ一つの文句に行き当たったのだった。

「僕たちは彼を殺すことにしよう。外に仕方がない。僕は彼が憎いんだ……。そうだとも、君を愛するのとおなじくらい、リリアン卿が憎い！

あなたのロウランド」

鋭い痛みがレノルドを襲った。まだはっきりとは理解できていない……できていないが、罪の気配と、これほどの憎しみとは何かという疑念と、非難しようとする無垢な心と、傷つけられた誇りと、壊れた愛とに突き動かされて、十五歳らしい大胆さで手紙をとりあげ、ふたたびそれを読み、事情を飲み込み、真実を明らかにしようとした。「わが恋人……わが愛……わが美しき夢」と手紙には書かれている。すべての手紙にだ。魂を酔わせ心を燃やすような情熱に満ちたそれらの句が、少年の耳にあまりにも精緻に、肉欲めいて響き、思わず持っていた手紙を引き裂いた。

こうして一息に、人生はその正体を現したのだ。苦しみと、嘘と、倒錯に溢れた人生。ああ、なんとすばらしい冒険だろう！　これらのものは、いままで彼の目から隠されていた。誰よりも気を遣ったのは父だろう。かわいそうな父！　苦しみを押し殺して、悲しそうな、真面目くさった様子をしていた父が、にわかに愛おしくなった。痛みに耐えながら、総督はレノルドをキリスト教徒として、紳士として育てたのだ。息子の魂を純粋に保つために、あらゆる犠牲を払ったのだ。すべてを破壊したのは母だった。愛情も、思い出も、そして本人さえすっかり忘れていたかもしれないこの手紙によって、幻想までも！

もし父卿が息子よりも先にこの手紙を読んでいたら……大惨事だったろう！　だがそうはならなかった。レディー・リリアンが末期の息を吐いてから、侍女の外には誰もこの部屋に足を踏み入れていないのだ。

夜霧が湖を半透明にしてゆくのを見下ろしながら、レノルドは一通、また一通と、すべての恋文を読んだ。徐々に怒りが鎮まり、誇りが慰められた。退屈と絶望を反復するように頻繁にくりかえされていた、あのアルバムの文言を思い出した。四月十七日、何もなし。……四月十八日、彼が来た。……四月十九日、何もなし。……四月二十日、まだ何もなし。

つまり、これが愛なんだ。彼はそう思った。夢を待つということが！　僕はまだそれに出会ったことがないし、誰もそんな言葉を僕の耳元で囁いてくれはしない。人生が美しくなり、太陽はよけいに眩しく、空はなおさら軽くなるような言葉を。誰かをそんなにも身近に感じ、その人の魂が自分の魂となり、その人の指がまるで小鳥のように、軽やかに暖かく身体のうえを渡ってゆくことがあったら、どんなに甘美な心地だろう！

同時に、彼は優しくなりたいと思った。彼のママであったこの母親、この女を、彼は憐れんだ。人生について、ごくわずかな言葉で息子に教えてくれる母親というものがいる。息子が顔を赤くせずにそのような言葉を受け入れることができるのは、母親を相手にしているときだけである。彼はいまや知っていた。彼の夢、彼の目標はただ一つだった。彼がいま退屈しているのも、その目標のためなのだ。

レノルド・ハワード・イヴリン・モンローズ、すなわちリリアン卿は、愛を待ち望んでいた！

# III

十五歳。可愛らしく、瑞々しく、生命に満ちて、それが何かもわからぬままに愛を渇望する。愛については本で読んだだけ、あるいは夢に心の声を聞いただけである。思春期は快楽の美味なる戦慄として目覚める。それは春に花が咲くのと似ている。咲き初める花のように、眼は気怠《けだる》げに濡れ、所作は官能的に、しなやかになる。欲望と、所有しなければならないという思いが、声の新たな抑揚となって現れる。

このようにしてリリアン卿は、秋の夜には凍りついた湖が霧に映えるリリアン城で育った。あの神話のナルキッソスのように、彼は恵まれた暮しを送り、しかも泉の面に映る自分の顔を一度も見ずにすんでいたのだ。ところが母の手紙がすべてを明かしてしまったあの日以来、奇妙な幻が彼の寝込みを襲うようになった。

呼吸を一定に保って、天使に囲まれながら手を組んで眠る子供……。そんなものは過去になってしまった。身体が心の状態を反映していた。聴き慣れぬ歌が眠りを誘ったが、その歌詞はどこかで読んだものだった。「わが愛する人、愛しい人、わが奴隷、わが愛」

ときには愛撫の快楽に戦慄したまま眼が覚めることもあった。そのようなときは灯りをつけて自分の白い肉体を照らし、ほかに誰もいないことを確かめた。だがある晩は、たまらず寝台を飛び降りて、影のなかで光っている鏡のまえに躍り出た。部屋を明るくし、寝間着を脱いで、半ば笑い、半ば夢見ながら、好奇心に駆られて自分自身を観察した。

彼の若い肉体は室内を輝かせた。可愛らしい細っそりした首からしなやかに引き締まったふくらはぎまで、さらには挑発的な性器をさえさらしているというのに、彼の半透明な桃色の肌はいかにも童貞らしい臆病さを演出していた。彼は自分を美しいと思った。ひどく唆《そそ》ると思った。すっかり目を覚まし、若さと裸体を前に陽気になった。器用に華奢な身体を撫でながら、自分自身に口づけるように鏡に接吻した。

愛撫の快楽に熱中するにつれて、彼の幻想はすこしずつ精確になってきた。直観的に、彼は肉体の最初の昂奮を、最初の沸騰を、最初の痙攣《けいれん》を発見したのだ。そして彼の狂気めいた孤独な情熱はいや増した。

いまや鏡のまえを通るたび、彼は友達に再会したり、兄弟に笑いかけているような気分になった。桔梗《ききょう》のように青い眼を、薄紫の暈《かさ》がとりまいた。春になると、シンダム伯の屋敷に一週間ほど滞在するために出かけた。風景が新鮮であったことと、威圧するような老人がいつもそばにいたために、いったんは彼の悪習も鳴りをひそめ、健康的な顔色が戻った。だがいくらもしないうちに、彼はいつもの単調な、それでいて乱れた生活に戻った。家庭教師は、実際には優しい男で、彼の気まぐれをすべて叶えてくれた。ある夜には、領地を通りかかった演奏家の一団を城に招いた。丸一時間というもの、彼は音楽に耳を傾け、新たな戦慄と欲望の虜になった。

彼は一団を穴のあくほど見つめた。彼らはボヘミアからやってきたということだった。歌も、ギターの音も、ボヘミアのものなのだ。いずれにせよ、彼らの銅色の肌、長い黒髪、そして声の甲高い響きが、すでに彼らが遠くからやってきたことを証拠立てていた。とくにある少年、レノルドと同年くらいに見える少年はそうだった。見るのも痛々しいほど痩せていたが、その髑髏《どくろ》のような顔の上で、瞳は深く燃えていた。彼は肉感的で野蛮な踊りを見せていたが、踊りながら呻《うめ》き、また喘いだ。

一団は来たときとおなじように、街道に沿って去っていった。リリアン卿は孤独と悲しみに包まれ、友がないことを嘆いた。明け方まで自慰を試みたが、不毛だった。

そのせいか、十二月の寒い夜になると咳に蝕《むしば》まれた。弱々しく乾いた咳が、彼の胸にきりもなく湧いてきた。医者が呼びにやられ、家庭教師に使いが差し向けられた。驚くべきことに家庭教師は教え子の看病のために、わざわざ自邸からやって来た。医者はすぐに病気の原因を探り当て、命に関わるものではないと覚ったので、とにかく若い卿には充分に気晴らしをさせるようにと命じた。

さっそく彼らは気晴らしに精を出した。

まず、シンダム伯は隣家の邸宅の住人たちを教え子に紹介した。集まりが開かれ、テニスやピクニックをしたり、馬や馬車に乗ったりした。

それからやはりすぐ近くに住んでいたJ・E・プレイフェア氏は、グラスゴー出身の富裕な実業家だった。彼はレノルドの歓心を買おうと、信じられないほど辞を低くした。彼には十四歳の娘がおり、その娘の美貌と自身の財産を頼りに、今後の展開に期待していたのである。イーディス・プレイフェアには、あのケイト・グリーナウェイ[35]が描く短いドレスと長い巻毛のイングランドの少女たちを思わせる、曖昧な魅力があった。イーディスとレノルドは熱心な調子で引き合わされ、それからというもの、際限のない遊びに没頭した。遊びというのは、年長で支配的なリリアン卿が、年下の友人とひたすら笑みを交わすというものであった。

二人の関係は、若い恋人同士の軽口やふざけあいの域を出るものではなかった。一人はお小姓のように、もう一人は人形のように見えた。そして六月、刈り取られたばかりの干し草が物陰で甘い香りを放っていた湿気の強い日のことであったが、近隣の子供たちを交えてかくれんぼをしていたときに、二人はいつの間にか納屋で正面から顔と顔を見合わせ、瞳を奇妙に輝かせていたのだった。一言も口には出さず、しかし悪戯っ子のような目つきを間近で交わすうちに、彼女のほうは真っ赤になり、彼のほうはわずかに震えだした。何かが軋《きし》んで二人を驚かせた。だが近づいてくる者は誰もなく、子供たちの叫び声はまだ遠くのほうで続いていたので、二人はさらに近づいた。

「イーディス」と少年は呼びかけて娘の手をとった。「イーディス。僕に口づけたい？」

少女が逃げる暇も与えずに、彼は相手に腕を回して頬ずりした。イーディスが愛撫を返すと、甘美な衝撃が彼を貫いた。静寂のなかで二人の心臓は激しく鼓動した。口元はきつく結ばれたままだった。レノルドはいったん抱擁を解き、扉を閉めると、足音もさせずに戻ってきた。

「もう一度！」と彼は歌うように言って微笑んだ。

二人は甘い香りのする干し草にすべりこみ、両の手でお互いを求めた。少年は唇で少女をくすぐった。ややあって、一つになろうとする欲求から、二人の動作は精確さを増していった。そして彼女は突然、悲鳴をあげたが、その弱々しい悲鳴は、すぐに快楽と愛の呻きに変わった。納屋を出るとき、彼女は自分のした行為にふたたび紅潮していた。イーディスとレノルドは静かに城に帰ったが、その様子からは、とても早熟な愛の告白が行われたとは思えなかった。

理由はついにわからなかったが——父親に疑われたのだろうか？　それとも本当に発つ理由があったのだろうか？——八日後、J・E・プレイフェアは娘を連れて去っていった。

リリアン卿の神経はいつも以上に張りつめた。

その頃、カーディフ公爵（やはり田園の隣人である）の邸であるスウィングモアに入れ違いにやってきたのが、作家のハロルド・スキルドであった。彼はすでにその才能と嗜好、そして異常なふるまいで、ロンドンとパリを震撼《しんかん》させていた。ギリシャとイタリアに長い旅行をし、古代の異教の神話世界に敬虔な詩人のように浸ったあとで、彼はかつて自分が見もし、愛しもした様々なものの思い出に満ちたこの国へ戻ったのである。

背は割合に高いが、洗練されているとは言えない大柄な体軀で、顔は世界で最も凡庸な顔といってもよかった。だがその俊敏きわまりない眼は、初対面で相手のすべてを見透かしてしまうのだった。鷲鼻は分厚い唇と対照的で、きれいに剃られた顔のなかで目立っていた。召使のような風貌とも言われかねないのに、長い髪のおかげで、まるでジャーナリストに転身したローマ皇帝のように見えたのである。

彼が最初に発表したいくつかの記事は、流行の先端をゆく雑誌に好意的に受け入れられたが、エリートたちには碌《ろく》に相手にされなかった。次いで幾人かのアール・ヌーヴォーの芸術家たちが彼を評価した。とくにバーン゠ジョーンズは彼のある散文作品に霊感を得て、驚異的な絵を仕上げている。謙虚なハロルド・スキルドは、こうして成功への道を歩みだした。ある種の愛情についての鋭い描写に彩られた彼の物語が醸し出す神秘的な悲哀は、徐々に彼を、かつてバイロン[36]を愛した読者たちのお気に入りの作家の地位へと引き上げたのである。

スコットランドへやってくる三年前のことだが、プリンス・オブ・ウェールズ劇場で彼の二幕物

「リシス」が上演されると、大衆はその精巧な感情の表現と作者の類い稀な才能とを称賛したものであった。この日からハロルド・スキルドは有名人になったのである。彼の寵愛を得ようと集まってくる取り巻きたちが雨霰《あめあられ》と投げかける賛辞に酔いながら、彼は何度も何度も大衆に倒錯の挑戦状をたたきつけた。最初は『ミリアム・グリーンの肖像』であった。その後も危険を冒しつづけたが、杞憂《きゆう》だった。一歩進むごとに、新たな勝利がもたらされたのである。

しかし彼は、自身の成功は無根拠であり、それは俗物的なサディストばかりからなる同時代人の気まぐれゆえのものと感じていた。彼はそれでも矢継ぎ早に、大胆な戯曲と突飛な記事を発表しつづけた。

芸術家としての良心から、彼は一抹の不安を覚えることもあった。だが同時に、自らの成功を支えているのが限りないほどの偽善だと思うと愉快でもあった。彼の本はアメリカとイングランドで何千部も売れ、オックスフォードに桃色の大理石を使った邸宅が建てられたほどである。それは独特で精巧なパエストゥム[37]の再現だった。国中の貴族が彼を特別扱いし、彼のために夜会を開いたが、それに応えて彼は自分でもさらに派手な夜会を開くのだった。彼の自邸で供される晩餐はヘリオガバルス[38]時代のものと比べても遜色がなかった。彼はアドニスを信奉するだけでは足りず、理想を自ら実践して範を垂れた。一目でそれとわかる恋人たちに囲まれて過ごしたのである。悪徳によって、彼はあたかも神の似姿となった。彼に夢中になっていた老齢のファーンバラ公爵夫人は、スキルドのアウグストゥス風[39]の立居振舞（大自然にも負けない厳かさであった）をからかい、彼こそカエサルを猿真似する最後の男だと評した。

司直はもはや畏怖を抱き、すべてに目をつぶっていた。日中は衣装道楽に溺れ、競漕の開かれる夜になると、彼はアンティノウス号[40]と名づけたヨットに、アッティカ風の花冠を頂いた金髪の、不安を煽るような若い奴隷たちを乗せ、河を下ってゆくのだった。弟子や崇拝者の群れに君臨したスキルドは、ダフニス[41]に口づけしているところを目撃されたこともあった。熱狂する人々は、彼を新しいシェイクスピアと呼んだ。

しかしながら、リリアン卿はハロルド・スキルドの名など、ほとんど聞いたこともなかった。新聞に目を落として、その名を目にしたことはあっても、それはすぐに忘れ去られてしまっていた。彼の若い好奇心はまだ文学に目覚めておらず、書物がすぐそこに開いていても、彼はその可愛らしい眼を閉じてしまうのだった。そのようなわけでカーディフ公爵がいつもの無頓着な調子で若者にこの芸術家を紹介したのが、スキルドとの初めての出会いであった。

ハロルド・スキルドはリリアン卿を称賛のまなざしで舐めまわしたが、卿の方はまるで関心を示さなかった。彼にとって、詩人など何であろう？　それから儀礼的な挨拶がいくつか続き、スキルドも挨拶をした。晩餐では、スキルドは卿の隣に席をとった。

するとレノルドは次第に、隣に腰かけている男の機知と、当意即妙の会話に魅せられていった。

そして意地悪そうなことばかり言うこの男がときおり挟む甘い言葉によって、どういうわけか、レノルドは相手が自分の美しさにすっかり参っていることを覚ったのである。要するに、作家はリリアン城とその湖をぜひ訪れてみたいと申し入れ、少年はきわめて厳粛に、彼を招待したのであった。

二日後、ハロルド・スキルドがやって来ると、リリアン卿は可愛らしい少女のような、じゃれつくような優雅さで彼を迎えた。屋敷の案内を終えると、城に戻るうちに夜の帳《とばり》が降りた。

「今夜は城にお泊りになりますか？」リリアンはスキルドに尋ねた。

城の主人にもその風景にもすっかり満足していたスキルドは、喜んで申し出を受けた。

かつて父が憂鬱な、無感動な眼で息子を見つめていた大広間での食事がすむと、レノルドは夜だというのに、湖畔を散歩しないかと提案した。「古い家には亡霊が彷徨《さまよ》っている、と世間では言いますね。僕の家はいっとう古いので、亡霊もさぞたくさんいるでしょう……。一緒に見にゆきましょう」

二人は出発した。霧の濃い夜で、雲の向こうに十二月の星座が輝いていた。詩人はかつてこれほど感動し、情熱が滾《たぎ》るのを感じたことがなかった。

この若く、無知で、顧みられずに育った少年に心を開いたスキルドは、レノルドにその生い立ちや生活について優しく尋ねた。薄明かりのなか、彼の声は歌うように響き、唇の上で心臓が顫《ふる》えるようだった。とっくに人生の凡庸さに愛想を尽かし、もうずっと以前から愛など気まぐれ以上のものとは認めていなかったスキルドは、自分がこの子供を愛していることを理解した。

その情熱はあまりに強く唐突で、自らのうちにそれを見出した後も、彼はしばらく黙っていた。リリアン卿が彼の気持など露《つゆ》知らぬことは明らかだったし、それをあまりに正確な言葉で直接に匂わせたりすれば、この思春期の少年は驚き、落ち着きを失い、すっかりしゃべらなくなるか、あるいは怯えてしまうだろう。いずれにせよ彼は異なる種類の愛、無謀な世捨て人の愛の存在を知ることになるのだ！

スキルドはそれをよくわかっていた。だが彼をとても愛していたのである！　スキルドを昂奮させている感情は決して下卑たものでも、罰当たりなものでもなかった。すぐに面白みのなくなるような所有欲でも、相手を堕落させたいという倒錯した快楽でもなかった。この子供、この孤児は、その財産と家名をも顧みず、私と共に栄光の極地へと歩むのだ……。私はすこしずつ、彼にひとの心の読み解き方を教えるだろう。あたかも星座を読み解くように！

スキルドは果たして自分に教師の才覚があると思っただろうか？　退屈な馬鹿者どもは、無害なものを罪と騒ぎ立てる。だが彼は誇りをもってその罪を見せびらかすだろう。

こうして会話が再開された頃には、彼らはお互いに心を開きはじめていた。レノルドは孤独について話した。財産があるがゆえに、そして自分がまだ若く、人生を本当に生きることができないという退屈ゆえに、孤独はかえって深まってゆくようだ、と。

「これは不機嫌でいらっしゃる！　情熱こそが治療薬ですぞ、卿よ」とスキルドは冗談めかして言った。「楽しまなければ！　どうやってか？　役を演じることです。断言しますが、社会に出る練習としてこれ以上のものはありませんよ」

「役を演じるって？　俳優のように？　舞台の上で？」

　これまでお伽話の芝居を二本観たきりのリリアンは、楽しげに目を見開いた。

「それに、あなたには才能があります。あなたは媚態が、いや、——失敬——あなたは花婿のようになまめかしくもあり、悪魔のように倒錯的でもあり、天使のように可愛らしくもある」

　レノルドは身振りで相手の言葉を遮った。

「わかりました、忠告を聞きましょう。芝居はいつ？」リリアンは口早に言った。

　このことはカーディフ公爵に急報された。隣人をみな呼び集めて、上演の日取りを決めることになった。本番は新年と決まった。芝居の選定は、スキルドに任された。


---

　八日後、スキルドは脚本を手に戻った。

　彼はこの仕事に誠意没頭し、胸は期待で粟立っていた。銃士のように生意気で、しかも優雅この上ないお小姓との思い出が、リージェント・ストリートの少年たちよりも、メッシーナの少年たち[42]よりも、彼を有頂天にさせたのである。

「可愛い君、許してもらえるなら、芝居を朗読しよう」

言葉と身振りで登場人物を活写する才能に恵まれたスキルドは、リリアンを苛々させることもなく、三幕の戯曲「ナルキッソス」を読みおおせた。リリアンはむしろ愉しんでいた。

リリアンは喝采《かっさい》した。遠くの山々に夜の帳が降り、窓からは桃色の蒸気を吐き出す湖が見えた。浪漫的な神話の世界のようなスコットランドの神髄が、この辺境の森にざわついていた。アイヴァンホー[43]やメアリー・ステュアートの存在と共に、これらの情景の魔力は、塔に閉じ込められた姫君とか、角笛を吹く遍歴の羊飼いとか、低木の茂みとか、静かな湖面を想起させた。だがそれを白くやわらかいギリシャの風景に変え、霧にむせぶ夜を日の出の眩しさで包んでしまうのには、一分もあれば充分なのだ。

「あなたのナルキッソスはとても可愛い」とリリアンは、まだ耳に残る言葉や脚韻の響きを味わいながら断言した。

「君は、自分が蘇ったニンフの息子になったつもりで演じればいいんだ。こないだの晩、君は寂しくなると、鏡のなかで震えている自分の影に口づけることがあると話してくれたね。ナルキッソスになればいい……」

「なりたいのはやまやまだけれど、きっと大根ですよ。演《だ》し物はいつだっけ？」レノルドは笑って言った。「ああ、新年か。そうだ、そう決めたんだった……」

「他の配役も、私が決めよう。ほら、レディー・クラグソンも君と舞台に立つのは大歓迎だろう。あとは誰がいたかな？」

「イーディス・プレイフェアは遠くにいるからなあ！」小さな卿は嘆息した。

「イーディス？　誰だねそれは？」

「誰でもない。すこしまえまでの友達です。ところで」辞去しようとするハロルド・スキルドに向かって続けた。「これは誰が書いたのです？」

「私だよ」と作家は単純に答え、手を差し出しているリリアンを見た。

「何ですって？　あなたが？　どうして言ってくれなかったの？　とてもいい。スキルド、すばらしい芝居だ。なんてすごいんだろう、ああ、驚いた！」

「ああ、たったの一週間で書いたんだ。ひとまず、謝っておくよ」

「でもどこから着想を得たの？　神がかりだよ！」

「君を愛する者として書いただけさ」とスキルドは囁いた。もはや自分のことしか考えられず、あとはすべてを忘れていた。囁きながら、彼は若者を想像しがたいほどの優しさと強さで押さえつけた。そして、レノルドに制止する暇も与えず、彼のほうへ寄りかかると、新鮮な乳の匂いがする首の、温かい柔肌に口づけた。

## Ⅳ

待ちに待った、その年の最後の週が訪れた。

リリアン城ではすべてが取り散らかっていた。鏡の前に根を生やして、若者は狂人のように役作りに励んだ。ナルキッソスと同化するあまり、遠景の湖とおなじ青色をした彼の眼の下は、すっかり隈になっていた。芝居はカーディフ公爵の邸宅、スウィングモアで上演されることになっていた。公爵はそこに即席の、可愛らしい劇場を建てたのである。さらに公爵はレノルドをはじめとする演者たちに、その週を自邸で過ごすよう勧めた。こうしてレノルドは大理石の階段を降り、領地にしばしの別れを告げて出発したが、その様子はいかにも自信に溢れ、もし国王と擦れ違ったとしても、軽蔑したように一瞥《いちべつ》をくれるだけだっただろう。

スウィングモアでは公爵自らが出迎えた。公爵は皇太子によく似ていると評判だった。王家の姫君の一人と結婚したことが自慢で、それと矛盾するような、出生に関するよくない噂が流れても、本人はまるで気にしなかった。

　彼は少年に対して非常に親切だったが、ふとスキルドがリリアン卿を眺めているのに気づくと、ボルジア家[44]の人のような直感を得てうきうきした。彼はあらゆる悪徳に侵されていたが、罪人として死ぬことを何よりも恐れていたので、折り目正しく教会に通い、地域の敬虔な信徒には助力を惜しまなかった。

　レノルドは果樹園に造営された趣味のよい劇場に案内された。そこでまず公爵夫人に紹介されたが、それは非常に尊大で、家宝の真珠に負けないくらい黄色い歯をした、古い肖像画を思わせる女だった。それからほかの演者たちにも引き合わされた。

　そのうちでレディー・クラグソンは理想的な美人だったが、彼女の結婚生活に関してはよくない評判が立っていた。クラグソン卿はまるで王族のように、アールズ・コート[45]の花形であるメイベル・リード[46]を囲っていたのである。それまではどの恋愛においても申し分なく不実であったクラグソン卿だが、このサーカスの曲乗り女にはすっかり絆《ほだ》されて、一家の財政は危機に瀕《ひん》していた。さんざん揉めた末に別居し、いまでは夫人からのわずかな仕送りで食いつないでいる始末である。運命から逃れることをよしとしない性分の妻は、残念ながらまだ夫を愛していた。彼女には子供がなかったので、愛情の井戸はいつも溢れそうになって、捌《は》け口《ぐち》を求めているのだった。美しく従順そうな眼には嘆きが潜んでいた。話すとまるで泣いているように、声に涙の気配がした。彼女は詩と音楽に没頭して、歌と韻文で気を散じていた。
また、マサチューセッツ州キントンからやってきたアメリカ人のウェル夫妻は、まだ若く、おまけに途方もない金持ちだった。ニューヨークやニューポートの生活、シェリーズでの晩餐やウォルドルフ[47]での夜食にすっかり飽いた彼らは、倦怠と札束を抱えて、古きヨーロッパを当てどもなく彷徨っていた。

妻のほうは小柄な金髪の女で、怯えた子供のようだったが、すでに世界を三周していた。ただの小旅行よ、と彼女は小さな白い手をひらひらさせながら言った。夫のほうは巨人のような体格で、いつの日か苦悩と貧乏に直面するに違いなかったが、自分が金持ちで何もしなくてよいということに、妻以上に戸惑いを感じているようだった。贅沢のしすぎで無感動になっており、美食の過多で食欲も減退していた。彼は生きているというよりも耐えていた。それでも、まるでそれが生きがいであるかのように、金を蓄えることに夢中になっていた。それにしても、一体どうすれば二千万もの収入を消費することができるのだろうか？ 無為に過ごすのは構わないが、何かしているふりだけはしなければならない。そこで彼はあらゆるスポーツ、あらゆる快楽、あらゆる退屈に手を染めた。狂ったように狩り、釣り、船遊びをし、ゴルフとテニスをやり、車を四台と、厩舎《きゅうしゃ》ふたつにいっぱいの競走馬を所有していた。いま使っている飛行船は五艇目だった。とうとう野生の馬の飼育まで始め、アマチュア劇団の俳優もしていた。彼と妻は世界を周りつづける永遠の旅行者だった。

それからパーシー・カードウェル・ブロントンがいた。四マイル先に不動産を持っている街の富裕な醸造家、リチャード・ブロントン卿の次男だった。パーシーはプリンスやセント・ジェームズの常連で、十時頃にカールトンやデルモニコ[48]にゆけば、あのやり手のチェンバレン[49]を真似て蘭の花を燕尾《えんび》服《ふく》のボタン穴に挿し、片眼鏡をねじ込んだ姿がダイニング・ホールに見出せただろう。そして夕食がすむと彼はスキルドや、ピアニストのスピルカと一緒に、場末の最下層の飲み屋をはしごするのだ。「ちょっと見てみたくて」とうそぶきながら。

これに雷鳥狩りに来たという人々も加わり、すべての招待客が揃った。

リハーサルはすぐに始まった。スキルドは助言を惜しまなかったが、それでも少年が持っている天賦《てんぷ》の才にすっかり魅了されてしまった。半透明の、半神風の貫頭衣《かんとうい》を着たレノルドは、その瑞々しい美しさをさらすことに何の躊躇《ためら》いも、恥ずかしさも見せず、驚くほどたやすく舞台の上を往ったり来たりした。リハーサルが終わると、彼は媚びるようにモスリンの衣装を滑らせて床に落とし、気の利いたやわらかな動作でその均整のとれた肉体を引き立たせた。それから自宅にあるのとそっくりな大きな姿見の前に立つと、微笑みを投げ返すその鏡の前で微動だにしなくなった。そこに佇立しているお小姓の、誘惑するような、小馬鹿にしたような様子を、彼は熱烈に見守りつづけた。

大晦日に、彼がまたしてもこの強烈な快楽に耽っていると、軽いノックの音と共に扉が開いた。驚いたレノルドが身体を覆ったり悲鳴を上げたりする暇も与えずに、スキルドが入ってきた。項《うなじ》から踵まで、これまで味わったことのないような口づけを浴びて、レノルドは快感に貫かれた。我に返ると、スキルドはもういなかった。レノルドは、モンローズは、リリアン卿は、おぼこ娘のように乱暴されたのだ。

彼はこのことでスキルドを恨みはしなかった。翌日、彼はギャリック[50]の再来かと思われるような名演を見せた。ナルキッソスの優美で神秘的な役を、彼は自然に、若々しく演じきった。惨めで苦しい愛を告白するニンフとの対話で彼が見せた繊細で謙虚な様子に打たれて、半信半疑だった観客たちも、第一幕の終わりには喝采《かっさい》を禁じ得なかった。

泉の岸辺で、彼が自らの美しさに気づき思わず自分に口づけてしまう場面では、観客の全員が心を奪われ、立ち上がって称賛した。感動に胸を突かれた俳優は、古代人らしく銀盃花の枝を小さな手に握りしめたまま、観客に近づいて一礼した。彼の足元に薔薇が投げられた。それは芝居の作者からの尊敬の印だった。楽屋へ戻ると、彼はまたしても全員から祝福された。レディー・クラグソンは女神役の広裾の衣装をつけた天女のような姿のままでお祝いを述べに駆けつけると、その大きな、いつも悲しそうな瞳で彼を眺めた。カーディフ公爵も暖かい感謝の言葉を述べ、公爵夫人さえ忝《かたじけな》くも芝居に関心を示された、と付け加えた。

それらの人々が退がろうとしたときに、ようやくハロルド・スキルドが到着した。彼は遅くなったことを詫び、称賛の言葉にいくつかの「注文」を織り込んだが、老公爵もずるそうな目つきでそれに同意しているようだった。

「君の失敗はたったひとつだ」とスキルドは二人きりになるとすぐに言った。「それさえなければ完全な成功だった。それはあの口づけの場面だ……」

「誰への？」

「君自身へのさ。泉に屈み込んで、そこに映る両目を見据えた後の」

「おかしかった？　口づけなんてどうすればいいの？」

　これには答えずに、ハロルド・スキルドは小馬鹿にするように微笑んでいる少年の美しい頭部を両手で押さえつけた。しばし、彼はこのまったくもって愛撫向きの小さな暖かい肉体が鼓動するのを楽しんだ。そして情熱を抑えきれなくなると、柔らかい首や、ほんのり桃色になっている耳、琥《こ》珀《はく》色の頬、滑《なめ》らかな唇を、熱心な口づけで覆い尽くした。熱と快楽に浮かされながら、リリアン卿は鏡のなかで弓なりに立ち、青白くなってゆく自分を眺めた――彼はどこか歪《いびつ》で、皮肉っぽく、愛らしく、美しかった。


---

おなじ夜、心地よい疲れに満たされたレノルドが寝間着に着替えて床に就こうとしていると、恐

怖で半ば押し殺された女性の声が「入ってもよろしいかしら」と尋ねた。彼は扉を開けた。それはレディー・クラグソンだった。

「ああ、赦してちょうだい！　自分でも何をしているのかわからないの！　実際、私はおかしくなっているんだわ！」

天鵞絨《ビロード》のヴェールの奥に薄い色の瞳を輝かせた彼女は、仄灯りのなかであまりにも美しかった。

「赦してちょうだい」彼女は言った。「愛しているの」

「どうか、お静かに」と彼は、彼女の口を塞ぎながら言った。

あらゆる浪漫と魅力に幻惑され、まだ半ば童貞に違いなかったリリアン卿は、その夜、スキルドよりも彼女を愛したのだった。

---

それからというもの、ハロルド・スキルドやレディー・クラグソンをはじめ、隣人たちがリリアン城にレノルドを訪ねない週はなかった。あちらこちらで夜会や集まりが開かれ、その狂乱は悪魔が地上を闊歩《かっぽ》しているとしか思えないほどだった。

リリアン卿は新たな感情に日々出会い、急速に変化していった。ときに甘やかされ、ときに批判されながら、彼の少年らしい性質や思考は変化の時期にさしかかっていた。成功に必要なものはすべて揃っていたので、彼はあっという間にわがままになった。かつての控えめな、謙虚な部分は消え失せ、瑞々しい純真な笑顔も一緒に消えてしまった。そして多弁なスキルドが放つ技巧的な逆説が、徐々に彼の心を染めていった。くたびれてなお快楽を求めてやまないスキルドの魂が、まだいくらも生きていないリリアン卿の魂を汚し、疲弊《ひへい》させてしまったのだ。

スキルドは神秘主義と芸術に昂奮状態となると、年少の友人を引き連れて、長時間の山間の散歩を愉しんだ。山頂の清浄な荘厳さや川の穏やかさ、日没の秘儀、大地の優美さを、彼は少年に見せた。帰り道をゆく二人は、高所が引き起こす眩暈《めまい》を瞳のうちに宿していた。

邸宅の天井の高い広間のひとつに腰掛けると、スキルドはランプの笠の下に身を乗り出して読書に耽り、レノルドは薄闇のなかで希望や思い出に浸るのだった。スキルドは彼のために偉大な詩人たちの作品を朗読した。シェイクスピアの壮大さに、ポープ[51]の怒りに、ミルトン[52]の盲目に、彼は出会った。昂奮したバイロンや酩酊《めいてい》したテニソン[53]の歌を聴いた。ときにはシェリダン[54]が哄笑《こうしょう》の渦を起こし、スウィフト[55]が説教を垂れ、ディケンズ[56]が目に涙を浮かべながら過ぎていった。ときにはもっと真面目な遊戯に打ち込むこともあった。過去を思い出すと気持が乱れてくるスキルドは、好事家の機知を発揮して、世に蔓延《はびこ》る偏見についてとりとめもなくしゃべり続けたのだ。偽善者や信心深いふりをする連中への怒りもあらわに、莫大な勇気を持つ自分が、いつか成し遂げようと目論む事柄を並べ立てた。それから今度は反対に、自然やその不思議に対して抱いている敬虔な気持を述べはじめたが、勢い余って、ふと気づくとおよそありとあらゆるものを愛していることになってしまうのだった。

こうしたわけで、偉大な詩人たちの力強い声に眠りを破られ、スキルドの才気に魅了された少年は、蠟が鏝に成形されるようにして、スキルドの似姿に仕立てあげられてしまった。

これまでハロルド・スキルドが出会った少年たちは、みな愛よりも金のために――これは実に英国らしい悪徳である――近づいてきていたのだ。だが彼がリリアン卿に抱いた感情はとても奇妙で、それまでのものとまったく異なっていたので、彼はすっかり誇らしい気分に満たされていた。最初は、年若い友人の名前も、財産も、家柄も、知性も、その美しさ以上にスキルドを立腹させたものだ。だがこの愛することを知らない男のなかに、いつしか燃え立つような、絶対的な、抗いようのない愛が芽生えていたのである。彼はリリアンを自分だけの獣にしたくなった。そしてリリアンもこれに従った、あるいは従うように見えた。スキルドは彼を俳優として、愛人として仕込みたかった。すぐにその通りになった。リリアンは舞台で女役もするようになった。古代ギリシャの娼妓の役も、現代の尻軽女の役もこなした。いまやムーラン・ルージュのあるフランスを、あらゆる演芸のあるパリを、彼は熱狂的に愛していた。日頃の所作も言葉遣いも完璧で、彼はすっかり小さなデロベッレ[57]になっていた。つまり利己的な嘘つきに成長したのである。

そのようにして五箇月が過ぎた。

冬が秋の後を追い、春が冬を追い払った。ある朝、ハロルド・スキルドが書物を片手に、無頓著な様子でリリアンの私室に入ってきた。

「私の新しい小説『イシス』だ。君に捧げたんだよ、私のガニメデ……」リリアンは本を手に取った。頁を繰り、ところどころ目に留まるままに読んだ。そして偶然、驚くほど精確な描写を見つけて青ざめた。

「でも……これは僕のことじゃないか」

「もちろん君だとも。おめでとう存じます、卿よ、世の無作法者どもが、あなた様の存在を知るのです。こんな素敵な物語に、誰が仮面をつけた登場人物など出すものか！」

「間違っているよ、スキルド」リリアンは意見した。「こんなやり方はよくない」

「何故だい？」

「何故なら僕は僕だけのものなのに、君は僕を盗んだからだ。そう、盗んだんだ、僕の影を、思想を、魂を！　もし誰かが君の箪笥を勝手に開けて、引き出しを漁り、手紙やレース飾りや香水を引っ掻きまわした挙句、戦利品を手に吹聴して回ったらどう思う？　良いか悪いかは別にして、君は僕の秘密の夢や、子供の頃の思い出や、少年らしい欲望を暴露してしまった。君は僕に心から興味を持ってくれているのだと思っていた。僕を慰め、守り、癒してくれると信じていたのに」

「だから私は君を守ったし、助けたじゃないか。約束通りに！　どうして悲劇にしたがるんだ！私は君を守り、癒した……そして、確かに本を書いたよ！　われわれ文士にとって、人生は終わりのない闘いなのだ。私たちは病める者、死にかけた者に近づいて、癒そうとする。医者とおなじだけの好奇心と、献身を以《もっ》てね。君はあまりに若く、あまりに病んでいた。だからこそ、私は君だけに興味を惹かれたんだ。私は責任を果たし、新作を君に捧げることで感謝を示した」

「確かに本を書いたって！　それは結構な言訳だね。商売は商売、そういうわけだろう？　場所を選ばない仕事なんだね。おっしゃる通り、僕は若いさ。でも自分がいま見ているものに嫌悪感を抱くだけの人生経験はある。新作だって？　詩人っていう連中はどうしてそう自尊心が強いんだ。追い剝ぎは絞首刑にするのに、魂《たましい》を盗むこそ泥には、帽子をとって礼をする。心理学的におもしろい症例だと興味を覚えるのかい？　そうしてそいつを捉《つか》まえて、欠陥を分析したら、あとは大げさに言い立てるんだろう。そして男でも女でも、そいつが誰だかすぐにわかるように書く。あんたはそいつの欠陥を世間に知らしめた英雄になるわけだ！　もう一度、僕を愛してると言ってごらんよ。さあ、言ってごらん。もちろん愛しているんだろう……後でまた本にするんだからね。将来の計画のために、まるで役を演じるみたいに冷たく愛するんだ。でも」リリアン卿はさらに皮肉な調子で続けた。「僕のほうが君より上等な役者なんだよ！」

「喜劇でも悲劇でも構うものか！　もう君はここにいるんだ、これらの頁のあいだに。生意気に思い上がった君という子供は、乱雑な筆跡で書かれたこれらの頁に挟まれて、捕食者に怯えて踊っているんだ。君は私のものなんだ。諦めたらどうだ？　そしてもはや私を愛そうとしない君を元気づけるために、大計画を提案しようじゃないか」

「というのは？」

「旅行だよ」

「遠くへ？」

「ギリシャだ。そこしかない。円環をなす島から島へ、記念碑から記念碑へと巡るんだ。さあ、早くこんな息の詰まるような暗闇の国から抜け出そう。かわいそうな君、私は神秘と理想を通して君に多くを教え込みすぎた！　私なりの愛に君を引き込んでも、傷つけることはあるまいと思ったんだ。だが君はここで、あらゆる誘惑や悲しみ、後悔の餌食になっている。君がひとりで暗闇に立ち向かっているのを見ると、私はいたたまれない。君こそ、打ち捨てられた神や、忘れられた神話の生きた姿なんだ。私は君のなかにこそ、私がずっと追い求めてきた夢が息づいていると信じているんだ。さあ、アドニスが足を踏み入れたこともないような、こんな霞で覆われた国は去ることにしよう。太陽と東洋を探しにゆこう。勝ち誇る東洋を、眩《まばゆ》いばかりの黄金で官能的に輝いている東洋を！　いままで私たちの頭上には四月のスコットランドの空があるだけだった。哀れっぽく白けて、蕾《つぼみ》がまだ半分も開かない空。だがあちらでは、あらゆる自然が目を覚まし、歌っている！

まさに炎に包まれた転生だよ。あの場所ほど草花が美しく咲くところはない。ギリシャだけがあのような栄光をわがものとしている。古い大理石の寺院が、沈没船のようにわびしく佇《たたず》んでいる遺跡にも出会えるだろう。君が踏みしめることになる大地はソクラテスやソフォクレスを、アイスキュロスやエウリピデスを産んだ大地だ。夾竹桃の蜜を集める黄金色の蜂は、かつてプラトンの唇のまわりを飛んでいた蜂だ。彼らの子孫はいくらか堕落してしまった……。だが私たちは過去を糧に生きるのだ。私たちは歴史に酔い、伝説を再び目の当たりにし、その登場人物たちの姉妹となるのだ。旅の途中では歌い手たちにも出会うだろう。いまだに天空にその声を轟《とどろ》かせている歌い手たち。ヴェネツィアにはミュッセがいる。シテール島[58]ではショパンが夢を叫んでいる。さらに進めば、バイロンの彷徨《さまよ》えるミューズの姿もあるだろう。

ああ、お願いだ。すばらしい英雄の地であるギリシャ、その経験を分かち合うのは、愛する君でなければだめなのだ……。ギリシャの神話的な島々でなら、人はよろこんで死ねる……」

# V

あなたにお手紙を書いてはいけないのかもしれません。遠く離れていることを言訳にしてもよいでしょうか、その距離こそ私を苦しめているのですから。まだあなたがほんの小さな男の子だったときに見知っていた少女を覚えているでしょうか、可愛い眼をしていると思ったけれど、本人にそう伝えることはしなかったイーディスという少女のことを？　私はたくさんの思い出を大切にしています。でもイーディスはもう大人で、お人形あそびもしません。あなたがどこで何をしているかもわからないまま、このお手紙を認《したた》めています。これがあなたの手に渡るかどうか、神の御心にゆだねることにします。あまり期待せずに、お返事をお待ちしております。宛先を添えておきます。父について、スペインへ来ているのです。太陽の近くにいると、幻につつまれて、まるであなたのお側にいるような気がします……。

蒸気船が着いたばかりのナポリの波止場で、レノルドは憑かれたように封筒を弄んでいた。封筒はすっかり切手に覆われて、長い長い旅をして彼の手元へ届いたのだった。手紙は最初の宛先であるリリアン城から、ロンドンのハノーバー・スクエアの邸宅へ転送されると、今度はそこの家令によってマルセイユへ送られ、さらにマルセイユからナポリへ届けられたのである。たっぷりと湿気を吸った若い娘の繊細な手蹟は、すでに二週間前のものであった。手紙はずっと昔の小さな友人の姿を蘇らせ、レノルドの胸を打った。彼女は覚えていたのだ……あの柔らかい唇をした可愛いイーディス！

そこへ、スキルドが上機嫌で戻ってきた。レノルドが手紙の封を切るのを見て、席を外していたのである。後には浅黒い土地の少年が、大きな籠《かご》いっぱいのシチリア産のオレンジを担いでついて来ていた。不意に届いた手紙を読んだリリアン卿が物思いに耽っているのに気づいたスキルドは相手に近づきながら、嫉妬がたぎってくるのを認めようとはしなかった。

「恋文かい？……なかなかよく書けているんだろうね？」

「ああ、でも君とは性別が違うよ」

「じゃあ、さぞ内容も深刻だろう！」

「それにもっとすばらしいさ」

「可愛い君、もしかする君はいま……」

「ああ、とても機嫌が悪い」

スキルドは退き、船に上がってオレンジを蔵《しま》い込むと、すぐにまた出かけた。お気に入りの教会を見て、もし可能なら、美しいカプリ島まで足を延ばそうと思っていた。そこはドイツ人の実業家であるスップ[59]と彼が愛してやまない島だった。

レノルドはスキルドが去るのを見送った。そして一人で立ち尽くし、虫の羽音のようにがなり立てる人夫や物乞いが、烏賊《いか》の揚げものや、柘榴《ざくろ》や、オレンジや、絵葉書の類《たぐい》を、必死に売りつけようとする声に呑まれた。彼はくたびれた様子で、身振りで彼らを追い払った。ああ！　あの頃のように、彼女と二人きりになれたら……。[60]

現状に対する嫌悪感が突き上げてきた。もう一度、すべてをやり直したいと思った。彼女と二人きりで……彼女に話しかけ、手紙を書き……。白いモスリンとアメジストのヴェールを纏ったこの街の十二月の太陽が、彼の魂を変化させはじめた！

そして彼は意図することもなく、半ば恍惚《こうこつ》のうちに、手紙の最後の一文を思い起こした。「太陽の近くにいると、幻につつまれて、まるであなたのお側にいるような気がします……」

直接に「愛」という言葉を使わずになされた娘の素朴な告白が、彼にかつて彼女を愛していた昔のことを思い出させた。それはいかにも少年らしい愛だった。

イーディス！　彼女を通して、喜びが招いていた。そこで二人の運命はひとつに溶け合うのだ。

まだ二十歳にもならない王子と王女が手を取り合えば、どれほどの美しい夢々が現実となるだろうか。お互いのことなどほとんど知らなかったというのに、情熱が二人に接吻を交わさせたのだ。イーディスを愛さねばならない。彼女のもとへ帰らねばならない。それこそが彼の責務であった。それこそが彼の救いに違いなかった！　彼女のことだけを考え、邪《よこしま》な妄想はすべて捨てるのだ。さらば不健康な夢よ、怠惰《たいだ》な優美よ、己が肉体に捧げられた、軟弱な愛撫のための頌歌《しょうか》よ！　これから、彼は男になるのだ。剛健で支配的な、凛々《りり》しい雄になるのだ。そして世間に堂々と野望を知らしめることのできる年齢に達したら……。

ああ！　だがいくらか歩を進めた彼は、ちょうど鏡のようになった壁の一面に映った、自身の悲しげな、弱々しい肉体を目の当たりにしてしまった。なんと哀れなのだろう！　彼は学童のように細っそりとした身体を見た。金髪の頭は小さく、傲慢そうで、幾重もの隈が両目を取り囲んでいた！　唇は、笑うために半開きになると子犬のような小さな歯並びを露わにしたが、そのまわりにはまだ青い翳《かげ》さえなかった。こんな肉体で、男になるというのか？　馬鹿らしい。スキルドの甲高い声が聞えた気がした――「神だってこんな人間を作るのは躊躇《ためら》われたろう」という声が。

こうして、失望を抱えながらも彼は運命を受け入れた。彼の運命は凡人のそれとは異なっていたからだ。遊歩道を街のほうへ歩きながら、彼は人目につかない辺りで手紙に口づけた。

# VI

イーディス嬢、たしかに、たしかに愛するあなたからのお手紙、落掌《らくしょう》いたしました。どこでとお思いですか？　今度はあなたがその可愛らしい眼で、心配そうに僕を探す番ですよ。わかりませんか？　口づけをさせてください、太陽の下、僕たちは隣人なのです！　おやおや、言葉ばかり並べて、何ひとつお伝えできていませんね。つまり、驚くべきことに、僕はナポリであなたの手紙を受け取ったのです！　まるでそれを受け取ることを前から知っていたみたいに、あなたからの手紙であることはすぐにわかりました。蒸気船は一晩の停泊のために、波止場へ着いたばかりでした。太陽が翳りはじめていました。僕は近視になったみたいに、あなたの繊細な文字を間近で読み、最後は唇でなぞったのです。おお、僕の胸はなんと熱くなったことでしょう！　おわかりでしょうか、僕はこれまで、とても寂しかったのです！　若かりし日の思い出に感謝します。誠実な友情に感謝します。

でも友情はあるのでしょうか？　僕を愛してくれますか？　せめて過去の思い出に免じて……あの芳しい干し草のなかでかくれんぼをしたとき、僕を愛してくれましたね。もうお人形遊びはやめたのですか？　僕でよければ、よろこんであなたのお人形になったのに！　でも僕はまったく迂《う》闊《かつ》な人間です。こうして際限もなく書き散らしながら、自分のことを何ひとつお話しできないままでいます。お話しすべきことはいくらもあるのに！

　まず、僕の旅のことを話さなければなりません。これからギリシャへ、それから東洋へゆくのです。ギリシャを思い浮かべたことがありますか？　夾竹桃の茂みや牧歌的な風景、テオクリトス[61]が徒然《つれづれ》のときを過ごす、花いっぱいの庭園を。プラトンは手をひと振りして、アカデモスの茂み[62]を弟子たちに示します。アリストファネスは、歌を歌う老いたホメロスを嘲笑います。遠くではエーゲ海がきらめき、アクロポリスが燦然と輝いています……正面ではオリュンポス山が、神々に満たされて脈動しています。

　そんなふうに光輝に包まれた甘美な土地のことを想いながら、僕はマルタに着きました。ここからこの手紙を送ります。

「イタリアのパスタで作ったみたいな文句だ」とスキルドなら言うでしょう。悪い評判ばかりが先に立つ、疫病《えきびょう》みたいな男ですが、憎めないのです。彼が僕の旅の道連れです。彼は書くことと、他人に話す隙を与えずに捲し立てることとを生業《なりわい》にしています。およそ不愉快なことは、すべて彼の専売特許です。

あなたが大好きです。あなたのお手紙を読んだあとで、僕が金と銀の神秘的な黄昏に包まれた街へと歩いたことをご存知でしょうか？　ああ、実に様々な香りが絡み合っていました。花々や果実、それに愛撫の香り、女性の香り！　僕はとても興奮しましたが、すこし悲しくもあったのです。愛しいイーディスのことを考えていたからです。信じられないかもしれませんが、可愛らしいナポリ娘たちが僕に秋波を送ってよこしても（自惚れでしょうか）、僕は彼女たちの微笑みにあなたのそれを見たのです（僕はだいぶおかしくなっています）！　そんな不思議な体験のおかげで僕はすっかり陽気になり、次の日も夜明けと共に街へ出ると、まだ眠っているナポリに挨拶をしました。

船は太陽と青空に半分ほど裂かれた霧のなかを出港しました。震える朝の空気のなか、街から浮かびあがってくる円形劇場は、その大理石の肌で海を臨む巨大なサーカス小屋のようでした。頭上にはヴェスヴィオ山の灰色の頂が聳《そび》え、湾の水面にその分厚い山裾《やますそ》が映り込んでいました。船はカプリ島のまわりを巡りましたが、物憂《ものう》い感じのする島の別荘や果樹園が、船のあとをつけてくるように思えました。ああ、小さな、残酷な恋人よ、あなたの美しい瞳を接吻ですっかり潰してしまいたい……ですがこれ以上は、筆を運び続ける欲望も気力も残っていないのです。僕の目の前に、きれいな航跡が流れてゆきます。こうして僕はあなたから遠ざかり、同じ太陽の下、僕たちは白波によって引き離されるのです。できれば、帰路ではスペインを経由しようと思います。幼友達よ、さようなら。小さな遊び友達よ、さようなら。かつて恋に落ちたときのように、僕を愛してくださいますよう。

---

レノルドはバレッタ[63]の狭い石畳の道を登っていった。道の両脇にはイタリア風の家々と、騎士の時代から生きながらえるいくつかの壮麗な屋敷があった。スキルドがつかず離れず側を歩いているので、手紙はこっそりと投函せねばならなかった。それが済むと呼吸が楽になり、彼は授業を抜け出した生徒のように、マルタの朝の厳粛な太陽を心地よく浴びた。

街の頂までたどりつくと、船が青い煙を吐いて出てゆく眩しい湾と港が見えた。工廠《こうしょう》から耳をつんざくような金属音が響いた。建物の屋根には聖ジョージの十字をあしらった旗が翻《ひるがえ》っていた。すでに東洋を思わせるような挑発的な香りが水平線を満たし、海と街に流れ込んできていた。彼が足を止めた郵便局の角からは緑色の椰子の巨木が花を咲かせた大通りが伸びており、露台のようになっているその通りからは眺めもよかった。リリアンは大理石の胸壁に沿って歩きながら一箇所に寄りかかり、眼下に広がる街や波止場、乗ってきた船が着いた埠頭を縫って走る無数の通りを見下ろしながら、いま進んできたのはいずれの道かと夢中になってなぞってみた。

彼はハロルド・スキルドと、そのほとんど愉快なほどの執念深さについて考えた。作家の眼と声はすばらしいマルタの魅力を伝えてやまず、二人はマルセイユからナポリまでの旅のあいだ、ほとんどずっとマルタについて話していたのだった。英雄たちの伝説と殉教者たちの神聖さに彩られたマルタは、まるで異なる時代の都市であるように思われた。

甲板の安楽椅子でゆったりと過ごす夕《ゆう》、二人は中世の騎士や海賊、オスマン帝国の兵士たちについて夢みていた。だがマルタへ着いたリリアンの頭のなかには、一つのことしかなかった。手紙を投函して一刻も早く逃げ出し、失ったかつての恋人と復縁することである。リリアンのわがままぶりを知っているスキルドはそれに勘付いたのか、すっかり態度を和らげていた。

暖かく快適な日だった。バレッタを囲むように広がる丘には多種多様な草花が繁茂し、東洋風の壁紙を飾る巨大な蜥蜴《とかげ》のように見えた。オレンジや杉、銀盃花、夾竹桃の茂みからは酔わせるような匂いが洩れ、丘を登って青年の足元まで漂ってきた。道をゆく柔らかい蹄《ひづめ》の音に彼は振り返った。明るい日差しのなかを、若い農家の娘が、二つの籠に山盛りになった柘榴に埋もれるようにして、小さな灰色の驢馬《ろば》に跨《また》がって過ぎていった。可愛らしい娘で、非常に大きな眼は怠惰そうに微笑んでいた。頭頂部で縛ったすこし派手すぎるスカーフが日焼けした顔と耳を囲んでいた。耳からは金の耳飾りが長く垂れていた。赤い亜麻で織ったゆるやかなブラウスと、刺繡の剝げたエプロンをキャラコのスカートの上に身につけた彼女は野生の果物のようで、皮は硬くとも、さぞかし美味に違いなかった。

驢馬に乗って静かに過ぎてゆく彼女をリリアンは見守った。花で縁取られた大通りを彼女がゆっくりと抜け、姿が見えなくなるまで、見守り続けた。やがて娘が角を曲がってしまうと、リリアンは溜息をついた。欲望、後悔、退屈、それがなんだというのだろう？　そして彼は再び、不健全な欲望を追いかけて無為のうちに過ごされたこれまでの人生と、無駄になった若さとを思い、吐き気を催した。その強迫観念から遠ざかり、すこしでも愉しもうと散策を続けたが、今度はもっと物静かな、慎ましい様子で歩いた。馬跳びをして遊んでいた半裸の浮浪児のひとりが彼に突進してきた。若い卿が発した「あっちへ行け！」という侮蔑を込めた叫び声は、いたずら小僧たちには効果抜群だった。威厳を保つことのできたリリアンは上機嫌だった。

太陽は真っ盛りで、青い光が水面に踊っていたが、季節に似合わぬ、重くて眠たいような空気が頭上に漂っていた。アフリカから吹いてくる攻撃的な風がすべてを圧し、嵐の到来を告げていた。リリアンの散策は終わった。遊歩道の白い欄干《らんかん》がそこで尽きていたのだ。

その先は庭園になっており、仙人掌《さぼてん》の密集した古い壁に沿って、木蔭《こかげ》の道がうねっていた。彼は突然、港までその道を抜けてゆきたいという子供らしい欲求に駆られた。薔薇や蘆薈《ろかい》の生垣を飛び越えて、オレンジの果樹園に降り立った。おお、暗い枝に点々と生《な》った黄金色の果実の軽やかで陽気な香り、日光と柑橘《かんきつ》の合わさった香気！　通りしな、リリアンは気まぐれに果実を捥《も》ぎ、そこについた葉の新鮮さに感動を覚えた。ところどころで虫の羽音がした。青い空からの光が、草の上に大理石のような模様を描いていた。

リリアンは速度をゆるめた。樹々から樹液が垂れていたのである。この場所を離れて街に戻ったところで、いったいどうなるというのだろう？　港は眼下で活気づいている。そこにはスキルドもいる。旅という現実に戻れば、彼はどんどん東洋へと運ばれてゆくだろう。どんどんイーディスから離れてゆくだろう。このオレンジの樹の香りを、イーディスも知っているに違いない。鐘やカリヨンの音がやかましく響くセビリアで、あるいは黄金のバルセロナで、あるいは白い格子窓が並ぶムーア的なグラナダで、彼女は彼のことを想っているかもしれない。青々とした庭園で、彼に語りかけているかもしれない。

温められた草の上に座り、蔭と香りとを与えてくれる天蓋に守られて、寝かしつけられたように、リリアン卿は時間の感覚を失った。この愛撫のなかで彼は眠りに落ち、夢のなかへと旅立った。

---

目覚めたとき、彼の頭は吸い込みつづけた香気のせいで重く、丘と海の上には黄昏が落ちかかっ

ていた。多色の光に包まれて爬虫類《はちゅうるい》の肌のようにきらめいている港が、ぼんやりと浮かんでいた。西の空は桃色の傷口が血を流したように染まり、地平線は霧に塞がれていた。リリアンは暗くなってゆく空に、一番星を見出した。頭を振って目を醒ますと、鬱蒼と茂ったオレンジの狭い並木道を抜け、街の低地にある住宅街までたどりつき、次いで船着場まで歩いた。船に乗り込んだとたん、ハロルド・スキルドの「おや、ご機嫌いかが？」という小馬鹿にしたような声に迎えられた。

「上の方で眠っていたんだ。オレンジの樹の下で」

「もう寝足りただろうね？　明日は九時に出発だからね。石炭が底をついたから、空っぽで船出だ！　我々は代わりにどこかで燃料を燃やすとしよう。ちょっとすばらしいごろつきを案内に雇ったんだ。面白いところへ連れて行ってくれるさ」

「ご大層な趣味だね」

晩餐がすむと、評判のごろつきがやってきた。背が高く、髭をたくわえた、いかにもマルタ人らしいオリーブ色の肌をした若者だった。所作は申し分なく紳士的だったが、ネクタイと指にダイヤモンドを嵌めているのはいただけなかった。

「まったく安全な投資という話だよ。私たちが食い荒らしたあとは、駐屯軍の連中に任せよう」

訳知り顔のマルタ人が合図を送るのに従って、二人は登ったり降ったりする路地の迷宮を抜け、太鼓橋や坂道を通り、ついに得体の知れない、一見ありきたりな家のまえに到着した。

「ここです、旦那。どうぞお入りください」

彼らは細長い回廊へと消えていったが、その妖しい薄暗さはまさに土地ならではの色合いと臭気を放っていた。そこへ突然、光がさした。白い食卓で家族がスープを飲んでおり、中心では鍋から湯気があがっている。父親が優雅に立ち上がる。父親の髪は白かったが、それはまさに画家が父なる神を描くときに用いる白だった。父親は次いで厚化粧の妻と、従順そうな面持ちで眼鏡を拭いている老母と、十二歳くらいの娘とその姉と、吊り上がった微笑みで客人の方を向いている息子とを、順々に示した。そして男は、帝王然とした調子で言った。

「選びなさい、わが友よ。私の家はあなたの家でもあります」

「家族経営の宿屋か！」とスキルドは感嘆の口笛を吹いた。

「誰でもお気に召すのをお選びなさい」とごろつきが、堅い表情を崩さずに言った。

そして食卓をまわって、家族の面々をくすぐったり小突いたりした。

リリアン卿は黙っていた。一家の母親は脂ぎった髪から造花を引き抜くと青年に投げ与えた。しかしレノルドは呆然として、花が絨毯に落下したのにも気づかなかった。するとスキルドが案内人に近づいた。

「私は妹娘とその兄弟にしよう。君も一緒に来てくれ！」

案内人からの耳打ちを受けて、主人は静かに頷いて金額を言った。そしてめいめいが個室に引き上げようとする間際に、はたと立ち止まると謎めいた表情で付け加えた。

「その子は処女です」と娘を指差し、「あまり手荒な真似はよしてください」

## Ⅶ

二日後、彼らはピレウス[64]で下船した。

リリアンは待ち焦がれていた。島から島への周遊はいますこし先の楽しみである。船がシテール島にさしかかると、様々な想いが解き放たれた。シテール……シテール……そこはいまや取り残された小島で、波に侵され、太陽に灼かれていた。漂う空気は憂鬱だった。詩人たちの想像力よ、画家たちの妄執よ、愛の勝利に打ち震える魅惑の渚《なぎさ》よ、さらば。もはや笛と鼓に伴われた牧歌が、田園詩が響いてくることもないのだ。もやは頌歌もなく、金冠をかぶったバッカス[65]の祭司も見当たらず、微笑もなく、踊り狂うマケドニアの娘たちの姿も見えず、銅の三脚で焚かれる青い香料の芳香もなく、謎もなく、接吻もない！　異国の行進は終わったのだ。後に残るはただ悲しい思い出ばかり。

アテネはリリアンとスキルドをふたたび結びつけたかのようだった。少なくとも第一日は。灰色の空の下、二人はパルテノンを訪れ、ニケ[66]の寺院や競技場の趾《あと》をめぐった。いつもは太陽に照らされているのであろう碑は、霧の忍び寄る空気のなかで色褪せていた。それでも大理石に閉じ込められた狭い空間にまとわりつく伝説は力強く、作家と青年は深い印象を抱いた。翌日と翌々日、二人は別行動をとった。宝物をひとりで見つけるよろこびを味わいたいと思ったのである。宿の硝子張《がらすば》りの広間で夕食を共にするときだけ二人は待ち合わせた。ある夜、ハロルドが非常に息巻いて、興奮した身振りでこう話した。

「卿よ、もしお聞きになりたければ、驚くべき知らせがありますぞ！」

「なんだい、教えておくれよ」

「まず、離婚したレディー・クラグソンが明日、君に会いに来るよ」

「どうでもいいじゃないか、そんなこと！」

「大勢の仲間を連れて、自分のヨットで、いまピレウスに来ている。とくにジャン・ダルザスという男には、君を紹介しなければ。そして次に……」

「知らせは二つあるの？」

「そうだとも。さて、何の話だったかな……ああ、そうだ！　次に、レディー・クラグソンにふさわしいお出迎えをするために、月光の下で一時間ばかり、音楽と詩と踊りとを披露することにしたよ。君は異教の神話が夢見たアドニスの役をやってくれるとありがたい。[67]君も楽しめるように、これ以上なく可愛らしいバッカス神の取り巻きたちを用意しよう。喜んで君の奴隷になるという餓鬼《がき》どもを見つけてあるから、およそ最も奇妙で甘美な勝利の行進をしてもらうことになるよ。レディー・クラグソンは君にぞっこんだし、君は屈服することになるかもしれない……。何しろ君は彼女のベッドにいるとき同様に裸なのだし、彼女の唇を吸っているときのように情熱的なのだからね。私はそれを眺めて、好事家らしく、暇そうにしていることにするよ。それでいいかな？」

「良いところと良くないところがあるね……」疲れた声を絞り出すようにリリアンは言った。「どこでやるんだい？　いつ？　月光の下でやるということは、招待されてもいないのに鼻面を突っ込んでくる連中がうようよいるということだろう。それでまた醜聞になったらどうする？　ほかに誰を呼んだの？」

ハロルド・スキルドはそれでもレノルドを説得してしまった。舞台は海岸沿いと決まり、ピレウスに隣接する最も美しい庭園で上演することになった。背景には古代のゼウスの神殿の朽ちた回廊が浮かび上がり、天幕はどこまでも広がる星空である。ごく限られた招待客のほかには、目撃者になりうるのは波くらいのものであった。

そのように決まってしまうと、それから二週間は忙しく過ぎた。興奮に包まれた稽古が続いた。そして当日になった。

月が頂点にかかり、神秘的な乳白色の光に震える海を圧倒していた。青く染められた庭園と白い建物は天鵞絨のような水平線と対照をなしていた。

装置はスキルドの思い描いたとおりのものになった。よく晴れた夜の下、夢は現実になったのだ。過剰なまでの花々と星々に、甘やかな東洋の空から香水を含んだような風が吹き降ろし、心地よい暖かさだった。神殿の遺跡は銀盃花と月桂樹に縁取られて、数々の傑作を生んだ古代宗教の崇拝者たちの存在を思い起こさせた。

そしてこれらすべての上に静けさが浮かんでいた。静けさは神官のように揺るぎなかった。茶々を入れるのはただわずかな濤声《とうせい》と、葉をざわめかせる風の音だけだった。

突然、葦笛による序曲が響き渡り、夜は息を吹き返した。続いて横笛がこれに応え、かつてここに暮らした羊飼いたちの牧歌が、田園詩が、樹々のうちに蘇った。そして遠くでアルペジオが奏でられると、香りをつけた四方の藪のなかからそれぞれに羽音や人の声があがり和音を作った。アドニスへの讃歌である。

いきなり勝利を告げるかのように角笛が鳴り、喇叭《らっぱ》が嚠喨《りゅうりょう》と響くと、それを合図に行進がはじまった。庭園のあらゆる隅から、すなわち払暁《ふつぎょう》の色をした遺跡の背後から、銀盃花と月桂樹とオレンジとオリーブの樹々のあいだから、鬨《とき》の声があがり、篝火《かがりび》と花火が燃え上がった。

そして行進は前進を続けた。

先陣はレスボス島の踊り子たちだった。老人が続いた。緑の月桂冠をかぶり、そこに生った赤い実の汁を浴びて、髪は血で染めたようであった。その肩には紫の法衣がかけられ、あたかもバッカス神を思わせた。柔軟な肉体を持った褐色の踊り子たちは挑発的にくねり、浮き彫りを施した銀と真珠の首飾りを揺らしながら、シンバルを叩くと同時に大きくのけぞった。リリアンの背後では黒人の少年が、お神酒《みき》を載せた盆を捧げ持つようにして、黄金の撚《よ》り糸をきつく巻いた、桃色の杉材の牧杖を掲げていた。叫び声をあげ、おどけながら老人のまわりを練り歩いているサマリア人の奴隷たちは、コール粉で目もとを飾り、爪を青く染めたギリシャの少年たちと、しばしば見交わしては愛撫し、賞賛し、口づけを交換していた。幾人かは百合《ゆり》の重い花輪を担いでおり、歩みを進めながら実に無頓着に花びらを毟《むし》ると、辺りに撒き散らした。

彼らの裸足はしばしばその花びらを踏みつけた。花びらは真珠のように白く、彼らの肌と同じ色だった。胸を突き出し両腕を挙げている者たちもいた。彼らは捧げ持った銀盆で香を焚いていた。そして花と香水が人々の魂を天に舞わせている只中を、真珠母で造られた一台の輿《こし》が進んでいったが、そこには蠢《うごめ》くようなモスリンと、贅沢な絹と、黄金の刺繍に囲まれて、気だるく青ざめたリリアン卿が、神のような裸身をさらして横たわっていた。

サチュロスとニンフが、少年たちと女官たちが追いかけっこをした。彼らの声は一つに溶け合った。子供っぽいヘルメスはオリンポス山を逃げ出し、弱々しくケーリュケイオン[68]を見せびらかした。十五歳ほどの詩人たちは王者のまわりで銀鎖にぶら下がった香炉を振り、彼のために賛美歌を捧げた。

行列はこの上なく美しく飾られた庭園をそのままゆっくりと進み、青い海岸へ着くと道路の方へと登り、ゼウス神殿の遺跡の前で止まった。

変身したリリアンは玉座を降りた。貴重な偶像のように滴るばかりの宝石をまとい、指には重い指輪をつけ、腰に巻いた錬鉄の帯が性器を覆っていた。そのような姿で、彼はかつて信者たちが口づけた、いまにも崩れそうな大理石の階段を昇っていった。

彼は弓なりに立ち、群衆の舐めるような視線に肉体をさらした。人々を祝福するように彼は両腕を広げた。自らを生きたまま、犠牲として捧げようとするかのようだった。すべての人々の胸から同時に溜息が漏れ、すべての人々の頭が、同時に擡《もた》げられた。

篝火が遠ざけられ、アドニスを光の輪が囲むような塩梅《あんばい》になったときの風景は神秘的だった。庭園のそこここで人影が立ち上がり、遺跡のほうへと近づいた。この場に居合わせた選ばれた人々は、尊崇と欲望のために震えていた。金髪のレディー・クラグソンはリリアンに射るような秋波を送り続けた。ジャン・ダルザスは爪を嚙み、「奥様、肉料理でございます」と憎まれ口を叩いた。クラプーチキン皇女は、疣蛙《いぼがえる》のような顔をしているくせに、エジプトの踊子にも負けないほど意地悪な表情をしていた。彼女は一言も発せずに、若いイギリス人の肉体を鑑定家らしい眼差しで隅から隅まで眺めた。

ハロルド・スキルドが幕切れの瞬間を待ち受けていると、レディー・クラグソンが身を寄せてきた。

「もっと近くで観られないかしら？」

スキルドが首肯するように笑うと、レディー・クラグソンは寺院へと続く道を大急ぎでたどった。女官たち、少年たち、サチュロスたち、ニンフたちは、朽ちた回廊をめぐりながら、香水と花をばらまいていた。ギリシャの暖かな夜が深まり、遠くのキクラデス諸島からは、うっとりさせるような甘い香りが海風に乗って届いた。葦笛が鳴り、優しげな竪琴が応えた。リリアンはもはや微動だにせず、ますます神官のような面持ちで、謎めいた視線を空に向けていた。恋する者のようだった。

そこへ暗い人影が現れて、行進の白い列を乱した。一線を越えてしまった臆病者が見せる意志の強さで彼女は大理石の石段を登り、まだ異変に気づかずに微笑んでいるアドニスのところまで来た。誰が止めるよりも早く、彼女は恍惚としている少年の足元に身を投げ出した。

「愛しているの」彼女は小声で、早口に言った。「あなたが欲しい……あなたのすべてが。その細っそりした脚も、首飾りのようにしなやかな胴も……。前にあなたを手に入れたときのように、あなたが欲しい……」

リリアンは銅像のように口を閉ざしていた。彼女は貪るように口づけた。小さな足を、真珠のような踝《くるぶし》を、筋張った腿を、そして金色の羽毛にまだほとんど覆われずにいる、少年らしい腹を掻き抱いた。「あなたが欲しいの……」と彼女は、深刻に、急を要することのように、同じ言葉で繰り返した。

臨時雇いの役者たちは、彼らにふさわしい奴隷根性で、ふたたび踊りや遊びに戻っていった。一方、リリアンの徹底した不動は、彼をほとんど奇妙に、恐ろしく見せた……。女が彼の上を這い回っている。金で雇われた信奉者の群れがいる。豪奢な装置がある。これらが合わさって、その舞台は二度と観ることのできない不自然な傑作となったかのようだった。

「愛しているの。あなたが欲しいの」女は繰り返した。少年たちは若者のまえで一礼すると、鉄の長剣で屠《ほふ》った犠牲の仔羊を捧げた。血が大理石の上に吹き出し、レノルドの胸にも散った。

レディー・クラグソンは、目を回しながら後ずさった。「私が欲しくないの？　私を愛していないの？　レノルド、もう愛していないの？　この世界で、私にはあなたしかいないのに……。神を夢見るように、あなたを夢見ていたのに！　せめて唇をちょうだい……長い口づけを一つだけ！」

大向こうでは、観客たちが息を切らしていた。

「続きを早く」とダルザスがぼやいた。「邪魔をするなんて、どういうつもりだ」

「長い口づけを一つだけ！」彼女は彼を抱こうとした。愛撫しようとした。唇に到達しようとした。ここでリリアン卿は役柄の仮面を脱ぎ捨て、腕の一振りで彼女を突き飛ばした。あまりに強く押したので、もうすこしで石畳に叩きつけられるところだった。

すると彼女は死そのもののように青ざめた。髪は千々に乱れて、その目からとめどもなく涙が流れた。しばしの間、彼女は呆然と当惑していた。服に縫いつけた無数の金属片が、篝火にきらめいた。そして突然、小刀を摑むと、素早い一撃で自らの胸に刃を滑り込ませたのである。

恐怖の叫び声があがった。臨時雇いの役者たちは慌てふためき、一人残らず尻端折《しりはしょ》りで逃げ出した。

リリアンは負傷した女のもとへ駆け寄ると、薄絹とレース飾りを破り、傷を押さえて止血しようとした。ハロルド・スキルドとジャン・ダルザスも駆け足で加わった。クラプーチキン皇女は海豹のように息切れしながら、キャビア訛りでこう言った。「まったくふさわしい幕切れだわ。こんなことは許されません」照明が消え、完全な闇が訪れた。篝火は草の上で煙を吐き、半ば燻《くすぶ》っていた。スキルドはその一つを拾い上げると再び点火し、月桂樹の根方で苦痛に顔を歪めているレディー・クラグソンを見出した。

スキルドは血まみれの傷を露《あら》わに見た。手の施しようがなかった。一秒ごとに、脈が弱まっていった。彼女が呼吸すると、排水口から聞えるような音がした。リリアンは動かない女に接吻した。

「もちろんあなたを愛しているよ……。いましがたあなたの唇を拒んだのは、星がそう命じたからだ……。もう僕の唇は永遠にあなたのものだよ……」

「永遠に？」彼女は幸福そうにつぶやいた。

「なんて酷《むご》いんだ」とスキルドが言った。「このまま放っておくわけにはいかない！　きっと気が狂っていたんだ！　ごろつきどもはもう逃げてしまった！　いまにも死にそうだというのに……。誰か助けを！」

「私も参りますわ」と皇女が言った。

二人が去った。足音は遠のき、砂利道を軋《きし》んでいった。静寂……。夜……。

---

「なんて美しい、なんて素晴らしい演し物だったのでしょう」レディー・クラグソンは虫の息で喘いだ。「覚えていらっしゃる？　もうずっと昔のよう……あの演し物……そう、あの演し物……」

胸も潰れる思いのレノルドは、その壮大な行進の隅々までをつぶさに思い起こした。音楽が流れ、光が彼を有頂天にした。だがそれもすべて消えてしまった。腕の一振りで、すべて消えてしまったのだ。ああ、この砂漠、この闇、この静寂！

「なんてきれいだったのかしら」と彼女は続けながら、従順な奴隷の目つきで彼を愛撫した。「なんて肉感的な快楽なのでしょう！　遠くへ行くの、とても遠くへ……旅をするのよ……また見つけるの……愛し合うのよ……そうでしょう？　……永遠に！」

血潮が吹き上がり彼女を窒息させた。リリアンの腕のなかに、彼女は再び横たわった。彼女は死んだ。

## Ⅷ

ドルリー・レーン劇場[69]の演し物がはねた。「陽気なパリジェンヌ」[70]は百年前のフランスの芝居の凡庸な焼き直しだったが、主演のエレン・シェリーは批評家に絶賛された。犇《ひしめ》き合う観客で出口はごった返し、毛皮や明るい色の外套の下でもみくちゃにされた御婦人方は、血眼《ちまなこ》で侍従を見つけると必死に馬車に乗り込んだ。紳士たちはというと、葉巻をくわえたまま、ピカデリーの方角へ歩いていった。

黄色い髪をした薄汚れた鼻の少年たちは、ぶかぶかのベストを羽織《はお》って、夕刊の売声をあげていた。馭者《ぎょしゃ》たちは泥だらけの歩道に沿って進み、鞭を鳴らして客を求めた。鮨詰《すしづ》めになった乗合馬車の最後の便が、霧の中へ消えていった。電飾を施された広告が屋上で光っている。洒落《しゃれ》た羽根飾りの帽子をかぶった前後不覚の婦人が、両脇を警察官に挟まれて、よろめきながらがなり立てていた。

「ジョン・ブラウンの子供にゃ背中におできが……背中におできが！」

リリアン卿、カーヴァナー卿、それにジョージ・エリオット・フィッツ・ロイの三人は、ちょうどドルリー・レーン劇場の階段を降りたところで、危うくこの婦人にぶつかるところだった。

「なんて野暮な年増《としま》だ！」レノルドは避けながら吐き捨てた。「さてこれからどうしよう。あのシェリーっていうのはなんとも退屈だった。これまでシェイクスピアばっかり演《や》ってきたのに、いまさらあんな柄にもない役をやるなんて妙な話だね。ただでさえ薹《とう》が立ってきたのに。だがしかし、年はとらないわけにいかないからな！」

「そう、それに生活があるからね」とフィッツ・ロイが言った。「彼女が足首を見せて、あの笑顔で調子っぱずれの歌をやりだすと、ダンカンの爺さんは夢中になっちまうんだ」

「おかげでお腹が減ったよ。カールトンで夕食をとろうか？」

「まだ早い」とカーヴァナー卿が答えた。「君ってひとは陰鬱だなあ。まだそんなに若くて天使みたいだというのに。どうだろう、ヤーマスの店を覗いてみないか。女史はすっかり改装を終えたそうだよ。かの有名なスキルド氏の助言で、阿片窟のほうはよしたそうだ。いまはエーテルとクロロフォルムの娯楽を提供している。インドで高等文官をしている友人がここをいたくお気に入りでね。個室に、柔らかいソファに、セイロン島にいるような若くて可愛いインド娘たち……。それにスキルドは……」

「君はやつの取り巻きなのかい？」とフィッツ・ロイが鼻で笑った。「その余興がリリアンのやったものと同じくらい長持ちすれば……」

「ねえ君」とリリアンが大声を出す。「あれは確かに僕の責任でもあった。だが、あんな想像もつかないような冒険をする羽目になったからには、彼とおさらばしないわけには行かないさ。旅の幕切れはまったくの惨劇だった。僕にも残念な出来事だったが、彼にとってはなおさらさ。信じられるかい、彼からはまだ手紙が来るんだよ。そして僕も返事を書くんだ。お互い骨の髄まで憎み合っているのにね」

「骨の髄まで……。レディー・クラグソンのことがあってから？」

「黙り給え、冗談にもなりゃしない。だがスキルドからの手紙はおもしろいよ。心地よい無頓着さで、でたらめな話が並んでいる。気が向いたらこんど一つ朗読してあげよう。そして僕の返事はというと、弁護士みたいな筆致で、中身は何もないし、あらゆる意味に解釈できるようなものだ。ところが彼はそれに興奮するから、また僕の手紙のコレクションが膨らむというわけさ」

「彼とはどうして険悪になったんだい」カーヴァナーが思い切って尋ねた。

「なに、単純なことだよ。女のせいさ。あちらで……アテネのそばだった。後朝《きぬぎぬ》の風景、悲鳴、平手打ち、罵詈《ばり》雑言《ぞうごん》。あいつめ、僕を毒殺するつもりだったらしい……。ヤーマスの店へはこの道でいいんだったね？」

「毒殺だって？」

「実にうまい手筈《てはず》だったよ。薬を二錠すり替えて――キニーネだったかアトロピンだったか――残念ながらうっかりそいつを杯の中に落としてね。水の色が変わったようだったので、手をつけなかったんだ。さっきも言おうとしたんだが、別れたのは僕の手柄ではないよ。だいたいあの男はなんでもかんでもひけらかさずにいられないから、どのみちうまくいくはずがない。おや、あの赤毛で美しい緑色の眼をした可哀想な女を見てごらん……まいったな、まるでエメラルドで出来ているみたいだ」

「女のほうも君を見ているよ。どうだい……？」

「いや、もういいんだ。でも欲望に浸っている眼が僕は好きだよ。僕にもよくわかる……」

「気をつけて。また酔った連中が近づいてくる」

「シレノスの先遣隊だね。[71] 僕にもよくわかるよ、暖かな夕や、薄汚れた霧の晩に、恥を捨てて我が身を差し出す気分が。私はあなたが欲しい、あなたは私が欲しい、それでいいでしょう？　すると相手が答える。よくないよ！　題名は、そうだな、『寝台共有協会』とでもするかな」

「いやはや！」とフィッツ・ロイが感心したように言った。「生涯そのことに気づかなかった人士がたくさんいるからなあ。その代わり連中は、愛他主義者の真の発明品であるところの十分の一税を擁護する。さあ、そこにジニーの酒場がある。ヤーマスの店もすぐだ」

「十分の一税だって？」

「そうとも、いろいろな形で取り立てがある。もちろん、払いたがらない者もいるがね」

「でたらめばかり言って！　男娼と娼婦を立たせれば、嘘とも偽善とも無縁でいられるのに。さあ着いた。呼び鈴を鳴らそう」

彼らはエドワード・ストリートの一軒の家の前に立っていた。この通りに入ってから、酒場の類は消え失せ、代わりにまったく同じ造りの家々が軒を連ねていた。外観も、階段も、庭も同じである。カーヴァナー卿に続いてリリアンも呼び鈴を鳴らした。厚い絨毯に吸い込まれているらしい鈍い足音が近づいていきた。覗き窓が開いて、客人の審査が行われてから、扉が勢いよく開いた。生暖かい、大量の香水を撒いたような空気が彼らを打った。

日本の掛け軸を飾った広間に入ると、中央にマダム・ヤーマスが立っていた。昔の絵画に登場する鬼婆といった風情で、鍵の束をぶら下げて笑みを浮かべている。マダムはすぐにフィッツ・ロイの姿を認めた。

「素敵なわが君、よくぞお友達をお連れになってくださいました！　いったい何を差し上げたらよろしゅうございましょう？　完璧としか言いようのない生娘が二人います。仔馬のように嚙みつくんですよ」とマダムは囁きながら、なおも近づいてくる。「それから某公爵……ご存知でしょうが……の伝令をしていた少年もおります。部屋も素晴らしいものばかり……コルク張りです……何をしたって結構……聞えやしません」

説明の間、リリアン卿とカーヴァナー卿は広間を物色していた。

そこへ声が響いたが、それは遠くから、ほとんど地下から聞えてくるようだった。よくよく注意すると、「女王陛下万歳」の曲が流れていることがわかった。

「なんでもございません、卿」青年たちが驚いているのを見て、老婆は笑みを浮かべて言った。

「ただのお楽しみですよ」

「そうだ、いい考えがある」リリアンは友人に向かって皮肉に言った。

「クロロフォルム入りの晩餐でしょうか?」と傍白のように、ヤーマス夫人がフィッツ・ロイに言った。

「考えというのは」とリリアンは繰り返した。「この宿の主人に敬意を表して……」

「鹿の蹄を下さるので?」

「黙らないか! 僕は古いものの新しさを知りたいのだ」

「君は珍奇なものが好きだものね」

「骨董品はいろいろと蒐集《しゅうしゅう》しているよ」

「一瞬のよろこびに潜む無限、一分に潜む永遠だね」

「この人はあまりに老いている。僕にしてみれば永遠のなかの一分だ。だがそれは耐えられないものでもないだろう」

こうして、フィッツ・ロイが意気揚々と二人の領主の元へ晩餐の品書きを運んできたのをしおに、リリアン卿は天使のような瑞々しさと悪魔のようなひねくれ加減で、宿の主人に向き直った。

「ねえマダム、僕を喜ばせてみたい？」

「もちろんですとも、美しいわが君。嫌ですね、媚びるようなことをおっしゃっちゃ！」と遣手婆《やりてばば》は叫んだ。

「さあ……誘うのも緊張してしまうけれど、こっちで食事を一緒にしておくれよ……。あなたと話したいんだ……。あなたを愛してしまった」リリアンは名刺を渡した。相手はこっそりと読んだ。

「ねえ、来てくれるだろう？」

するとマダムは窓掛を開け、皆についてくるように身振りで促すとこう切り返した。「もちろんよ、あなた。お代なんかいりませんわ！」

---

薄汚れた日光が厚い窓掛から滲み出していた。いかにも霧深いロンドンの真昼の日差しだったから、もう朝も遅いに違いない。茫然《ぼうぜん》としているリリアンの口の中はからからに渇いて熱っぽかった。まだ寝足りない子供のように目を擦《こす》った。遣手婆は青白くむくれて、平穏な鼾《いびき》をかいていた。リリ

アンはまわりを見回し、窓辺の陽光に気づくと、突然昨夜の出来事や、この部屋や、婆さんのことを思い出した。ああ、この婆さん！

爬虫類か何かにぎょっとしたように、彼は床に飛び降りた。そして半分開いている窓の覆いを払いのけると、エドワード・ストリートに面した小さな庭に出た。

人々はそれぞれに用事を抱えて行き交っている。通りを挟んで牛乳配達夫が足を止めている。お菓子の家のような建物が並んでいる。喧騒……霧……広告……悪臭……ロンドン……。彼は振り返って、物憂い太陽のなか壁龕《へきがん》の寝台に横たわっている肥満した肉体を見た。鉤《かぎ》にかけたまま熟し過ぎてしまった肉の塊。嫌な臭いのする脂肪と安化粧。女は何一つ隠さずに眠り呆けている。齢《よわい》がその皺に、垂れた皮に、歯のない口に、哀れに禿げ上がった頭に滲んでいた。求愛する鳩のような彼女の甘えた声、破瓜《はか》を迎えた処女のように上品ぶった姿、不安げな様子、その接吻……。そんなものをリリアンは思い出した。すっかり汚された気分だった。そして食事に混ぜるクロロフォルムは実は偽物で、本当はジンなのだという話をしたのも、確かにこの女だった気がする。

彼女とスキルドの話をしていたのだ。スキルドの執念深い亡霊は何度もリリアンの前に姿を現した。

酒に呑まれた遣手婆は、仕事も忘れて、鍵束を床に落としてしまった。「お願い、口づけしてちょうだい！　結婚してあげるから……。私は金持ちなんだよ……。もう豚共にお楽しみを提供するのはたくさん。そろそろ淑女になりたいね……尊敬されるような……。さあ愛しておくれよ……。あんたの息はいい香りがするね……。淑女になって女王陛下のお招きに与《あずか》りたいんだよ」

それから、またスキルドの話を始めた。最高のお得意だが、あまりに無分別で、要求が多すぎる。あれではいつかお縄になるに決まっている。「法律は法律だよ……。見つからなけりゃ、何をしたっていいけどね。ここは完璧さ。壁は防音だから、女を無理に犯したって大丈夫だよ。……私を犯してくれないかい？」これを聞いてリリアンは、ジンをしこたま飲んでいたにもかかわらず、吹き出してしまったのだった。「スキルドのやつは朝になっても泥酔したまま、馬車にお気に入りの少年たちだか、未成年の女の子たちだかを乗せて行っちまったよ……。お縄になるに決まっているさね」と言った拍子に遣手婆は椅子から転げ落ち、食卓の下へ入ってしまった。

すっかり興が乗ったリリアンは彼女を部屋へ連れ込むと、服を脱がせて裸にし、酔った身体を敷布の上に放り投げたのだった。そして彼は自分の美しい若い肉体を、喜んで廃墟のような肉塊に売った。こうして遣手婆を手に入れると、ややあって痙攣や含み笑いが起こった。ああ、なんという恥、なんという恐怖！

彼は再び頭を回して、視線を通りへと戻した。喧騒、霧、悪臭……ロンドン……。

なんと醜い都市だろう！　死んだように静かで貴族的なハノーヴァー・スクエアなんぞに、邸宅を持っていても仕方がない。滅多に女と戯れることもできない晩餐会も、凡庸な庭園での宴会も、カールトンでの夕食も、ヤーマスでの夜々も、どうだっていいのだ。なんと醜い都市だろう、霧ばかりで、いつも体裁を気にして、空気は悪徳と……汚辱に満ちている。

彼はこんなところで何をしていたのだろうか。ギリシャから戻ると、すべてを忘れて愉しむために、半ば無意識に滞留してしまったのだった。スコットランドの城館ではあまりに孤独だった！あそこにいては不幸なレディー・クラグソンの思い出もまざまざと蘇《よみがえ》るだろうし、不愉快なハロルド・スキルドの記憶もしつこく呼び起こされるだろう。いまさらそんなものを味わって何になるだろうか。愛もなく、友人もいないのだ。鳥のように自由なのだ。領地を管理しているギブソンからは、定期的に収益が送られてきた。どう使おうと自由なのだ。ここを離れるに越したことはない。

鼾はまだ続いていた。彼は静かに服を着た。突然、扉をノックする者があった。きっと間違いだろう。リリアンは返事をしなかった。すると再びノック。ヤーマス夫人への用かもしれないから、返事をしないわけにも行かなかった。鍵を開け、気まずそうに一歩下がった。

「マダムに……電報です」とメイドが、小さなレースのカリフラワーを頭に乗せた、滑稽な姿で言った。

「まだ寝ているよ」

「お伝えしませんと。重要らしいですから」

「わかった。僕が伝えておく」

メイドが去ると、リリアンはベッドへ近寄って呼んだ。「メアリー、メアリー……」だが起きる様子がないので、身体を揺すぶった。

夢の世界から引き剝がされて、麻痺したようになっていた彼女は、大きな眼を見開くと咄嗟《とっさ》に絹の掛布を引き上げ、垂れた乳房を覆い隠した。

「あら、あなた、あなた、もう行ってしまうのね、私を置いて行ってしまうのね……。さあこちらへ来てもう一度口づけを……」

「そんなことはどうでもいい。電報だ。重要だそうだ」

「電報？　こちらへちょうだいな」

封を切って読もうとしたものの、明かりも足りず、目が腫れていてうまく読めなかった。

「お願い、読んでちょうだい」

リリアンは驚いて、断る口実を探した。

「気にすることないわ。読んでちょうだいよ」

リリアンは窓に近づいた。

「一つ大笑いしたい、っていう老紳士からのお願い事かしら？」と彼女は訊いた。

だがリリアンは青ざめ、声の調子もすっかり変わっていた。

「スキルドだ……スキルドが逮捕された。いま家宅捜索中だそうだ。この家も早く引き払ったほうがいい……。さようなら」言いながら卓子の上に五ギニーを置いた。
二時間後、彼はドーヴァー行きの汽車に乗るためにチャリング・クロスの駅にいた。

# IX

贋金《にせがね》作りや泥棒や、いけすかない連中どもと一緒くたに放り込まれた獄舎から、私はこの手紙を書いている。痛みにもがきながら、あたかも君がまだ私を想ってくれているかのように、まだ私を愛してくれているかのように……。人間につきものの忘恩や裏切り、臆病さについて、幼い君に教えたのはこの私だというのに。

獄舎！　正直に言えば、性急に紙に書きつけたこの言葉を、私は熱っぽさと恐れをもって眺めている。そこには奇妙な説得力も、愛さえも紛れ込んでいる。ああ、そしてこの言葉を君に手紙で送ろうとしているのだ！

獄舎！　私はこの手紙の宛先を、私の最も悲しく、諦めがたい夢とすることに何の躊躇《ためら》いも感じなかった。その夢には君が出てくるのだ。私が沈没船のようにすっかりおしゃかになってしまっても、聖母のような金髪をした君は、聖母のように寛容なのだ。獄舎。おお思い出よ、悪夢よ、眩暈よ！　誹謗中傷と悪意、迷宮のなかの拒絶！　君は信じないかもしれないが、私は苦しみ抜いたのだ。もはや拷問さえ痛くも痒くもなく、私は誇りをもってそれを享受している。朝、目を覚ますと、悔恨の重みは去っているが、自らの運命と共に幻想と信条をずたずたにしてしまったこの手ひどい落下によって、私はすっかり疲弊している。私の手元に残っているのは心に空いた大きな穴だけだ。この傷は深く、まだ塞がっておらず、中には闇が詰まっている。そしてこの滅茶滅茶になった傷の奥に、私の過去が横たわっているのだ。

かつて、私は自分が物事をよく理解しており、まわりの連中の心など簡単に見透かせるものだと思っていた。彼らの秘密を分析し、慎重に隠蔽された感情を引きずり出し、怪物の本性を暴くことなど容易いと信じていた。人生の悦楽の頂点をきわめ、同時代に対する恐怖と嫌悪によって導かれるまま悪魔主義に到達し、怪物になれると思っていた。野生の美しい馬の鬣《たてがみ》をつかみ、たちまち手なずけてしまう人のように、私も栄光を手中にできると思っていた。世界を説き伏せ、客人の顔をした偽善者たちに私の声を聞かせ、その声が徐々に大きくなり、ついにはあらゆる噂を超えて恥と汚辱の物語を伝えるようになるものと思っていた。怪物になれるものと思っていたのだ！

おまけに、哀れな馬鹿者である私は、成功というものがもたらす最も野蛮な恩恵も、最も純粋な興奮も、知り尽くしたつもりになっていた。怪物……怪物……そう、怪物だ！　怪物どもはいまや私の周囲に斃《たお》れている。敗北を味わい、翼が折れている。私はもう、恐るべき絶対の真実に直面しないわけにはいかない。もう嘘や幻は消えてしまったのだ。獄舎で……。よろしい、私は自らの運命を受け入れよう。仮面を剝ぎ取れ！　裁判官など怖くはない。連中は私が若者たちを汚したと言う。私の言動と書物が、子供たちを汚したと言う。いったいどれだけの馬鹿さ加減が、残酷さが、執念深さが、連中にそんな言いがかりを思いつかせたのかはわからない。連中を笑い者にする仕事は後世の人たちに任せよう。

筆によって同時代の道徳が患う病を描き出す詩人は、手術刀で患者の肉を抉って傷をさらけだす医者に似ている。どちらも血まみれで、無慈悲で、それでいて必要とされている。彼らを責めることなどできないのだ。まず暴露されなければ、治癒は望めない。なんて茶番だ！　あまりにも俗悪で、哀しい偽善ではないだろうか。私のことを腐っていると責め立てながら、連中は自分たちの膿を覆い隠そうとする。

だから連中は、自分たちの醜さを映し出す鏡を叩き割ることにしたのだ。傷を探る医者を訴追し、軽蔑を記録する作家を糾弾したのだ。私を獄舎に放り込めば、自分たちが墓場から出られると思っているのだ。自分たちには道徳など存在しないので、私の道徳を否定するのだ。かつて愛されたアドニスはその後、世界中で非難された。だがそれでもアドニスは永遠の夜明けのようにその姿を留めている。連中はそれを忘れているのだ！

どこか遠く、とても遠くにある贅沢で陰鬱な熱帯の国、インドあたりの神秘的な、聖なる河のほとりに、巨大な暗い塔がそそり立っているところを私は想像する。その静寂の塔の天辺で私は他の屍体と共に横たわって禿鷹を待っている。鷹は飛び出したような目玉で嘲笑して、その嘴で肉を突き破る。犠牲者の犇く墓地の上を、連中は飛翔する！

ああレノルド、復讐はなんと冷酷なのだろう！　忘れ去られる定めを負う者はなんと哀れなのだろう！　どんなに悪名高くとも、私は連中を愛することはできない！　だが君のことは、どんなに愛していることか！

まだ私の頭のなかで歌っているような思い出に浸り、過去からの愛撫に促されて道に迷うとき。私たちの共にした酒宴や騒乱、狂気や約束を思い出すとき。ある瞬間、私の魂が美しく純粋になり、まるでそれが君の瞳のような姿になったとき。君のまなざしの彩り、かつての君の甘い笑顔が、私の記憶をばらばらにしてしまうとき。そんなもののすべてを思うとき、ああ、卿よ、私の胸は短剣に貫かれるようだ。

おお、あの悲劇の亡霊。あの痩せ細った幽霊が、いまでもときおり夢のなかで息を吹き返す。アテネの渚の、血まみれの亡霊。君もまだレディー・クラグソンのために涙を流しているだろうか？　私は二度とあれほど美しい死に出会うことはないだろう。あそこまで恍惚として物憂い苦悩が、裸身のまえに出現する死には。

私は皆に見捨てられ消えてゆく。君もその一人だ。夢を見ることの美点が、ちっとも理解されないからだ。誰も気づいていないが、皆が私を哀れんでいる。誰も認めようとしないが、皆が私を恋しがっている。私の名誉はあまりに傷つけられたから、将来の世代もきっと私を非難するだろう。悲哀と不快と退屈に満ちた獄舎の奥底で、私は憎まれ、横たわっている。私の希望はただ無にあり、私が愛するのはただ死のみだ。苦しみの終わりである死を礼讃し、祝福するとき、私は平穏と官能に包まれる！　人面の獣と向き合う日々にあって、死はなんと懐深く、すばらしいものか！

私は美しい永遠の婚約者がその気怠げな接吻で痛みを取り除いてくれるのを待つように、死を待ち望んでいる。私はとても穏やかに、死を待ち望んでいるのだ。

それにしてもこの反感と怒り！　私は良心のなかで自身の功績と罪とを秤にかけてみる。すると明らかに私の善行は悪行よりも重く、償いは済んでいるように思われるのだ。もし私が毒をふりまいていたのだとしたら、なぜ彼らは喝采したのか？　なぜ私はもっと凡庸で、控えめで、才能もなく成功とも無縁な人間のままでいられなかったのか？　成功が私を酔わせ、誇りが私を破滅させたのだ。そして孤独でいたことも、私のせいなのだ！

私が熱病と混乱のなかでどのように生きてきたか、君が知ってくれさえすれば！　若さも、初心《うぶ》さも、休息も、幸福も、純真さも、私はすべて燃やしてしまった。すべて壊してしまった。

生活の嵐のなかで、すべて見失ってしまった。得体の知れない情熱に突き動かされるままに！　そして、それがどうしたというのだ？　人生など糞食らえだと火中に放り込むような人間に、無礼や偏見を遠ざけ、決まりごとを守れと言うのか？　馬鹿者どもめ、偽善者どもめ。落下がすさまじいのは、それだけ天空の高みに昇った結果だということがわからないのか？

天空！　それはいまや遠ざかってしまった。遮るものは鉄格子のみだというのに。私が愛した天空、光り輝く天空、鳥たちが歌う天空。詩人たちの坐《ましま》す天空は、もはや私の心に欲望の火をおこさず、私を惹きつけることもない。いまあるのは敗北と深い落胆の闇のみだ。私は闇のなかで打ちのめされ、孤独のなかで無感覚になり、四周の壁と天井からわずかに洩れる小さな青空への郷愁があるのみだ！[72]　ああ、慈悲を！　慈悲を！　私のことを想ってくれ、同情してくれ、許してくれ、手紙を書いてくれ。美は痛みに微笑みかける。君の若さは、私の不幸を何よりも癒すだろう。一言、一言でいい！　せめて生きていることを知らせてくれ！　私のレノルド、レノルド！　口づけのさなか君の耳に囁いた言葉、君に向けて歌った思慕と賞賛の数々は、まだ君の心で振動しているはずだ。君の払暁で、私の夜を開いてくれ！

君は飛び去ってゆく鳥なのか？　匂いのよい一陣の風なのか？　私を寝かしつけてくれる満天の星空の夜なのか？　それとも開けた海、開けた空、すなわち自由なのか？

君はいったいどうしてしまったのだ。私の苦しみが始まるのと前後して、君は誰にも知られずに外国へ旅立ってしまったそうだね。

たったひとり残った信頼できる友人が、君のヴェネツィアの住所を知らせてくれた。私が初めてあの街を訪れたのも、君くらいの年齢のときだった。埋葬された女王のように美しく、腐乱した街だった。ヴェネツィア！　潟に堰き止められた水の死んだような囁き、過ぎ去った優しさ、失われた祈り……。

　君もその場所の美しさに酔うがいい。熱っぽさと才能をもたらす、岩々の間から立ち昇る毒気に。ヴェネツィア……ヴェネツィア……おお悔恨……おお拷問……。卿よ、幸福を！[73]

　リリアンは失望した様子で、いままで文面を目で追っていた手紙を丸めた。スキルドは過去だった。旅、狂乱、冒険、そしてついに強制労働。スキルドは過去なのだ！　期待したほど奇妙でもなく、悲壮な言い回しも見当たらないのは、獄中からの手紙だからだろうか。リリアンは失望し、手紙を拒絶した。不幸な旧友、顔に泥を塗られた芸術家、殉教者。そんな彼への同情が若者の心に去来しなかったわけではない。だが、どうでもいいではないか！　こちらが苦しんでどうなる？　思い出して何になる？　何行か返事を書いてやろう。それでおしまいだ。

　潟の景色を隠しているレースの窓掛を引いて、リリアンは目前で死にゆく太陽を見た。落日はジュデッカやリドの島々を、大運河の入口を、桃色の家々が立ち並ぶスキアヴォーニ河岸を、カ・

ドーロと税関の建物を、燃え上がらせた。燦《きら》めく粒子が陸と海を覆い、迫り来る夕に神秘的な甘さを与え、別れの前の愛撫を思わせた。このようなとき、スキルドなら小舟に揺られて潮の満ち引きを感じながら、香水と音楽と花々に囲まれて目を閉じ、詩の世界に埋没したいと願っただろう。スキルドはどんなに喜んだことだろう！……そのとき足音が響き、扉が開くと、声が聞えてきた。

「おはよう王子様。……おや、悲しそうだね。打ちひしがれているようじゃないか？」

「無礼な奴だな、ダルザス。居酒屋に入ってくるみたいに無遠慮に」

「ああ、極楽とんぼさ。通りがかりに、不倫の現場でも見てやろうと思ってね。本当にすこしは気分がいいんだろうね？」

「強壮剤を飲んだからね。おかげで頭が痛くなったが、それも治った」

「原因はわかっているぞ。西班牙芫青《スペインげんせい》とコーラの実[74]だろう？　確かに君は酔っていたが、まだまだご先祖には負けるさ。しかしフェアネスは君を殺すつもりだぞ」

「なんだって？　水浴びがお気に召さなかったのか？　直に会って尋ねてみなければ」とリリアンは可愛らしく微笑んだ。「あの南瓜みたいな女房のほうは？」

「さあね。昨夜は、卿の葡萄はすっかり熟して摘みごろだ、と思ったようだがね。そんなことより面白い話がある。昨日もいたロシア人、あのビリヤードの球みたいに禿げて、萎びた林檎みたいに皺だらけのスコティエフが、かわいそうにひどい目に遭っているんだ」

「なんだって、乳歯でも抜けたのか」

「いやいや、氏がいま夢中になっている相手のことさ。というのも可愛い君、君があんまり美しいんで奴《やっこ》さんすっかりいかれちまって、私を相談役に任命したんだからな」

「ほう、それで……」

「私になんとかとり結んでほしいらしい」

「くだらない！　君のことを職業安定所の職員と思っているのか、それとも木賃宿に出入りする女《ぜ》衒《げん》と思っているのか……」

「両方だろう。それで、何と返事をすればいいかな?」とダルザスは溜息をついて、「どんな餌をちらつかせればいい？　あれは実に理想的な鴨だよ、わが君。好きなだけ引きずり回せる」

「ああ、ダルザス！　断ってくれたらよかったじゃないか！」

「そう言うなよ、本当は反対のことを思っているくせに。まあ落ち着き給え。ひとまず、ノルマン人のように[75]答えておいたよ。どうだい、王子様？　試してみないかい？」

「すばらしいじゃないか……。それで相手もその気なんだろうね？」

「もちろんだとも！　今夜、君を招待するように仰せつかってきた。何かの宴を君の記念に催すそうだ。路地裏や渡し舟をくまなく歩いて、可愛い娘たちと歌手連中を血眼で探しているよ。『何しろ』と奴さんが言うには、『可愛い娘と上等な歌手がいれば、彼も喜ぶだろうから』ってさ」

「結構だね。でもダルザス、僕が断ったら、爺さんは何て言うかな?」

「さっさと河岸《かし》を変えるだろうね」

「あっちこっちに言うことを聞いてくれる甥っ子でもいるのかな」

「洟《はな》も引っかけまいよ! それで、来てくれるのかい? 六時だよ。待ち合わせはクアドリ・カフェ。[76] 君の知り合いは、たぶんデルスランジュくらいだろう」

「なんだって、あいつも来るって?」

「恐るるに足らずさ。首から上は蛙、心臓はプードル犬と言ったところだ。魔宴のごっこ遊びに興じるお姫様さ」

「よろしい、では約束した! スコティエフに知らせてくれ。今夜は粗相はしないよ。ロシア人って連中は強い香辛料が好きだから、僕がそれを提供することにしよう」

ダルザスが去ってすぐに、ホテルの廊下に驚いたような声が谺《こだま》した。ダルザスはデルスランジュを伴って戻ってきた。

「ちょうどこの外交官の噂をしていたところだったね。本人のお出ましですぞ、卿よ。すっかり成人するまで、お手元に預けることに致しましょう」

ダルザスは笑った。まだ若い彼の頭髪に、日の名残がまつわりついて後光のように見えた。リリアンは近づいてくるデルスランジュ氏を見守った。セソストリス[77]のように尊大で、閣僚のように厳粛で、古くなったタルトのような顔をしていた。デルスランジュは言った。

「卿よ、ご機嫌いかがです」

「おそらく、君よりだいぶ悪いだろうね」

「それもいまだけです。お邪魔してすみません。お出かけでしょうね、すばらしい天気ですよ」ここでデルスランジュは咳き込み、恥ずかしそうにした。「失礼。スコティエフ皇子に教えていただきましたが、今夜は卿と食卓を共にする栄誉にあずかれるそうで……。楽しみにしております」と、色狂いの坊主みたいに目を剝くと、「昨夜お見かけした美しいアドニスがどうしているか、どうしても気にかかったものですから」

「僕こそお詫びしなければ。昨晩の僕はさぞかし嵐のようだったでしょう。僕の衣装がご不快ではなかったかな?」

「何を……まったくそんなことは……卿よ、まったく逆です」

リリアンは吹き出した。

「いやいや、本当に申し訳ないと思っているんだ。ひどいものだった。辱められたようにお感じでは?」

「とても素敵でした」

「ああ、でもここだけは納得していただかなければ」と若いイギリス人は続けた。「僕もいつだって天使の眷属《けんぞく》のような格好をして歩き回っているわけではないのだよ。デッラ・ロッビアの家のすぐ近くに来るまで、僕はゴンドラ漕ぎの衣装を着ていたんだ」

「ところが直前で、パリスの審判とヴィーナスの林檎[78]に切り替えられたわけですね」

「アポロンの梨[79]、だろうかね。ほら、あそこにまだゴンドラ漕ぎの衣装がある。似合わなくもなかったのだけれど。ひとつご判断をいただきましょう」

ほんの数秒のあいだに、リリアンはぶかぶかのスモックを纏い、緋色の帯を締め、最後には帽子をかぶってごろつきの出で立ちである。目の覚めるような美しさであった。明るい色の帯はただでさえ細っそりした腰をしめつけ、なおさら欲望をかきたてた。はだけた華奢な胸は、上半身の輪郭をはっきりと示していた。そしてしなやかに引き締まったシルエットを完成させたのは筋張った腿と伸びやかな脚であったが、ぴったりしたズボンの繊維はその形をはっきりと浮かび上がらせ、性器の様子もよくわかった。デルスランジュは催眠術にかかったかのように、すべてを吸い込んでいた。明らかに彼のなかで、様々なものが格闘していた。そして悪魔が勝ったのだ。

彼は硬直して立ち上がると震えた声で言った。「なんと、すばらしいですよ!」リリアンは媚びるように、海に沈んでゆく陽が見える窓辺に寄りかかった。一日は終わったが、まだ夜ではなかった。空気は予感に満ち、夕刻に触発された悲しげな詩情があった。光は曖昧だった。ゴンドラ漕ぎのケープの下で、リリアンの面は真珠層のように煌めき、不安にさせるような薄紫がさした。首は生きた琺瑯《ほうろう》とでも言うべきで、こちらも灼けるような落日を受けて、紫色に輝いていた。

「なんて端正なんだ……。あなたがそれほど愛される理由がわかります。ダルザス氏があなたのことをこう言っていました。誰しもあなたに同情し、あなたを愛してしまうと。それにデッラ・ロッビア氏から、あなたの友人である偉大な詩人、スキルドのことを聞きましたよ……。お気の毒でした」と言ってから、余計なことだったかと冷汗をかいたが、相手の身振りに安心して、再び口を開いた。「スキルド氏は、あなたの友人で、偉大な詩人ですが……。たまには彼のことを思い出されますか？」

「ちっとも」とリリアンは影のなかから答えた。

デルスランジュは戸惑った。リリアンの目に残酷な光が宿っているのを見落としていたのだ。

「それでは、お願いをしてもいいですか？」

「急いでくれ。着替えたいのだから」

「どうか……口づけさせてください！」

「しかし……しかし……するならするがいいさ！」

リリアンは機械的に、可愛らしい首の柔肌《やわはだ》を差し出した。デルスランジュは恐る恐る、敬意を払いながら近づくと、激しく貪りはじめた。

「そら、もうそのくらいでいいだろう！」

「ありがとう、可愛い人、愛しい人、美しいエフェベ[80]！　あなたの肌は苺の匂いがする。森の匂いがする。春の花咲く野原の匂いがする！」

「わかった、わかったよ。肌についてはその辺でいい。さっさと野原へ行って草でも食べてくるといい。一人にしてくれ。また後ほどお目にかかるよ、真面目な外交官殿」そして我関せずという風に、こう付け加えてた。「僕が気に入ったのなら、スコティエフにそう言うといい。若い皇子もお喜びになるだろう」

---

彼はようやく自由になった！　夜の帳が降り、真っ暗になった部屋の片隅で、大きな鏡だけが光っている。ここで突然、リリアンは強い郷愁に駆られ、愛されたい、と思った。これまで、いったい何をしてきたのだろう？　彼の若さと美しさだけに惹かれるエゴイストの群れが、彼をいいように作り変えようとする。自らの悪徳や欲望や、後悔や不満を、すべて彼に植えつけようとするのだ！

なんと惨めなのだろう！　隠れた動機も、悪辣な企みもなく、純粋な好もしさと微笑みを以て彼に近づくような人間がいたならば。さあ、しっかりしろ、と彼は自分に言い聞かせた。人生、苦しいことばかりではないさ！　楽しいこともある！　僕はすべてを持っている人間、自分や周囲を幸福にできるだけのものを持っているはずの人間なのだから、せめて一度でも、楽園の幻が見えないはずがあるだろうか。

彼は静かに、若いファウヌス[18]がニンフたちから逃げ惑っている可愛らしい絵に近づき、しばし不安そうに眺めた。暗がりのなかで月だけが、その細っそりした姿をリリアンという鏡に写しているようだった。

ああ、馬鹿馬鹿しい！　もう夜のために着替えなければならない。どのシャツを着るか、どの絹の胴衣にするか、選ばなければならない……。こうしていつもの調子に戻ると、間抜けで優雅なリリアンは、ひとつピルエットをしてすべてを忘れた。

# X

晩餐も酣《たけなわ》だった。ジャン・ダルザスは大げさな身振り手振りで語り、スコティエフ皇子は呵々大笑していた。

「いや、本当なんだよ」と語り部は続けた。「猫も杓子も大騒ぎしたハルブスタイン公爵夫人の死因は、やはり服毒なんだ……。他にもいろいろな噂があったがね。売り子の若い娘たちが涙を流すような感傷的な説もあったし、思わず身震いするような俗悪な説が、遠くロレーヌ地方まで広まったりもした。とにかく夫人は、人生の愚かさに耐えかねてすっかり生活の乱れた神秘主義者ということにされて、サール・バラダン[82]の一番弟子だったとまで言われる始末さ。だが、事実は退屈なものだ。夫人は舌に癌が見つかったので、毒を呷《あお》って死んだのさ。もう口づけできないなら、と死んでしまったのさ」

「君と口づけできないから、かもしれないね」と皇子は皮肉な調子で言った。

「そうなれば夫人は僕にとって初めての女性ということになりますね！」

「もし、君の話を信じないと言ったらどうする？　もし、ハルブスタイン公爵夫人をよく知っている私からすれば、事の真相はまるで違っていると言ったら？　毒が関わっているのは間違いない。だが自殺ではない！　考え直してみ給え。この驚くべきメロドラマの登場人物と、事件のあらましを」

「何かご存知なのですか、殿下？」

「ああ。これは私の趣味のようなものだからね。扇や室内履きを蒐集する人がいるように、私はドラマを蒐集する。そちらのほうが愉快だからね。さあ、登場人物のおさらいだ。男は、小柄で痩せこけて、胸から肩甲骨が透けているような有様だ。彼は忠実だが嘘つきで、恋に落ち、嫉妬に苦しんでいる。そしてもし妻が裏切るようなことがあれば、神に誓って殺してやろうと思っている」

「そういうことか」とリリアンが割って入った。「あなたに言わせれば、公爵は誓いを守ったわけだ」

「そうでもないんだ。そういうことではない。夫人はスラブ人の血統で、官能的な女帝の血を引いている。エカチェリーナ二世の侍女のように、夫人は美しい教区で、懺悔《ざんげ》室《しつ》や聖餐《せいさん》の卓子で、公爵に見初められたわけだ。イエズス会さまさまだよ。そのときから彼女はすでに一流の女優だった。そして結婚式と新婚旅行だ。魅入られた哀れなハルブスタインは妻の抱擁を求めて教会の抱擁から逃れ去り、間抜けにも祈ることさえ忘れ、快楽に熱をあげてしまった」

「いや、それだけでは寝台の横に置かれていた、蓋の開いたクロロフォルムの壜だとか、捻《ねじ》れたまま固くなってしまった夫人だとか、公爵の部屋へ通じる扉の鍵が内側から掛けられていたことの説明はつかないだろう」

「何を馬鹿な」と皇子は嘲笑った。「どうやら君は本気で人を憎んだことがないらしい。ひとは憎む相手を愛し、殺した相手を蘇らせるものだ。要するに……先を続けようじゃないか。この二人が関係を結んで一年後、公爵夫人は夫の不能に嫌気がさし、出会いを求めはじめた。恋人が一人でき、二人でき、三人できた。公爵は気づきもしない。これが四年も続いた。娘が産まれた。死産だった。息子が産まれた。こちらは五体満足だ。この子がド・X氏にそっくりなことを誰も不思議に思わない。ド・X氏こそ妊娠当時の恋人だったのだからね。さてさて、四年目の終わり、公爵は狩りに出た。公爵夫人は息子と二人、ヴァレンヌ通りの広大で豪奢な館に残された」

「お気づきですか、殿下」とリリアンが割り込んだ。「あなたのお話はデルスランジュ氏をすっかり虜にしてしまいましたよ。あなたの物語が始まってからというもの、彼は一言も口をきかずに、すっかり幸福そうな眼をして、私たちを見つめている」

「おやおや、外交官殿は背徳の儀仗隊《ぎじようたい》に参加していたことでもおありかな」

「茶化しなさんな、思い出に浸っているのだから」とダルザスが唸った。

「その頃、自分の息子をないがしろにする嫁に対して当然の憎しみを抱いていた公爵の母親がやってきた」

「それは知っているよ。早いところフォーブール[83]の噂話を聞かせてくれ」

「……母親がやってきて、まずは一週間、義理の娘を監視した。そして罠を仕掛けると、秘密裡に息子を呼び戻し、すべてを目撃できるよう、衣装簞笥のなかに隠れさせた」

「恐ろしいね。ローマ教皇庁みたいな母親だ」

「逢引の約束ができた。そこへ馭者頭を務めている新しい恋人がやってきて、暗がりで公爵夫人を抱きしめた。すると突然、扉が開き、声が響き、明かりが灯された。すっかり囲まれてしまったわけだ。公爵の老母は雷神のように怒り狂い、夫人を責め立てる。衣装簞笥から飛び出した公爵は怒りのあまり顔面蒼白、ほとんど胎児みたいな顔になって、血走った目で拳を固めている」

「ブラボー！　素人にしては、第五幕の運びはなかなかのものですな！　もっとウィスキーをどうぞ。とても旨いですよ」

「もちろんそこからは阿《あ》鼻叫喚《びきょうかん》だ。馭者は逃げる。公爵夫人は跪《ひざまず》き、見るも憐れな様子で許しを乞いながら、義母の裾に口づけした」

「そこは『重なり合う裾』と言ってもらいたいね、『青ひげ』みたいに」

「結局、公爵は子供のために離婚を勘弁してやり、自身の名誉のために醜聞を広めるのも勘弁してやった、ということだ。実に寝取られ男らしいやり方だね」

「クロロフォルムはどうしたんだ、スコティエフ」

「いま出るさ。とにかく公爵はいま言ったような男だから、まさか誰も彼が復讐を遂げたとは思うまい？　ところがさ！　本来なら、公爵にとって復讐の手段は離婚だった。だがそれをしなかったわけだ。離婚だけが、彼の名誉を汚した憎たらしい女を追い払う方法だった。離婚か、さもなくば死だ。だが教会は離婚を禁じている」

才能ある語り部である皇子のまわりに沈黙が広がった。全員が耳をそばだてた。指輪を撫でながら、彼は続けた。

「賢い男にとって——というのも、復讐を望む男は賢くなるのだが——、これは簡単な選択だ」

「なんだって？　すると復讐の方法のほうが、その動機よりも重要なのかい？」

「いいや、重要なのは殺し方だよ。扼殺《やくさつ》か、毒殺か、病気をうつしてやるか」

「そんな方法もあるのかい」

「あるとも。自分はワクチンを摂取するんだ。そしてこれらの方法のなかで、公爵は毒を選んだ。苦しみが延びる分、残酷だからね。もっと効き目の緩やかな毒を使って、検死をしても自然死としか判断されないようにすることだってできたんだ。だがそれは置いておこう。公爵はあっという間に効く毒を選んだ。確実に、優雅に殺す毒だ」

「なかなか洗練された趣味の持ち主だね、このスガナレルは[84]」

「確かにね……可愛らしい女性にぴったりの毒を求めたわけだ。モルヒネでは凡庸すぎる……。あまりに民主的だし、新味もない。モルヒネは時代遅れだね」

「そこでクロロフォルムか。その仮説は面白いが、扉に鍵が掛かっていたことはどう説明する？」

「簡単だよ。公爵夫人はすっかり神経過敏で、狂気の淵にあった。いつも嗅ぎ塩[85]の小壜が手放せなかったんだ。そこで昼のあいだに、公爵は壜の中の酢をクロロフォルムに入れ替えておいた。夜になると公爵は再び妻の部屋へやってきて扉をノックしたが、夫人はすぐに鍵をかけてしまった。もしかしたらその夜も田園詩的な逢引の約束があったのかもしれない。それはそれで見ものだったろうね、顔を上気させた従僕が、女の屍体に襲いかかる場面なんぞは！」

「ああ、なんて素晴らしい場面だ！」とリリアン卿は夢見心地でつぶやいた。

「そして、彼女はゆっくりと塩を吸い込んだ。消化の最中なら、クロロフォルムをちょっと吸い込んだだけでもお陀仏だ。そして現にそうなったのさ」

「いや、殿下、まったくもってあなたは今晩の勝者ですね。エドガー・ポー[86]式の見事な腕前です。あなたの描いた公爵夫人の像をお借りして、新聞に評論を投稿することにしますよ。さあ、こちらへ来て小夜曲を聴いてください。ここは月下の墓地、私たちはデスデモーナ[87]とチェザーレ・ボルジア[88]というわけです。実際のところ」とレノルドを指差しながら、「この少年は私たちを怪物だと思うでしょう」

「怪物というよりは仮面劇の役者だね」とリリアンがやり返すのをしおに、一行はクアドリ・カフェを出てサン・マルコ広場に立った。

夜は心地よい暖かさで、南風が吹いているにもかかわらず星が瞬いていた。星々は間近に、ただし空はとても遠くに見える、あの独特の瞬きだった。古めかしい執政官の官邸を月光が満たし、宮殿は司教の冠のような形の胸壁に囲まれていた。教会堂はモスクのように鍍金《めっき》を施され、イコン画のように塗られていた。鐘楼と図書館が青い影を投げかけている部分の外は、大理石の敷石が整然と輝き、まるで墓石が並んでいるようだった。

リリアンは突然、自分はこれまでよりも旨い空気を吸っていると思った。その外気は魂と相性がよく、心に優しかった。人間の悪意にさらされた後には、このように自然の寛大さが身にしみるものだ。死んだ女の事件に、涎を垂らさんばかりに聞き入っていたリリアンは、とたんに悪徳を恥じて悲しくなった。しかしリリアン卿を包んだこの感覚は、所詮は短命な幻でしかなかった。スコティエフ皇子が、いつにも増して快活な足取りで近づいてきた。

「如何《いかが》でしたか、卿よ」と彼はまごついたようにつぶやいて、「物語はお気に召しましたかな？　誰よりもあなたのために話したのだ。語りながら、私はあなたの眼ばかり見ていた。その美しい眼には、無垢な倒錯が宿っている」いよいよ愉快そうに、さらに続けて、「私もかつて、狂気の一歩手前まで女性を愛したことがあった」

「ハルブスタイン公爵夫人？」

「どうしてそう思うのです？」

「あれだけの物語を聞かされればね」

「いいや、彼女ではない。しかし……私が気も狂わんばかりに愛した女性というのは……。その……私は彼女に宝石を贈り……宝石を……欲しいだけ……。ああ、彼女はあなたに似ているのだ！」

「彼女も死んだの？」とリリアンは、馬鹿にしたように尋ねた。

「いいや、でも、もう年寄りだ。確かにあなたに似ていた。先ほど、あなたの眼を見ているうちに、彼女の眼を思い出した。おや！　歌手の乗ったゴンドラだ……。素敵な景色じゃありませんか、ねえ？」

リリアンのだんまりを同意と解釈して、彼はまた続けた。「だから私は、彼女を愛したように、あなたを愛しているのだ……。ああ、愛しているとも、レノルド・リリアン」

「レノルド・リリアン卿と呼んでいただきたいですな、殿下」

ロシア人はへこたれず、なおも食い下がった。

「愛している。あなたは？　教えてください……愛しているのですか？」

「それ以上だよ。吐き気がする！」

そしてギターがマンドリンに和し、女たちが永遠の名曲「サンタ・ルチア」を歌いはじめると、リリアン卿はジャン・ダルザスの手を取り、これ以上ない優雅さでゴンドラに乗り込んだ。

# XI

翌朝、ひどく不機嫌な状態で目覚めた彼は、ヴェネツィアには崇拝者が多すぎると感じた。晴れた空が室内を照らし、三月の若い太陽がその純粋さで春の訪れを告げると、彼は徐々に陽気さを取り戻した。潟とリド島の青い輪郭を眺めていると、しばしのあいだ忘れていた昨夜のやりとりが蘇ってきた。彼は窓のあいだの背の高い鏡の前に立ち、白い裸身を満足そうに映した。肉体は目に見えて男性的になっていた。

「畜生！　僕は男になったんだな……」と彼は思った。「畜生」をはじめ、無作法な俗語が大好きだったこともあり、彼は鏡の前でにんまりした。

扉がノックされた。彼はひとっ飛びに寝台へ戻り、入ってよいと合図した。従僕が手紙を届けた。デルスランジュからだった。まただ！　外交官みたいな者が、いったい何の用だろう？　ちらと目を投げると、次のことが読み取れた。「昨晩あなたのお気に召した若い歌手の住所がわかりました。

六時頃、私の宿へおいでください。食事をしましょう。それから、彼女のところへご案内します」
すると突然、夢を見るように、ゴンドラでその歌声に耳を傾けた少女の影が浮かんできた。彼らが乗船したとき少女は舳先《へさき》におり、みすぼらしいフィレンツェのお小姓みたいな格好をしていた。そのせいで体つきは痩せて病的に映り、表情はなおさら非現実的な官能性を帯びた。

第一印象は、カフェの舞台に立つ看板娘といった風だった。だが水の上で朽ちてゆく宮殿と遺跡からなる魅惑的な古代の情景に立ち、匂いやかな月光と星の瞬きを浴びるうちに、少女は実は太古の英雄的なヴェネツィアが、可愛らしく生れ変わった姿なのではないかと思われてきた。彼は最初、その歌を気もそぞろに聴いていたのである。隣ではすっかり憂鬱な調子になったジャン・ダルザスが、ティツィアーノの神格化やヴェロネーゼの栄光、そしてペルジーノ[89]の奇跡について、長ったらしい能書きを続けざまに吐き散らかしていた。

少女の歌は感傷的で凡庸だった。イタリア中のホテルや港で耳にするものと選ぶところがなかった。ところが次の瞬間、曲調はにわかに単純になり、それを前奏曲として、少女はどうやらペルゴレージかヴェルボーサ[90]の手になるらしい、可憐で、一切の虚飾を排した、古色蒼然たるクプレを歌いはじめたのである。漕ぎ手たちは櫂《かい》を止め、舟は眠たげな水面を滑った。ゴンドラの腹を、濡れた唇を押し当てるような音をさせて漣《さざなみ》が舐めている。すこしずつ会話が静まり、やがてジャン・ダルザスも含めて、皆がすっかり黙り込んだ。

少女は舳先で、顔を天空に向けて歌い続けた。自らの声と、伴奏する小さなボヘミアン・ギターの和音にうっとりしているようだった。そしてリリアン卿が少女に目を向けると、少女もまた、卿に向けて視線を固定した。行灯の光のなかで見えるものといえば、愛撫するような少女のオパール色の瞳のみであった。

それから夜の行進がついに果てるまで、少女はときに歌い、ときに静かに座っていたが、その神秘的な瞳は、自分を引きつけてやまない顔を見つめながらも、とくに警戒はしていないようだった。リリアンは甘んじてその快楽に浸った。離れて座る二人のあいだで交わされたこの抱擁には、相手のあらゆる欲望を一目で承認してしまうだけの情熱が秘められていた。ああ、衣装はひどい。しかしなんと甘く、寂しく、可愛らしい声だろう！　スコティエフ皇子は、香水を染み込ませたハンカチを振り回していた。デルスランジュ氏は、大運河の詩情に惑わされたのか、再び「愛していますᅳ」と口走った。

それに返事をするかわりに、レノルドは外交官にこう耳打ちした。「あの娘を僕のために捕まえておいてくれ給え」

そしてデルスランジュは、プードル犬か何かのように、命令を聞き入れたのである。「それでは六時に。私の宿へ。一緒に食事をしましょう。それから、彼女のところへご案内します」

朝も昼も果てしなく続くように思われたが、彼はついにヴェンドラミン宮殿[91]に赴き、外交官の温かい歓迎を受けた。

「本当に彼女を見つけたんだね？　なかなか顔がきくんだな！」

「とんでもない、単純な話ですよ。自分が惚れたと装って逢引に誘って、受け入れられたまでです。なかなか優美な娘ですよ。フランス語を話します」

「女たらしのサチュロスめ！　いい思いつきだったね。すばらしいと言ってもいい。それを聞いて、僕も思いついた。何だと思う？　君はその可愛い娘を満足させてやり給え。そして僕には、君と逢う前と後とで彼女にどんな変化が生じたか、検品させてくれれば充分なのだ。そうすれば僕は、君の腕前のほどをじっくり採点できるからね。それでいいだろう、どうだい？」

　この「それでいいだろう、どうだい？」という言葉を聞いて、いったいリリアンが何を企んでいるのか見当もつかないデルスランジュ氏は目を回した。すくなくともいつも侍らせている中国人の少年たちが、これほどの驚きをもたらしてくれたことはかつてなかった！　日本へ行ったときも、トルコへ行ったときでさえも、すべては静かに、おとなしく済んだのだ。だが今回はどうなるだろう？　これは罠なのだろうか？　何かが待ち伏せているのだろうか？　半信半疑のまま、彼は若いイギリス人を横目に見た。

「もうすこし真面目に言おうか。僕は覗きたいのだ。気が散るかね？」

旅先で見かける仏陀の像と同じように腹の出ている大食漢は、憤慨したように跳び退いた。

「死んでも御免です！　私はあんな娘なんぞ好きではないし、あなたのお申し出はなおさら好きになれません。あなたを喜ばせようと思って娘に話しかけたまでです。ただただ、あなたのためです。あんな娘は好きではない。可愛いとも思わない。私の意見にご興味がおありなら、むしろあんな女は醜いとさえ思います」

ああ、彼は「あんな女」もどんな女も、怖くてたまらないのだった。彼の産毛もないつるつるした顔からは、不完全な肉体を持った不能者にふさわしい、女たちへの憎悪と怒りが読み取れた。実際には口髭をたくわえているのだが、それでもその顔は宦官のようにつるつるして見えるのだ。

「いいや、僕は覗くのだ！　それに、あんな女は好きではないと言うなら、せいぜい敬意をもって接してくれ給え。僕は君だけを見るのだ。娘の姿は邪魔でしかない。君ほどの芸術家、詩人であれば、ギリシャの純粋に哲学的な姿態を再現することなど容易いだろう……」

リリアンはこのような思わせぶりを、抑揚のついた力強い、内に響くような声で述べた。相手はすっかり押し切られてしまった。

「そうまで仰るなら、あるいは！　しかし晩餐ではお行儀よくしていてくださいよ。それにしても、なんと奇妙な思いつきでしょう！　そこまでお望みなら、なるほどそれもよいでしょう！」

お望みならと来たものだ！　リリアンはすでに愉快になっていた。誕生日に一張羅を着たデルスランジュ！　いかにも男らしい傲慢さ、外交官らしい高飛車な態度、ジャンセニスト[92]の高潔ぶった仮面が、シャツを脱いだその瞬間にはどこへ消えるのだろう！　なんと滑稽な戯画、なんと愛すべき怪物だろう！

「約束するね？」

「必ず」と溜息をついたデルスランジュ氏には、ルイ十六世を思わせる諦念が滲んでいた。

---

「畜生！　なんて臭いだ」デルスランジュに導かれるまま荒《あば》ら屋へ足を踏み入れたリリアンは思わず叫んだ。「悪名高い運河沿いの裏路地を駆け抜けたのは、こんな穴蔵へ来るためだったのか」

「もうすこしの辛抱ですよ、可愛い獣さん」

「可愛い獣さんだって？　君の呼びかけは実に独特だね」

「鳥のことなのですよ。中国では『可愛い君』などとは言わずに……」

「しっ！　足音がするぞ。どこに隠れる？」

「本当にやるつもりなのですね?」

「前歯にかけてね……。ここに衝立がある。後ろに隠れるから、君はせいぜい魅力的にね!」

「あなたが見ている以上、そうせざるを得ないでしょう」と年嵩の男は甘い言葉を返した。

そしてリリアンが身を潜めているうちにヴェネツィア娘が入って来て、外国人の旦那に言訳を始めた。

「舟で一緒に歌っているお友達につかまってしまって。お待ちになれるように、扉を開けておいたのです」

「愛しているよ！」とデルスランジュはへらへら笑いながら言った。「もうずっと前に、ジュリエットの家に忍び込むロミオのようにしてやって来たんだ」

「バルコニーはないがね……」とリリアンは思った。

「ダンテがベアトリーチェの家に、ペトラルカがラウラの家に……伝説の世界で言えば、アマディスがエリアネ[93]の家に忍び込んだように」

「そしてヨハネが売春宿に忍び込んだように……」と卿は傍白を続けた。

「君の笑顔によってヴェネツィアはかつてなく美しい都市になった」

娘は幸運にも出会った恋人に近づくと、愛撫を求めつつ唇をさしだした。だが外交官はかつてない慎ましさで、高遠な演説を続けたのである。

「君の口づけと引き換えに、全世界を投げ出してもいい」

「あれは僕のことを想って言っているのだろうな」とレノルドは呟いて、衝立の後ろで口が裂けたように笑った。

だがここで突然——火遊びなのか、幻想なのか、はたまた奸計《かんけい》なのか——デルスランジュ氏はしなやかで暖かい身体を震わせて、取りすがる娘に歩み寄ったのである。

「あの娘は僕のことなどすっかり忘れているな」とリリアンは苛立たしそうに言った。

デルスランジュは娘にさらに近づき、いつも太陽を浴びているのに白く、空腹のために痩せ細っているその手首をゆっくりと摑むと、いかにも満足そうに、そこに唇をつけた。彼の大きくて明るい瞳は、欲望のために野性味を帯びていた。もはや女嫌いだとか無気力だとか、あるいは悪徳だとかいった彼の性質は何の意味も持たなかった。目の前には新鮮な肉があり、その若い肉は、若いイギリス人のそれを思い起こさせたのだ。

一方、そのような愛撫に応じながら、喜びと官能の視線を投げかけている歌手の側にも、疑念や後悔は微塵もなかった。いずれにせよ、金になることは確かなのだ！　次の瞬間には二人の唇は結合し、リリアン卿が羨ましく思うほどの器用さで、男の唇は細い首や、小さな真珠のように震えている耳や、やや寛《ひろ》げられた襟ぐりから覗く胸の谷間をめぐったのである。

「蘇るラザロだな」と腹を立てた卿は言い切った。

驚くべき注意深さで、デルスランジュ氏はいまや娘の服を脱がしにかかっていた。準備段階のときほど楽しげではなかった。女性的なものに慣れていない無骨な手探りは、留金を素通りして開けられずにいた。娘は口を尖らせて、「可哀想なお爺さん！」とでも言いたげな様子で手伝ってやった。そしてお爺さんは、最善を尽くしながらも報われなかった慚愧《ざんき》の念に打たれながら、ヴィーナスが自らの手で女神らしい姿を現わすのを見守った。

リリアンはすっかり興奮したせいで不注意になり、すでに壁龕のすぐ近くまでにじり寄っていた。いまいる場所からは娘の瑞々しい肉体の輪郭がよく見えた。その瑞々しさは、ほとんど愛らしい少年のようだった。可愛い獣を思わせる麝香《じゃこう》の強い香りが娘の衣服から漂った。だがリリアンの興奮は長くは続かなかった。シャツと下穿き姿になったデルスランジュ氏は、まったく恋に落ちた聖職者といった風情だった。

「すごいほっぺたね。ぶよぶよしたお爺さん！」

すると、ほとんど鳥の鳴き声のような悲鳴が聞えた。リリアンは隠れ場所から飛び出すと外交官の前に立ち塞がり、寝台のほうを庇った。

人間がこれほど鷲鳥のように見えることもそうはあるまいと思われた。デルスランジュにとっても、これほど激甚な興奮に襲われたのはこれが最初だった。下穿き姿のデルスランジュ氏は、まさにその瞬間、――恐るべきことに――女性とちょっとした体操に及ぼうとしていたのである！　彼は自分が愛しもし、恐れもする悪魔のような青年によって、自らの本性を突きつけられたのだ！　苦痛に歪み、敗れた闘鶏のような姿勢になったデルスランジュ氏にはもはや言い逃れの余地はなかった。垂れ下がったシャツの前で腕を組んだその様子は、まるで「悲運」と題された彫像のようだった。

すっかり混乱した娘は掛布の下に隠れていた。冷酷な復讐者となったリリアン卿は、一言も発しなかった。

「いや、しかし、我が友よ」とデルスランジュはぶつぶつ言った。

「二枚目のご主人、仮面が剝がれ落ちてさぞかしご不快だろう？　よくわかるよ。君ほど尊敬され、自尊心の強い人間ならなおさらだ。自分の瑕疵《かし》を、弱みを、失態を見られるのが耐えられないのだろう。そう、これは失態以外の何物でもない。警告はしたはずだ！　美しい約束を、可愛らしい言葉で交わしたじゃないか！　あくまで悪戯として、彼女を一本釣りにすると言ったね？　ところがものの弾みで、君の『持物』は最後まで行ってみたくなったらしい。僕が助けに入らなければ、君は娘を犯していただろう！　ああ、美徳の鑑で純潔の模範、肉欲を恥じているはずの君が、まさか、女好きということはあるまいね？

頼むから、鏡を見てごらん。その後退した生え際、醜い豚鼻、ぶよぶよした木っ端役人みたいな唇。女を抱くにしても、僕は君にこの娘を差し出すわけには行かないな。この娘はあまりに可愛くて優雅で繊細で、とても君のように汚らしい、太った七面鳥には勿体ない。さあ、さっさと失せるんだ」

何が起きているのかわからないまま、死んだように青ざめたデルスランジュ氏は、やはり青ざめているリリアンを見つめていた。

「失せるんだ、いますぐに」とリリアンは扉を示した。

静寂があった。恐ろしい静寂である。外交官が若い卿に抱いていた愛情は、急激に憎悪に変わっていった。魅力的な獲物、勝利者への褒美は、まだ寝台の隅で震えている。かつて覚えたこともない嫉妬という感情が、彼の胸に湧き上がってきた。

「僕の言うことがきけないのか？」

「無茶だ！」

「ああ、お前を叩き出すくらいに無茶さ！」

と言ってデルスランジュ氏の脱ぎ散らかした服を一度にかき集めると、レノルドは扉を開いて、古びた建物の廊下へ放り出した。

「さあ、拾え！」

デルスランジュは拳を固め、恥辱と怒りの叫びをあげながらリリアンを脅した。だがリリアンは常ならぬ膂力《りょりょく》で相手を抱え込むと、慄《おのの》く歌い手に見守られながら敵の身体を折り曲げ、威厳たっぷりに打ち据えたのである。リリアンの引き締まった脚に万力のように締めつけられたデルスランジュは、猛り狂って怒鳴り散らしたが無駄だった。
「さらば我が君、幸運を！」と言いながら、リリアンは相手の尻に長靴で一撃をくれた。

---

「とんでもない卑劣漢だったね、可哀想に」と囁きながら、リリアンは寝台のそばへ戻った。「それにしても、ずいぶんあっさりと僕を忘れたものだ！」そして掛布を剝ぐと、愛に満ちた笑みを浮かべながら、巧みな愛撫で娘の胸を温めてやった。

# XII

「退屈だ」とレノルドは手で髪をしごきながら言った。たくさんの指輪で重くなった、女と見まごうような手だった。「わかるだろう」と皮肉に瞳をきらめかせながら、「君のような連中とばかり過ごしているんだからね！」

「ご親切、身にしみます」ともう一人が返事をした。ポル・シニョンという男で、画家であり、詩人であり、哲学者でもあった。「しかし、そういった連中と別れたくて、ヴェネツィアを発たれたのでしょう。それもずいぶん急に！」

「そうだ、隣人たちのことが恐ろしくなってね。まずフィレンツェに行って、花と女性と伝説を摘み集めてみようと思ったが、街は枯渇しているし、河は塞がっているし、すべてを飲み込む太陽は、すっかり酔っ払っていた。僕の魂はすっかり嫌気がさしてしまった。人間にも、人生のあらゆる物事にも。そしてローマとナポリにも、同じように理想と、憩いと、忘却を求めて足を伸ばしてみた。

どれも手に入らなかった。田園でも都市でも、置き去りにしたはずの仮面をつけた操り人形どもが追いかけてきた。まるで幻覚を見るように、連中は何度も不気味に蘇る。その度に違う顔、つまり違う仮面をつけてはいるが。なに……おなじ化物なんだ」

「砂糖水はいかがです？　それにしても何たる雄弁でしょう！　卿よ、憎しみがあなたを燃え立たせているのですね」

「憎しみ。確かにそうだ。すべてが憎い。君もおなじだけ憎い。君だってそれを楽しんでいるのだろう？　わざわざ会いに来て、僕を醜聞にまみれた三文役者か、精神病者か何かみたいに、検分に来たんだろう？　いよいよ第五幕だな。僕も自分の評判くらい知っているさ。ほんの少し笑みを作ってその評判に抵抗しようとしても、たちまちその笑みは憫笑ということにされて、なおさら評判を高めるのだ。だが、そんなことはどうでもいい。

　まあ聞いてくれ給え。リリアン卿！　そう、この名は知っているだろう？　二十歳のイギリス人で、家庭教師に勉強を見てもらっているような年齢のときに、すでにヘリオガバルスに負けないほどの冷酷さを発揮していた。だが、彼がヘリオガバルスだって？　冗談だろう！　お世辞もいいところだ。どちらかと言えば彼はメッサリーナ[94]の弟というところだ。いっそメッサリーナ本人と言ってもいい。すこしルーベ[95]風のね。ただしもっと悪い噂が絶えないし、もっと偽善的だし、もっと詮索好きだ。一つでも多く冗談を言おうと必死になっている道化だよ。

君たちは僕の短所を目ざとく見つけておいて、僕の若さはほめそやす。僕の失態に拍手喝采しておきながら、まるで自分の眼を探すみたいに、僕の眼を求めている。そうすれば僕の若さが手に入ると思っているかのように。三文役者か、精神病者か？　実際のところ、その両方なんだ。そうだとも。醜聞、醜聞。君たちはみんな醜聞が大好きなんだからな！

まあ、聞いてくれ給え。僕のこういう考えは生れつきなんだ。寂しいスコットランドの孤児は、遺伝によってこんな性質を与えられているんだ。信じられるかい？　何が僕をこんなふうに形作ったと思う？　君だよ。この世界と、我らの粗野な時代だよ。これらのものが――さっきもこれを言いたかったのだが――僕を食い物にした。小さな男の子の、家名を、財産を、肉体と魂とを。連中は『ご覧！』と言って、少年にありとあらゆる人間の恐るべき姿を、超自然の恐ろしさを見せつけた。そして連中は『生きよ！』と言って少年を挑発した。それは貪婪《どんらん》と恥と悔恨への誘いだった。だが悔恨の部分はすぐに消えてしまったのだ。連中はさらに言った。『愛せよ！』そしてこの声はすぐに安っぽい嘘と溶け合って、下衆な罵詈雑言と、耳障りな犯罪の狂騒のなかへ消えた。

連中は、最後にこう言った。『死ね！』……」とリリアン卿は、さらに暗鬱に付け加えた。「連中が真実を言ったのはこれが最初だ。我が兄弟たる人類のおかげで、僕は人生とその不当を学んだのだ。もう幻想など抱いてはいなかった。僕は子供の肉体に納まった老人なのだ。愛とおぼしい感情を込めてひとが見つめることもあるこの顔の奥には、死骸の顔がある。治安の悪い界隈で朝になると転がっているような、壁のふもとで刺されて死んだ男の顔が。

もう、希望も喜びも健康もない……。健康というのは、つまり魂と心の、神々しい健康という意味だ。すべては台無しになった。失われた。おしまいなのだ。僕の悪徳を責める連中がいる。だがその悪徳は、僕を責めている連中とまったくのおそろいなのだ！」

「しかし私は」シニョンが虚栄に満ちた調子で割って入った。「あなたは私とおなじ、悪魔的な好事家なのだと思っていました……。罪はなんとも美しいではありませんか。愛撫すること、噛むこと、傷口、情人……」

「ああ、そうだとも。血と性愛と死。君の説明などよりもはるかに上手く書かれた本がいくらもある。ああ、好事家の悪党。欲望や本能や淫蕩や、そういった宿痾《しゅくあ》をごまかすのに実に都合のいい肩書きだよ。勇気をもって曝け出すがいいさ、哲学者君！　信心深い寺男よろしく、馬鹿げた道徳を尊重するふりはよすんだ。僕のように俗悪になるがいい。僕は悪名というやつを、太陽の光で織った外套のように身にまとっているんだ！[96]」

「それが似合うのはあなたくらいのものですよ……」

「雰囲気や優雅さというもの……。確かに悪事に耽るにしても、いろいろなワルツを踊りこなすのとおなじように技術がいる。僕は流れに逆らって泳ぐのだ。現代の価値観というものが僕には合わないのだから仕方がない。ちょっとひねりを加えてやるのさ。だが自分からそうしておいて、痛い目にも遭っているのだ。ちょっと指を挟んでしまったのだ。要するに——ああ、遠くにカタニアが見える。陽射しのなかで桃色に輝いている——下劣な言葉遣いの手紙を送ってよこす顔の広い友人の紹介で、こうしてシチリアで君と知り合いになるようなところまで、僕は堕ちてしまったのだ。まったく彼は世界最高の検察官だよ」

「ご親切痛み入ります、リリアン卿。有体に申せば、私の強みは他人の影響を受けないということだけででして。たったいま、好事家の悪党にはなりたくないと仰いましたが、そこは無礼な好事家と仰るべきでした。いずれにせよ私の行儀のよさは、ひとえに私の愚かさの象徴であると共に、優れた教育の賜物なのです」

「君のその自己卑下の癖を、ちょうど直してやろうと思っていたんだ。君と出会ったのは八日前で、初めて君の顔を見てからこっち、君はずっとその肚の読めない薄ら笑いを浮かべて、いつもおなじ調子で形式ぶって、おなじような奉仕を申し出る。毎晩、君と食卓を共にした。君は僕にはさっぱり理解できない絵画を見せては、わざとらしく勿体ぶって、いいえこれは確かに傑作なのですと言う。君は自作の詩を朗読する。僕はせめてフランス語に訳してくれたらと思うが、君は『これは神がかりです』と言うばかり。君は深遠すぎて意味不明の思索を繰り広げ、僕が敬意を払って頷いて見せると狂喜する……。出会ったその日から、僕は君の退屈さに辟易している。君が退屈なのは貧しいからだろう。前にも君におなじことを言った。そしていま、また言っている。ところが君は、いったい何が楽しいのか、どんな目的があるのか、僕に喰いついて離れない。君はいままでもこれからも不愉快な奴だが、どうも僕にはそれが面白いのだ。君の我慢強さには機知を感じる。君の愚かさは馬鹿げてはいないし、君の僕への追従は、僕をまさに『寛容の館』[97]に誘うよ。……君を相手にするには寛容でなければならない！」

ポル・シニョンはどこか困惑ぎみに、それでも威厳をもって立ち上がった。

「よろしいですか」と彼は口を開いた。

だがリリアン卿の可愛らしいふくれっ面が、彼の出鼻を挫いた。

「まあまあ、許してくれ」とリリアンは囁いた。「僕たちは同い年じゃないか。ほんの悪ふざけだ……。ところで、今夜も晩餐を一緒にどうだい。招待するよ」

## XIII

ときおり夜になるとあなたが欲しくなる
主のように純粋で滑らかなあなた、
私の痛々しい熱情は
あなたの青い瞳に捧げる聖歌

夢があなたの方へ傾いてゆくとき
やわらかい光のなかで、
届くか届かぬかの口づけで
あなたの青白い肌をそっと撫でる

あなたが私の若い恋人になるとき
友達以上で兄弟未満の、
わが祈りを捧げる可愛らしい神
優しい王になるその瞬間

そのような夜々、心のこもった私の手紙は
私の混乱の痛々しさを伝える
あなたがそれを指先でつまむとき
私の心の一部は灰になる、

まばゆい庭園の花でつくった花束になる
私の夢想はその庭園に遊ぶ
高慢な笑みを浮かべて
威厳に満ちた優雅さで……

だがまた別の夜々には私の魂は様変わりする

私はあなたが欲しくてたまらなくなる
苦い情欲が私の血潮に鞭をくれる
それは悪しき天使たちの声。
そのときエロスがあなたを殺すだろう！

「どう思う？」とリリアン卿はボタン穴に白菫《しろすみれ》を挿しながら言った。彼が手元で読み上げた詩行は、封を切ったばかりの手紙の一節である。デルスランジュは邪魔をしないように息を潜めながら、いつも通りぎょろぎょろとした官能的な眼差しで、リリアンに見惚れていたのだった。

「どう思うったら。何も言わないのかい。なかなか産みの苦しみがあったに違いないこの詩を、わざわざ読み上げたというのに。僕をクロークの番号札か何かみたいにぼんやり見つめているだけかい。それにしても君ってやつは、どんどん若返っていくね。ほとんど赤ん坊みたいじゃないか」

「失礼しました、レノルド。美しい詩です。とてもすばらしい、あなたにふさわしい詩です」

「誰から贈られたか尋ねないんだね。知りたがりのくせに、まったく悪知恵の働くやつだ。僕の性格を、ロンドンで言うところの『お行儀』を、よくわかっているわけだね。君が尋ねたなら僕は教えなかっただろう。だが訊かれなかったから、教えてあげよう。

贈り主は若いスウェーデン人で、アクセル・アンゼン[98]という男だ。このホテルで偶然に知り合ったんだよ。ほら、デッラ・マリア・ペルディータ侯爵夫人が仮装舞踏会を開いた日だ。

　霊感を与えてくれたのは、ナショナル・ギャラリーにあるラトゥール[99]のウォルフガング大公の肖像だよ。朝に想像を膨らませて、夜には準備万端さ。ちょっと思い浮かべてみてくれ、天井から鰐の剝製がぶらさがった、評判のいい骨董屋で見つけた掘り出しもの、刺繡を施したラングラーブ[100]を。とても暖かみがあって曖昧な、朝焼けのような色合いをしていて、縁取りは桃色と銀色だ。そのラングラーブに、古色蒼然とした青いブリーチ[101]とベストを着て、使いの者が履くような踵のついた靴は、大きなトパーズの留金で覆われている。金髪の鬘に髪粉をふれば、客観的に見てもなかなか美男のお小姓の完成だ。大きなヴェネツィア風の外套で出来るだけ全身をくるんで舞踏会に向かおうとすると、馬車に乗り込むすんでのところで、廊下を歩いてきたスウェーデン人と派手にぶつかったというわけさ。

　君も見たことがあるだろう、二十二歳、痩せていて、金髪で、見るからに臆病な皮肉屋といった感じで、身のこなしはあくまで礼儀正しく、詩の朗読にうってつけの声をしている。スウェーデン人といっても、フェルセンとグスタフ王[102]の時代の住人というべきで、北方の人間なのに、太陽の輝く国の出身のように思えるのさ」

「なるほど、たいしたものですな！」

「だが僕が鋪道か何かのように、黙って踏みつけにされると思うかい？」

「とんでもない、鋪道といってもパサージュ・デ・プランスですな」[103]

「それはありがとう、だがそれは他の連中に任せることにするよ。僕は警察官のように冷静に彼を描写しているんだ。倫理観のほうは警察官並とはいかないけどね。さて彼の生活や性癖だが……」

「彼はひねもすオレンジの樹の下にいますよ」

「でたらめはよせよ！」

「そして極上のカクテルでその樹に水をやるんです……」

「それはともかく、僕はアンゼンと激突した。彼は頭を垂れ、地面を見つめていた。それが彼にとっての粋なのさ。まるでジャムを横取りされた子供みたいだったがね。驚嘆、謝罪。彼はじっと僕を見ていた。僕は可愛い女みたいに絹ずれの音をさせながら歩き出したが、それからも背中に視線を感じていた。次の日にはカードが届いた。たくさんの謝罪の言葉が連ねてある。ホテルでの人間関係というのは、貯蔵庫で食材の匂いが移り合うのに似ている。ひとつのことが、また次のことへと繋がってゆくんだ。食事時の挨拶、庭園での握手、テラスでの乾杯。相手の目的はもう明らかだったが、なかなか行動には移らない。まだ臆病そうなところは残っていたが、皮肉屋らしい様子はすっかり鳴りをひそめていた。ある夜——というのも、こういうことは（君も気づいたかい？）夜にばかり起こるんだね、まるで犯罪みたいに——彼は僕を海辺の散歩に誘った。黄金の水平線にエトナ山が、真赤な焔を吐くのが見えるというんだ。

そして、彼に伴われてほとんど海の際まで行った。なんだか感傷的になって、馬鹿みたいに動揺したよ。まるでこの悪魔みたいな青年が、僕に新たな魂を吹き込んだかのようだった。きっとそれは、若々しい欲望に触れたのが初めてだったからだろう。それは——気を悪くしないでほしいんだが——君のような重要人物を籠絡するよりもずっと、自尊心を擽られることだからね。そうこうするうちに、海は遠くの火山に照らされて、実に不思議な、えも言われぬ姿を見せはじめた。うっとりさせるような香りは、東洋の花々のようだった。——だがそれも幻だったかもしれない。

渚に連れてゆかれた。漣が微かな音を立てて息絶えてゆく。唇がそっと触れるようだった。

彼は口を開いた。自分の国について、虚飾のない、感動的な言葉を並べた。北方の霞が覆い隠す美しい風景、憂鬱な湖、神秘的な森や雪に埋もれた村々。スカンジナビアの神話に繊細な舞台を提供するそんな故郷を後にして、彼は医者の忠告を容れ、太陽を浴びるためにここへやって来た。老いた両親は悲しみにくれ、先行きの不安を嘆いた。後ろ髪を引かれながら、彼はすべてを置き去りにして来たのだ。

足早にイタリアを縦断して、彼はこの地へやって来た。シチリアの気候が、彼を癒してくれるはずだった。だが仲間を、暗闇で支えとなってくれる理解者を持たなかったために、彼は孤独と疲労に蝕まれた。だから僕と出会えたことは彼にとって——おお、そうだとも——なんという幸運だったろう！　廊下で偶然の邂逅を果たしたその瞬間から、彼は僕を気に入っていたのだ。以前、僕に似た人を愛していたそうで（よくある口実だね）、滞在のあいだ、どうか友人として付き合ってくれないかと懇願された。ときおり、黄昏時に散歩がしたいというのだ……それまでは黄昏時になると、寂しさのあまり死にそうだと思っていたそうだ！

僕は答えに窮した。というのも、デルスランジュ、僕にそんな風に語りかけた人間などこれまでいなかったからだ。これほど細やかで丁重な欲望をもって……。僕はとても幸福だった。欲情して、温かな血潮が脈打ち、頬を染めた。初めて、誰かを愛していると感じた。スキルドは僕を驚かせた。イーディスは忘れ去られていた。スコティエフは不快だ。君には飽きてしまった。僕は眼を上げてアクセル・アンゼンを見た。

彼は動かずに僕を見ていた。そのとき、偶々《たまたま》、海が焔の長い尾に照らされて、遠くで火口が燃え盛るのに合わせて地面が揺れた。この血の色をした輝きのなかで、僕は友人の両眼に光る涙を認めたのだ。僕はゆっくりと辺りを見回した。誰もいなかった。宿泊客たちはエトナ山をもっとよく見たいと、眺望のよい白亜の露台に登っていた。

ああ、彼が浮かべていた涙！　まわりには誰もいなかった。僕は彼の手を取り、ありったけの力を込めて握った。『君の友になるよ！』と言った。すこしずつ手から力が抜け、撫でていると言ったほうが近くなった。彼も辺りを見回してから僕を引き寄せ、神秘的な抱擁で包んだ。『口づけさせてください』と彼は、遠くから響くような無色透明の声で言った。それには答えずに、僕はおでこを差し出した。それからおよそ一分のあいだ、彼は躊躇《ためら》っていた。その一分の時間はあまりに素晴らしかった。僕はいまでも思い出すたびに身震いしてしまう。そして彼の羽毛のような、学生風の金髪の髭が擦りつけられた。軽くて生き生きとした、絹のような肌触りを感じた……。彼の最初の口づけだ。

帰り道、僕たちは感動に包まれ、貞淑な気持に満たされていた。まるで教会での祈禱を終えてきたようだった。

……ときおり夜になるとあなたが欲しくなる
主のように純粋で滑らかなあなた……」

「その噴火の後も、彼はあなたを愛し続けているのですか？」

「それまで以上にね。冷淡なスカンジナビア人の特徴で、彼はなかなか自分の趣味や理想について話してくれなかったから、かえって面白かったよ。僕は質問を重ねて、推理を繰り広げた。それが当たるとようやく欲望や夢について教えてくれたが、子供みたいな照れ笑いを浮かべるんだ。彼はウプサラ大学で五年のあいだ、文学を学んでいた。かの著名なエヴェリウス教授からギリシャ古典を学ぶうちに、恩師に似た好事家《こうずか》の、該博な学者になった。彼地でリュシラの伝説についての論文を書き、好評を得た。だが前途洋々と見えた研究の道半ばで、突然、病に襲われたんだ。活力は喪《うしな》われ、あれほど豊かだった才能は、彼の言葉を借りれば『矮小化《わいしょうか》』されてしまった。彼は学者から詩人に転身した。北国でもどこでも、詩人のほうが稀な人種なのだが、彼は想像力に富んだ詩人になったのだ。

いま話した出来事のあった翌日、彼はまるで恥ずかしがっているみたいに、姿を見せようとしなかった。明くる朝になって、花束と詩が届いた。それからというもの、夜が明けるたびに、花々が彼の優しさを、韻文が彼の思想を伝えてくれる」

「そのうち食傷気味になってしまいますよ」

「何故だい？　確かに僕は変化を愛する。だが昔の罪に立ち返るのも好きだ。君も知っているじゃないか。あの若いヴェネツィア娘との鶏小屋でのお楽しみを、まさか忘れてはいないだろうね。僕を恨んでいるだろう。構うものか。二週間前、僕は宿の広間で、思わぬ人物に再会した。君だよ、デルスランジュ氏。てっきり天国か、さもなきゃ地獄にいると思ったのにさ」

「お褒めに与り恐縮ですな。私はヴェネツィアに飽きたまでです。生意気なあなたがシチリア島にいると聞いて、あなたの目の届かない環礁から、観察してやろうと思ったのです。ジャン・ダルザスを悪所に案内する役回りは、デッラ・ロッビアに譲ってやりましたよ。何はともあれ、またこうしてあなたを眺めることができて幸せです。あなたは相変わらず美しい」

「外に出るまで待ってくれないか？　日差しの下でもう一度、僕がまだ若さを保っているか見極めるといい。二十歳にもなって若さについて語るなど、実に恥ずべきことだ！　しかも僕は若さなんぞ無造作に投げ捨ててしまったのだからね。プリンコーリからカターニアまで道沿いに歩こうじゃないか。仙人掌《さぼてん》とエジプト棕櫚《しゅろ》に縁取られた海の眺めは神々しいと言う外ないよ」

　二人が立ち上がると、ベルボーイがひと抱えの薔薇と水仙に添えて手紙を運んできた。レノルドは封を切らずに卓子に放った。

「天使のお告げだ！」と彼は呟いて微笑んだ。

## XIV

「ご主人は噂の通りご病気なのかね？」とリリアン卿は尋ねた。召使はちょうどアクセル・アンゼンの部屋から退出してきたところだった。扉は閉ざされていたにもかかわらず、病人の乾いた、痛々しい咳が薄い壁の向こうから聞えてきた。

「旦那様は一晩中苦しんでおりました。先日の夜晩《おそ》く、庭に出ていたために罹《かか》った気管支炎のせいもありますが、問題は旦那様の頭に巣食っているお考えのほうなのです。頭のなかのことですから、どうしようもありません」

「どんな考えなのだい？」

「よくは存じません、卿。ただ旦那様がよく取り憑かれる、荒唐無稽なお考えでしょう。突然、もう死ぬんだ、すべておしまいだ、もはや何も存在しない、と叫び出されるのです。お気の毒なのはお年を召したご母堂です。実に尊敬すべき奥方ですが、溺愛されている旦那様が万が一にも旅立たれるようなことがあれば、もはやお立ち直りになれますまい。旦那様は叫ぶことをやめると、今度は二時間か三時間、まったく静かになられて、それからまた叫ばれるのです……。卿もご存知でいらっしゃいましょう、まったくの昂奮状態です。血潮《ちしお》が激しく迸《ほとばし》るあまり、鬱血するのではないかと医者は心配しています……。それに、譫妄《せんもう》状態になるだけでなく、しょっちゅう気絶なさいます」

最後に従者は、深い諦念を滲ませて言った。

「ああ、まったくもって楽ではございません！」

「よろしい。ご主人に、元気になった顔が見たくて来たと伝えてくれ給え。また明日、戻って来ることにしよう」

そうしてリリアン卿は、震えながら歩き出した。庭へ降りると、椰子《やし》や月桂樹に挟まれた小さな露台を目指すうちに、少しずつ海が見えてきた。二人で初めて会話をしたときにアクセルが選んだ長椅子に腰かけた。可哀想なアンゼン！　ほとんど迷信に惑わされるように、リリアンは恐怖に駆られ、心配に圧し潰された。いましがた召使の話に出た夜のことを思い出した。「先日の夜晩く、庭に出ていたために罹った気管支炎……」もう二週間も前のことだ。その前日もやはり体調の優れなかったアクセルは、彼を黄昏時の逢瀬《おうせ》に誘ったのだ。彼がやって来るなり、リリアンは友人の顔がこの上なく蒼白で、まるで泣き腫らしたように鈍く光っている眼が、暗闇で輝いているのに気がついた。しかしアクセルは悪寒《おかん》に身を震わせながらもリリアンを安心させるように微笑んで、舟に揺られなければたどり着けない不便なこの場所まで訪ねてくれたことに礼を言った。アクセルはこのことに加えて、あの星空の晩、彼を愛することや、愛の言葉を囁くことを許してくれたことにも、ひどく感謝していたのである。

「ねえ、屋内に戻ったほうがいいよ。昨日からの熱がまだ引いていないようじゃないか。一緒に入ろう。部屋にお邪魔するよ」

だがアクセルは反論し、自分はもう病気ではなく、友人に再会できた今夜はとくに気分がよいのだと保証した。

「中へ入って……あの狭苦しい貧しい部屋にあなたを案内するだなんて……。絶対にご免だ！　この場所の美しさを見てください。蠢《うごめ》く波の影、踊っている夜の影……。樹々の枝から漏れる、玉虫色の汀《みぎわ》の光。部屋へ入ってしまっては何も見えなくなります」

二人は残った。得体の知れない危険の兆しに、レノルドは常よりも感傷的になっていた。アクセル・アンゼンは熱狂に駆られて有頂天になっており、あの晩よりもさらに憂鬱で、情熱的だった……。

悲しみと壮大な希望に満たされた

あたかもネロの魂が大気に宿るような夜、
私たちは海に沈みゆく太陽と共に
桃色と青色の空を目指す！

私たちの双眸は恍惚と神秘の夢を湛える
羊飼いたちが祈っている、百合の野についての
古のお伽噺を思い出すのだ。
私たちが交わす別れの接吻も古代の遺跡になる！

……不可思議な香りが私たちを旅へと誘う、
曖昧で不確かな旅
口にする言葉はただ一つ、愛している……
比類ない愛はただ私たちの交わす眼差しに宿る。

そのときのあなたはいつになく瑞々しいだろう、忠実な恋人よ！
神々の聖なる鳥たちがあなたの道標となる

遠くからあなたの微笑みを見つけ
鳥たちはその羽ばたきであなたを優しく撫でる

そうして祝祭の終わりを告げる歌も途絶えて久しく
ついに墓の扉が開くとき、
彼らは見つけるだろう、詩人の遺灰に混じって、
まだ動いているあなたの心臓と、その美しい両眼とを！

恐ろしい咳の発作が若者を窒息させた。レノルドは堪らず、屋内に入るよう命じた。しかし海と広大な地平線の彼方から、暖かな風が起こった。ミモザと潮の混ざった強烈な香水のように、麝香を思わせる、人を昂《たか》ぶらせる空気が漂ってきた。自らの詩によって活気づいていたアクセル・アンゼンは陽気になり、折から東の空に昇りつつあった桃色に透き通る月を、崇めるように仰いだ。

「こんな夜がかつてあったでしょうか」と彼は夢みるように、何度も独りごちた。そして突然、レノルドに向き直った。「今宵のポイベ[104]の美しさといったら！　彼女は東洋に出かけていって、全身に真珠をまとって戻って来たのです。私たちに美しく笑いかけるために。私の故国では、彼女はいつも青白く、遠くに浮かんでいるのです。私はその手の届かぬ天体を、いつも他人行儀に見上げて

いました。

故国にいる頃、悲しいときや熱に浮かされているときには、よく星々に語りかけました。星々は慰めるように私を見つめてくれました。それでも月は死んでいるように感じて、私もいつも目を背《そむ》けていたのです。それが今は、まったくの逆です！　彼女はいま美しい、憂鬱そうな面持ちで、私たちを見守っています。もはやそれは太陽の業火《ごうか》で暖をとる、灰になった星ではないのです。それはもう一つの太陽であり、独立した永遠の世界です。その世界を美しいと思えるのは詩人と狂人、それに子供たちと恋人たちだけです！」

彼は再び話すのをやめた。彼は疲れていた。目は落ちくぼみ、口は渇き、酸素を求めて喘いでいた。

「そうだ、いい考えがあります。馬鹿げていて、素敵な思いつきです。いかにもあなたらしい、可愛らしい笑い方で、笑い飛ばされるでしょうが、この静寂と瞑想の瞬間、あなたに口づけたいのです。おわかりでしょう、これはほとんど宗教的な行為です……。暗闇を大きな鳥が飛んでいます。こんな穏やかさ、こんな美しさには、二度とお目にかかれないでしょう……。ああ、震えています、またしても……。私はあなたと一緒に、星々と結婚したい！」

彼がなんとも言えぬ奇妙な優しさで囁いたので、レノルドはその内容の幼稚さに気づかなかった。それで唇を差し出したのである。ところがそこで、またしても激しい咳の発作が猛然と襲いかかり、哀れなアンゼンは絹の手巾を口に宛てがった。そしてようやく接吻すると、リリアンは愛撫のうちに、微かに血の味を認めた。

---

翌日、病が昂じた。それから一週間というもの、病状は悪化の一途をたどり、彼は恐ろしいほどに衰えた。アンゼンは息をするにも必死で、彼がこの病によって追い詰められずにすむ希望はほとんどなかった。気候はよく、太陽は輝き、日輪は空を照らしていたというのに、彼らは悲しみの霞に覆われていた。リリアンが物想いに沈んでいると、デルスランジュが宮廷音楽師のように満面の笑みを浮かべてやって来た。

「朗報です！」

「何だい？」

「スキルドが、あなたもご存知であろう、あの偉大な詩人のスキルドが、恩赦になりました！」

「そんなことがあり得るのかい？」

「いま新聞で読んだばかりです。さあ、ご自分の眼で」

最新のタイムズ紙がリリアンに差し出された。

「何ということだ、本当なんだね！　いったいぜんたい、どうして僕に知らせなかったのだろう。手紙さえよこさないとは！」リリアンは訝しんだ。「一言もないなんて信じられるかい？　三箇月前、ヴェネツィアで手紙を受け取ったきりだ。牢獄と拷問についてばかり書いてあった。それが今日は自由の身だというんだ」

「あまり嬉しそうでもないですね。何故です？」

「何を言うんだ！　もちろんとても嬉しいさ。だが彼とはもう会わないことにしたんだ。そうせざるを得ない、という明白な理由からね。彼が逮捕されるまえ、ギリシャから別々に帰国したときから、僕は彼に会うのを拒んでいた」

「ですがいまは……。彼も相当に苦しんだわけですし」

「苦しんだって？　彼がいわゆる知識人だからかい？……信じてはだめだ。何にせよ、彼の船は沈んだ。彼はもうおしまいだ。君たち大陸の人間は、イギリス人というものがわからないんだ。警官に捕まることがなければ、彼も魅力的で、機知に富んだ、楽しい男だった。ある夜、彼をサヴォイで見かけたことがある。二人の若い少年を侍らせて派手な入場をした後、シェフィールド公爵夫人の手に口づけていたっけ。

あれほど横柄な人間はいないよ。僕は絶対に彼には敵わない。それに、彼には高位の貴族のような傲慢さがあった。おどおどした俗物だらけのロンドンでは、それもまかり通ったのさ。だが彼はもはや逮捕され、判決を受け、収監された人間だ。千度釈放されたって、もう彼は終わったのさ！」

リリアン卿は「もう彼は終わったのさ！」という最後の一句を単語ごとに区切って繰り返しながら、その美しい青い眼に鋼のような気配を漂わせた。

これを聞いていたデルスランジュは、レノルドの人格がまったくもって倒錯的な、不快なほどの利己心で出来上がっていることをよく理解したのだった。

そのとき、召使が駆け寄った。

「卿」と大声で早口に、「アンゼン様にご回復の兆しがございます。あなた様にお目にかかりたいとのこと……。三十二号室です」

これには答えずに、レノルド・リリアン卿は駆け出した。デルスランジュは、この可愛らしい青年、軽やかに踊るような足取りで駆け出したあまりにも可愛らしい青年は、きっと不幸に遭うに違いないと感じた。

# XV

枯れた花々のように甘やかで執念《しゅうね》い香りが、部屋へ入るなりリリアンの鼻先を打った。走ってきたので息は上がり、顔は紅潮している。

「どうしたんだ？　どうして急に呼び出した？　君に会えて喜んでいるのがわかるだろう？　おはよう！　それにしても君はすっかり見違えてしまったよ！」

それ以上は言えなかった。口の端で言葉が滞った。アクセル・アンゼンはひどく青ざめ、死の淵にあった。ついに真実が明らかになったのだ。

それでもこの哀れな男は微笑みを浮かべた。浮かべようとした。薄っぺらくなってしまった手をリリアンに差し向けた。ヴェネツィア式の覆いで塞がれた窓から漏れる光のなかに、救いようのない病室が浮かび上がった。思いやりと優しさに飢えた男が、故国からも肉親からも離れて死んでゆくのだ。薬壜が散らばっていた。寝台の脇には灯火が燃えていた。短くなった芯が黄色く瞬き、震えていた。悲しみと惨めさが溶け合っていた。外からは幸せそうな歓声が上がっている。子供たちが、太陽の下で野ざらしに育った薔薇に囲まれて遊んでいるのだ。

「君はすっかり見違えてしまったよ！」痩せ衰えたスウェーデン人はそれでもまだ若々しさを留めていた。わずかに色づいた雪で作ったような白く透明な姿のなかで、瞳だけが幽かに燃えているのが透けて見えた。アンゼンの姿は、たちまち最初の出会いを思い起こさせた。一瞬のうちに通じ合った心と、口にされることのない欲望。あの星空の思い出が、血に染まった口づけが、すでに死の足音に脅かされていた愛の連禱が、夢のように、亡霊のように蘇ってきた。

「もうだいぶ回復してきたんですよ。ああ、どれだけあなたに会いたかったことか！　おかげで孤独が二倍も辛くなりました。あの素晴らしい会話を思い出すたびに……。あなたと出会ってまだ二箇月だなどとは、とても信じられません。むしろ永遠のようです」

「君はすっかりよくなるんだ、アクセル。そうしたらまた散歩に出て、夢を見て、対話をしよう。覚えているかい、ミモザの花びらを毟《むし》って、僕の部屋を金色の雫《しずく》で飾ったろう。あのミモザはまたすっかり満開になって、昨日も通りすがりにその香気に酔わされてしまったよ。花は蘇る。病人も花みたいなものさ」

「本当に、そう信じているのですね？」

「信じているんじゃない、これは確かなことだよ！」

「そう言ってくれるだけでもうれしいです、レノルド。この数日というもの、どれだけあなたに会いたいと夢見ていたか。パレルモ出身のベッピーナはすばらしい看護婦で、献身的この上ないですが、それでもひどく孤独なのです。この仕事に就いたとき、ベッピーナは子供を産んだばかりでした。よりよい収入を得るために、子供を捨てたのです。彼女の傷はまだ癒えていません。空っぽの揺籠《ゆりかご》に向かって歌っているのです。それでも彼女は懸命に私を世話してくれます。オレンジと陽光の香りのする方言で話しかけてくれます。

ベッピーナが薬や薬湯を扱うところを見せてあげたいですよ。あんなに熟練した者はいません。それにスウェーデンからの手紙を私に手渡すときの嬉しそうな顔ったらないのです。『ほら、お母様からです！』なんとも親切な、満面の笑みなのです。医者の処方する薬よりも、よっぽど効きますよ」

くたびれた彼は話すのをやめ、再び敷布のように真白になると、瞳からは生命の輝きが失せ、鼻と口は苦痛に歪んだ。唇の間から、苦しげな息が漏れた。リリアンは気丈にふるまおうと、寝台のそばに腰掛けて、暗がりで震えている手を握った。

「医者は」とアンゼンは続けた。「医者は私の病気のことなど何もわかっていない。『休養なさい、何も考えてはいけません、過去を恐れてもいけません。むろん、未来のこともです。気管支炎は快方に向かっています。問題はあなたの神経と、悪夢のほうです』それから辞去する段になると、必ず――」

「でもなかなかどうして、医者はよくやっているじゃないか」

「それから辞去する段になると、こう言うのです。『考えてはいけません。不潔な想いを抱いてはいけません……』どういうつもりで不潔な想いと言っているのか、ちゃんとわかっています」

「だけどそれでも……」

「……彼に私を止めることなどできない。こうして、医者の忠告にしたがって窓を塞いで――というのも、太陽に当たると死にかねないそうですから――部屋に一人でいるとき、私は夏の音を聴きます。明るい庭園に響く、人生の喜びの歌を聴きます。そして再び、その夏の一部となり、幸福な精神で人生を謳歌する自分を想像します。そしてあなたを夢に見ます。ああ、言わせてください。あなたこそ極限の幸福なのです……」

そのときベッピーナが部屋に入ってきた。目立たぬようにリリアン卿に挨拶すると、薬湯を持って寝台へ近づいた。

「お飲みなさい」と優しい声で、子供をあやす母親のように囁いた。

「君はいい匂いがするね、ベッピーナ！　丘にあるレモンの果樹園にいたんだね、宿の隣の」

「まあ！　そうですとも。ほら、そろそろ収穫ですよ。今年は大豊作になるそうです。素晴らしい果実ですよ。あんまり重くて、枝が折れるほどです。それにあの香り！　だけど」と悪戯っぽい目つきで、「私の匂いの原因は外にあるんです。お土産があるんですよ」

ベッピーナはポケットを探った。「ほら、お母様からです！」切手の貼られた封筒を差し出しながら、彼女は鬨の声をあげた。

「電報だ！　すぐに渡してくれたらよかったのに！……ちょっと失礼します」喜びに顔を紅くして、アンゼンは呟いた。

熱病のせいで骨っぽくなった指で、不器用に薄い封筒を開いた。

「なんてことだろう！　レノルド、こんなに嬉しいことはありません！　ほら、読んでみてください。読み間違いじゃないか、教えてください。おや、ここは読むには暗すぎますね。……ベッピーナ、窓を開けてくれ！　覆いを引いて。友人がちゃんと読めるように。私は、ほとんど見えなくたってみんな読めましたよ。母からですからね。母の手紙なら夜でも読めます。いざとなれば唇を使って読むことだってできますよ！　ああ、なんてことだろう。レノルド、お母さんが会いに来てくれる！」

「確かにそうだ。『明日、到着。愛を込めて、エルザお母さん』エルザお母さんか！」

電報をアンゼンに返し、レノルドは祝いの言葉を述べた。友人の喜びが彼をも癒していた。彼の母が訪ねてくるのだ……エルザお母さんが！　なんと可愛らしい、甘い響きを持った名だろう。どんな人なのだろう？　健康なのだろうか？　アンゼンに似ているのだろうか？　満たされない愛への渇望に血を流している孤児の心で、レノルドはアンゼン夫人の姿を思い浮かべた。ほとんど雪のように白い金髪、アクセルそっくりの、北欧の凍りついた空のような青い瞳。遠路はるばる訪ねてくるということが、すでに計り知れない愛と犠牲の証拠だった！

息子の看病に駆けつけるために、エルザお母さんはすべてを抛《なげう》ったに違いない。一家は決して裕福ではなかった。旅費も安くはない。

友人の沈黙に気づかずにいたアクセルは口を開くと、希望や幻想に溢れた、ほとんど意味をなさないことを言った。

「明日の夜には到着するでしょう……。明日の夜、あるいはちょうどいまくらいの時間に。もうこの部屋のなかに、すぐ隣に母がいるような気がします。陰鬱にならないように、部屋にたっぷり光を入れましょう。そんなに元気ならわざわざ来る必要などなかった、と母が怒るくらい、快活に母を迎えましょう。

それから最近の出来事を全部、話してもらうのです。すべての村の、すべての村人の近況を教えてもらいます。エルザお母さんは、何でも知っているのです！　鐘撞《かねつき》男のアルンドの娘が相変わらず可愛らしいかどうか、教えてもらうのです。想像してみてください！　私たちは凍りついた湖をどれだけ速く滑れるか競争していました。そしてその場で彼女と婚約したのです。十歳のときでした。氷は分厚く張っていました。一着になった者が、いちばん可愛い娘と婚約できるのです。転んだり、氷が割れたりすれば、一生独身です。そう、十歳のときでした。エルザお母さんに、私の婚約者がどうしているか訊いてみなければ……。

それから、私は小さな庭を置き去りにしてきました。毎年春に、種を蒔いたのです。冬が去り、寒波を恐れる必要がなくなるとすぐに、私は雪をかきわけて小さな桃色の種を蒔きました。春が来ると、最初の日差しが雪を溶かします。そして六月も終わり頃になると、信じられないかもしれませんが、その地方で最も素敵な日日草《にちにちそう》の花束が私のものになったのです。私は大満足です。朝、明け方になると、海風が吹いて花々を優しく撫でてゆきました。樅の茂みに群れをなしている蜂どももやってきて、魅力的な羽音で軽やかな曲を奏でます！　エルザお母さんに、庭のことも訊いてみなければなりません。

お母さんはグリーグやスヴェンセン、ハルトーク[105]を演奏してくれるでしょう。ハルトークはグリーグより憂鬱ですが、あまり有名ではありません。エルザお母さんの手は小さく可憐で、妖精の手のようなのです。お母さんがピアノで刺繍を施す音楽のレース飾りを、ぜひ見ていただきたいですよ。とくに私たちだけのあの旋律――村に伝わる曲を、お母さんが優美に編曲したものを」

彼は喘いでいた。一条の血が、唇の上で泡立った。結核性の吐血を見事に誤魔化してしまう真赤な手巾で、彼はそれを拭った。

「どんな音か、説明しますよ。でもその前に、僕はすっかり体調がいいし、ベッピーナもいないことだから、ひとまず飛び起きることにします」

「無茶だよ」リリアンは断言した。「向こう見ずな真似はよすんだ。風邪を引いたら死んでしまうよ」

「まさか！　エルザお母さんが治してくれますよ。もう病気じゃないんだ」

そして本当に病など知らぬ風に、アンゼンは敏捷に寝台から飛び降りた。だが彼はすぐに裏切られた。足が床につくなり目が回った。扉の枠につかまって身体を支えながら、彼は呻き声をあげた。

「さあさあ！　寝床に戻るんだ、アクセル。さもなければ僕は帰るよ」

「行かないでください。こんなのは何でもないんだ……。例の旋律を弾いてあげましょう。そうすればエルザお母さんの耳にも届いて、もっと早く来てくれる気がするのです」

薄手の衣服に袖を通して、彼はピアノのところまで身体を引きずった。

「ついさっき僕は窓を開けさせた。大嫌いな闇を追い払うために。僕を怯えさせる闇を追い出すために。ああ、眼も眩むばかりの太陽よ、輝かしい太陽よ」と彼は続けた。「愛撫のように暖かく、気高い眼差しのように明るい太陽よ、征服者のようにわが寝室を満たし、その光で震える夜を蹴散らし給え……。我は汝を崇拝する。我は汝の愛人なり！」

彼は生気を取り戻していた。失われていた力が戻り、痛みに対抗しはじめた。レノルドと同じように若く、眼を輝かせたアクセルは、軽やかな動きで窓を開け放ち、光の洪水を浴びて立ち尽くしていた。そして恍惚として海を眺めやった。

彼は実に美しかった。端正な、髭のない横顔。透き通るような肌色の北国の若者の横顔は、青い琺瑯《ほうろう》のような空に反射してなおさら純粋に見えた。リリアン卿は忍び足で近づくといきなりアクセルを捕まえ、頭をのけぞらせて接吻した。

「あなたが欲しい！　あなたが欲しい！」アンゼンは遠くから響くような奇妙な息遣いで囁いた。「夢も要らない、伝説も要らない、狂わんばかりの欲望も、もう要らない……。狂わんばかりの！

かつてカプリに向けて出港したティベリウスが目指したあの水平線に、私は圧倒的な力で引き寄せられてゆきます。イタリアの地！　岩々や古代の遺跡、破壊された大理石から漏れてくる叫び声が聞えませんか？　あなたはそれを吸い込んでいるのです。

ローマの異教徒の儀式の痕跡を、海辺の砂は留めています。ギリシャの執政官や総督たちの豪勢な行進が、私たちの前に再現されます！　私たちの世界を創り上げたルネサンスの遥か以前を生きた、陽に焼けた少年たちの頭を飾った花冠の香りが、今日も海風に紛れています！

あなたが欲しい……」と彼は続けた。声は震え、肉体は幻覚によって麻痺しつつも、愛によって膨張していた。「そしてわが腕にアドニスその人を抱き締めるのです。ニンフたちがこっそり見守る湖畔で、自らに口づけたナルキッソスのまだ暖かく湿った肉体を抱き締めるのです。ファウナに笑いかけるバッカスを抱き締めるのです。天に嫉妬するガニメデを抱き締めるのです。露を頂いたアポロンを抱き締めるのです！　この世界など、どうでもいい！　かつて羊飼いたちが捧げ物をした神殿、エロスの聖なる神殿が眼の前にあります。

ああ、私の究極の望み、私の最後の夜明けの訪れは、あなたが私を愛していると言い、口づけてくれることです。くち……」

押し殺したような悲鳴があがった。アクセル・アンゼンは惨めに肘掛け椅子に崩れ落ち、ぐったりしていた。リリアン卿は友人の青白さに怯えながら、看護婦を呼んだ。意識をほとんど失いながら、もはや聞き取れない譫言《うわごと》を漏らしていた。鼻腔から血が滴った。ベッピーナがやって来た。

「神様！　お医者を呼ばないと」彼女は叫んだ。「心臓が止まりそうだわ。どうして起きたりしたの？　また馬鹿なことを……。すぐにお医者を呼ばないと」

「ここに残り給え。彼には君が必要だ。医者の家は？」レノルドが訊いた。農婦が説明すると、彼は出立した。胸が張り裂けそうだった。人生で初めて、心から同情していた。

---

医者を見つけると、無心で来た道を戻った。宿に飛び込み、階段を駆け上がり、扉を叩いた。静かだった。やがて足音が聞え、錠が開いた。暗闇と静けさがあった……。ベッピーナの顔は歪み、

恐怖から真白になっていた。

「もう済みました……。どうぞ！」

# XVI

「……遠くの山々に夜の帳が降り、窓からは桃色の蒸気を吐き出す湖が見えた。浪漫的な神話の世界のようなスコットランドの本質が、この辺境の森にざわついていた。アイヴァンホーやメアリー・スチュアートの存在と共に、これらの情景の魔力は、塔に閉じ込められた姫君とか、角笛を吹く遍歴の羊飼いとか、低木の茂みや、静かな湖面を想起させた」

窓枠に額を押しつけて、レノルド・リリアン卿は自らの過去を記念するようなその風景を眺めた。悲しみと喪で組み立てられた過去を捨て、イタリアから帰朝したのは三日前のことだった。映像はまだ鮮明だった。十字を切るベッピーナの悲痛な面持ち、開いた扉、彼女が指さす先にぽっかり口を開いている真暗な穴。心を捕えて打ち砕く、取り返しのつかない言葉を聞いた瞬間を彼は正確に覚えている。「もう済みました……。どうぞ!」

ああ、なんと残酷だったろう。口づけたばかりのその屍体。押し潰されるような恐怖。決して見ないように、決して目を留めないようにしながら敷居を跨ぐのには、超人的な勇気を要した。だが恐怖そのものが、突如として彼に眼を開かしめた。

寝台にはすでに硬直したアンゼンが横たわっていた。手を組み、かつては高慢で嘲るようだった青い瞳は、死者の緊張を湛えていた。嗚咽と祈りの声……。この生命のない肉体を愛したとは！……そしていまここに向かいつつある母親……。神よ！

この場所では何を見ても、苦痛に満ちた、埋もれた過去が蘇ってくる。無垢な少年時代。鳥たちと遊んだ庭園。黒ずくめの服を着た父の優しい愛撫。ほとんど知ることのなかった、すでに忘却の淵にある母。最初の愛のざわめき……イーディス・プレイフェア……かくれんぼ……。彼は孤独だった。カーディフ公爵……スウィングモアでの芝居……レディー・クラグソン……ハロルド・スキルド……。ああ、彼の思い出さえここにはまだ残っている。最初の欲望……最初の旅立ち……。こうして人生は失敗に終わるのだ！

彼は別人のようになってリリアン城に戻ってきた。すべてが崩壊し、路傍のぼろ切れのようになって、まったく異なる魂を宿して戻ってきた。あるいは、魂を持たない抜け殻として。存在することに倦み、もはや信じることができなかった。

かつてこの身を情熱に震わせ、大地にさえ支えきれぬほどの愛の欲望を抱いていたことがあったとは！　だがいまはリリアン城に帰ってきたのだ……。

城は相変わらず悲しげで贅沢だった。おなじみの湖に、その影を投じていた……。田舎の風景はまるで変わっていなかった。森は森のままだった。陽が沈みつつある青い地平線は雲と溶け合っていた。田舎はまるで変わっていないのに、もはや同じではなかった!

だがそれ以上に、レノルドは四周から冷淡な目で見つめられているように感じて、そのために落ち着かなかった。先祖たちの影が彼を押し潰した。もはや彼らに顔向けできないと思った。彼らは病的な神経を持ったこの末裔を見下ろしている。家名に何一つ栄光をもたらさない末裔を。だがそれでも……。

リリアン卿はやおら振り返った。天井の高い、樫《かし》材の回廊で、お揃いの額縁に納まっている先祖たちの肖像が、彼を呪っているようだった。日の名残が辛うじて部屋を照らしていた。

先祖たち! 肖像に気づくと彼の背筋に悪寒が走った。母の膝の上で寝物語に聞かされた彼らの偉業を、まだわずかに覚えていた。

あそこにいるのがこの家の開祖だ。もう原始的な石像が一つ残っているだけだ。彼は他の海賊たちと一緒に、ノルウェーからやってきたのだ。ここを気に入り、そのまま居ついた。彼の支配欲の強さ、戦《いくさ》好きなところ、それにがめつさは、厚く掘られた生気のない唇と伽藍堂《がらんどう》のような両目から読んで取れた。血に飢えた恐ろしい野蛮人だったに違いない。海の略奪者、寺院の破壊者、流浪《るろう》の大泥棒。死を前にしてキリスト教に改宗し、スコットランド王から領地と猟犬を賜った。いまや彼は、数世紀をかけて理想化された華々しい家系の開祖なのだ。

　こちらにいるのは、その二百年後にフランドルの戦争[106]で勲を立てた先祖である。その並びには、もう一人の先祖が巨人として描かれており、小さな敵兵を踏みつけている。こちらはクレシーの戦い[107]に参加したのだ。家の紋章はどんどん華美になった。美しく傲慢な紋章だった。別の先祖は、体格は細身だったが、眼光はさらに冷酷だった。ウォーリック家への当てつけで、赤い薔薇を身につけていた[108]。そしてその隣が十代目のジョン・ヘンリーである。天使のように若々しく、悪魔のように端正で、凝った形の襞《ひだ》から、小さくて固い頭が突き出ている。耳から下げた二粒の真珠は愛の雫を思わせた。彼は偉大なるエリザベス女王のお気に入りだった。

　それから、天鵞絨の服を身にまとい、白いスペイン風レース編みの襟飾りをつけた、このすらりとした紳士は誰だろう？

　ああ、なんとすばらしい、物憂い、青い眼をしているのだろう。膝のところで輝いているガーター勲章と同じ青だ。彼こそはホリールードの主にして、ホワイトホールで斬首された国王チャールズ一世[109]の狩猟頭であった。そしてそのすぐ隣には、フランスで聖ジョージの騎士が拓いたステュアート宮廷で生れたその息子がいる。生意気そうだが魅力的なその面持ちは、バッキンガム公[110]に実によく似ていた！

　そしてここに在《ましま》すのが偉大なる領主、アーチボルド・レノルドである。彼はフォントノワでスコットランド人を率いて戦ったのだ。[111] 白い鬘《かつら》の下に、皇帝のような高慢な眼を光らせている。先祖たちは寄り合って、家門をきらびやかに浮かび上がらせていた。暗さを深めてゆく室内で、レノルドはなんとか海軍大将の影を見分けた。彼の高祖父に当たる、不死身のネルソン[112]の右腕と呼ばれた人物である。次いで目についたのは一八四〇年に死んだ、ワーテルロー[113]で初めて戦の味を覚えた人物で、彼はジョージ四世、ウェリントン、カスルリー、ブリュッヒャー[114]に仕えた。そして次は祖父である。彼は幼い頃に女王の戴冠式を謁見した。小さなヴィクトリアは眼を輝かせ、無邪気に微笑んでいた。

樫の額縁はレノルドのすぐ傍まで迫っていた。最後は彼の父である。狩猟の出立ちで鞭を握り、臆病そうな、しかし周りを軽蔑したような表情を浮かべている。それは疎らな光に照らされた、神秘的で厳粛な影に包まれた食堂で、息子の前に座ったときに見せた表情とまったく同じだった。そして父の額縁の隣には、次の子孫のために場所が空けてあり、壁の木材も美しく磨かれていた。

レノルドは物思いに沈んだ。そう、彼もまたこの家系を延長し、後に続く世代に、永遠の微笑と支配的な眼差しを投げかけつつ生き永らえるのだ。彼もまた追憶と誇りを連ねたロザリオの珠の一つとなるのだ。彼の後にも血筋は受け継がれ、高貴な勝利の功績が、この室内を満たすのだ。

彼は唸り声を聞いて身震いした。風が樹を揺らしたのだろうか。それとも、訪れつつある夜が不満を漏らしたのだろうか。あたかもこの古い屋敷の魂が、得体の知れない呻きを発するようだった。

過去と亡霊たちに囲まれ、厳格なスコットランドの、父なる栄光の泥沼に沈みつつある自分を発見して、彼は悪寒を感じた。古城で瞑想を続ける偉大なる死者たちが、本当に声を響かせているのではないだろうか？　数世紀にわたった一族の歴史の終焉を嘆いて、目を覚ました先祖たちが最後の息子を呪う声なのではないだろうか？

ふと我に返ると、レノルド・リリアン卿は再び皮肉たっぷりに自らの来し方を振り返り、どうすべきであったかを考えだした。悔恨だらけだった。悲しみに満たされた魂には一点の光明もなく、慰めのかけらもなく、善行もなく、純粋な幸福もなかった。これこそ先祖たちが与えた教訓なのだ……。これこそ彼らの復讐なのだ！

もし彼らのように、彼も勲を立てていたら？　彼の羽飾りをつけた帽子について、いくつもの年代記が記録していたら？

だがそうはならなかった。彼は勘当されたのだ。彼を生んだ土地、幼年期と少年期、つまり男性になるまでの時間を過ごしたこの土地が、彼を拒絶しているのだ。いったいどんな呪いが、どんな毒薬が彼の過去を奪ってしまったのか？　救いようもなかった。愛を営む場所も、眠りを貪る場所も、死に場所すらも彼にはなかった！　これからは放浪者として生きるのだ。家も持たず、休息もなしに、ただ彷徨《さまよ》う宿命なのだ。彼の若さを、美しさを、家柄を、財産を、そして微笑をさえ決定的に閉じ込めてしまったこの土地を、彼のほうこそ拒絶してやりたかった！　だが復讐を遂げたのは土地のほうなのだ。彼は独善的で、嘘つきで、好色で、高慢で、臆病だった。先祖たちの判決が下ったのだ。彼は追放されるのだ。

レノルドは、リリアン卿は、贖罪の時が訪れたことを悟った。眼に涙が浮かんできた。恥辱と悔恨の涙である。これまでに積み重ねてきた悪行と、これまでに台無しにしてきた善なるもののために、そして失われた時のために流される、苦い涙である。

静謐で厳粛な肖像画の下で、若者は頭を垂れて呟いた。「お許しください！」

# XVII

「あそこの二人連れは悪くないね！　実に曖昧だ」とリリアンは微笑みながら言った。「どちらがどちらを所有しているのだろう？」

「お静かになさい。まったく、処刑ものですよ！　もし大声で彼らの気を引こうとしているなら、時間の無駄ですね。私たちはいまラリュー[115]にいるのですよ、豪勢なオードブルと料理を前にして」とスコティエフ皇子が応じた。「何をやりましょうか？」

「サン＝マルソー[116]ならなんでもいい」

　レノルドは座席から店のきらびやかな広間を見渡しながら、先ほど現れた二人に視線を注ぎ続けた。一人はせいぜい二十二歳、細っそりと引き締まっており、ポリチネッレ[117]と鷺の子[118]を混ぜ合わせたような横顔の、見るからに退廃的な青年で、麻痺したような身のこなしは操り人形を思わせた。ライヒシュタット式の外套を羽織り、尖った頭を天鵞絨の高い襟で縁取っていた。ズボンは明らかに小さすぎ、靴は不格好だった。空いている席を探していた。あるいは探すふりをしていた。

実際のところ、彼はジプシーの音楽家たちのほうばかり見ていたのである。なかでもある若いヴァイオリン弾きは、偽物の王女たちや身元の怪しい大公たちを喜ばせようと、のたうちまわるように楽器を掻き鳴らしていた。この十五歳くらいのヴァイオリニストが彼の連れだった。少年は照明のまぶしさと注がれる視線の熱量に圧倒されて、徐々に扉のところまで後退すると、そのいかにも男娼らしい姿を隠そうとした。

「ほらほら、なぜそんなに彼らを見つめるのです！」スコティエフが言った。「卿、あの連中は演奏をして、小銭を乞うためにやって来たのですぞ。あなたが気にかける価値もない連中です。それに、何一つ面白いこともできないでしょう」

「いや、彼らは恋人を物色しに来たんだ。それにしても、どうも見覚えがある。ちょっと待ってくれ。そうだ！　ワグラムの舞踏会を覚えているかい？　此間の謝肉祭だ」

「いいえ、行っていませんね。さぞ素晴らしい場所で、私を連れていってくれるつもりだったのでしょう。仲間内の愉快な集まりで、あなたの召使たちも勢揃いしていたことでしょうよ」

「つまらないことを言っているうちに、彼らが出て行くぞ」

「小銭を貰い損ねたな」

「君もすっかり疫病神みたいな男になったな！　話を戻そう。ふた月前に送った手紙を覚えているかい？　モンティオン賞[119]にも値するほどの苦悩を味わって、聖なる隠者のように暮らしていた時期にさ。一族の城館で、僕は額縁のなかの不気味なご先祖たちの試すような眼に晒されるうちに、すっかり変わってしまった。僕は誇りを失った。自分への憎しみで息が詰まりそうだった。要するに、僕は世捨て人になったんだ。二週間もすると、いよいよ耐えられなくなった。ご先祖たちはまだ怒っているようだったが、もはや僕が恐れたのは一族の過去の栄光ではなく、僕自身の若さだった。城館の壁に挟まれて暮すうちに、欲望が、向こう見ずな欲求が、すっかり息を吹き返してしまった。

もう採点されるのはごめんだ。隔靴掻痒とでもいう状態にはとても耐えられない。そこで僕は荷造りをして、――ほい来た！――涙もちぎれんばかりの速さで二月半ばのパリへ到着した。二日後には、イエナ街にアパルトマンを借りていた。家具をしつらえて、欠伸《あくび》をひとつ、たちまち退屈してしまった。

そんなときにシニョンと再会した。――覚えているだろう、あの芸術家、シチリアの好事家だよ――ただし改良版の、一人前になった素敵なシニョンとだ。新しい帽子をかぶり、ボタン穴には菫を挿していた。いかにして成功したか、話してくれたよ。静物画なんだが、殿下はご存知かな。『魚と鍋』というのだ。驚くほど洒落ていて、彼がジャン・ダルザスに捧げた『月光の印象』という作品にも似ている。

実に幸運なことに、この傑作の作者は腹を減らしていた。折よく食事時だ。習慣とは恐ろしいもので、新しい帽子をかぶっているというのに、彼は僕の誘いを受けた。そこでキュー・ド・ブフ[120]という、パサージュ・デ・パノラマ[121]にある安食堂に案内した。その辺りのおかまたち御用達の店だよ。一ルイ[122]の伝票を支払ってそこを出ると、僕はシニョンにこう言った。『さて君、僕は退屈なんだが、楽しませてくれないか……。何をしようか？』

『今日はおやすみになってください、卿。明日、すっきりとお元気になられたら、素晴らしい夜を過ごせるよう手配いたしましょう。特別な謝肉祭です』

『しかし君は金のかかる男だからな！　今夜は定食ですんだが、明日は食料庫をまるごと奢れと言うんだろう。あんな安食堂に連れて行かれた腹いせに、搾り取るつもりだな』

『そんなつもりは！　ともかく、明日の計画を聞いてください。昼餐は、卿のお好きなところで。昼間は、お好きになさいまし。臭《くさ》いだけの群衆、安っぽい衣装、汚らしい紙吹雪、腐ったような料理……それに、人類の王？[123]　いいかげんにしてもらいたいですね。ですからまずは昼餐を、お好きなところで』

『いいだろう！』

『十一時頃になったら、ワグラムの舞踏会へ参りましょう。カプリ島のすべてが息を吹き返すような乱痴気騒ぎになりますよ。そして気が向いたら、その後キューで食事をしましょう。拳銃を準備してください。警察の名簿にも名前が載るでしょうね[124]』

『わかった。では明日、八時頃、イエナ街へ来てくれ。それではパリへ来てから初めて、早寝をすることにするよ』

　翌日、シニョンは時間ぴったりにやって来た。その辺りでごく簡単に夕食を済ませた。シニョンは貴族然として、借り物の燕尾服を着ていた。

『ウェイターになってビールの注文でもとったらどうだい』と僕は軽口を叩いた。侮辱された彼は、鼻に載せた眼鏡を震わせた。それから、昼間エルフィンストーン卿とアウステルリッツ公爵にすかを引かせてやったジョッキー・クラブ[125]へもういちど顔を出して、そこからワグラム街へ向かった。入口はガス灯に照らされて、宵闇に粗暴な光を放っていた。僕たちは仮面をかぶっていた。静かに扉が開くたびに、居並ぶ泥棒と遣手婆の群れが挨拶をした。

　入場料を払った。二十スー[126]だ。玄関の廊下は古びた公衆浴場を思わせたし、騒いでいる連中にも好感が持てなかった。二人のメイドに挟まれた兵士が先を行った。鯖ども[127]が、潮が満ちるのを待っていた。

　だがいざダンスホールに飛び込んでみると、様子はまるで違っていた！　僕たちはすぐに獲物を待ち受けていた老人たちの囁きに迎えられた。気づいたら僕たちは目蓋《まぶた》に色を塗り、唇のまわりを剃った連中に囲まれていたが、彼らは客待ちの男娼や怪しげな下男どもらしかった。腹を空かせた若い店員だとか、墓から這い出してきたような、隠居した遣手婆がぞろぞろいた。おどろおどろしい、奇怪な集まりだった。背骨がないみたいにぐにゃぐにゃした、小心翼々としたソドムの住人たちを、ひとまとめに死体安置所へ送り込もうというみたいだった。

　そのままホールを一周か二周した。そこここで、まるで魔法によって現れたみたいに、顔の知られた人士の顔が見えた。行政官や外交官、それに官吏などが、共和国の代表として、この掃き溜めに集まっていた。下層民どもと、彼らは生々しく触れ合っていた。衛兵のような高圧的なまなざし、ポンペイのフレスコ画に出てくるような身振り、情熱的な言葉や『お尻合い』への招待が盛んに交わされていた。ホールの一隅では、色絡みの醜聞を専門にしている査察官ド・ラトゥルイユ氏[128]（彼のことは知っているだろう、スコティエフ？　口止め料をずいぶん取られたからな）が、ルイ十三世様式の衣装を着た肥ったお小姓に抱いてもらうために、法衣を脱いでいるところだった。彼はこんな風にして、代々受け継がれてきた査察官の伝統を裏書きしているんだろうね。そんなことはどうでもいいが……。聴問会ならぬ肛門会というわけだ！　と、そんなものを見ていると、メアリー・ステュアートの息子であるロルマール公爵の姿も見えた。それから、さっきも見かけた二人のエフェベがまた現れた……」

「なかなか素敵な場所ですね！　雷鳥はいかがです？」

「いや、結構。海水みたいな味だ！　そう、その二人は確かに前にも見かけていたんだ。髭をつるつるに剃ったアメリカ人たちに連れ添われていた。その後ろには兵士たちがぞろぞろ続いていた。アメリカ人は彼らに向けて起床の喇叭を――ローマ人の言うところのディアナの聖歌を――吹き散らしていた」

「それをメルクリウス[129]が追いかけたわけだ！」

「救いようのない馬鹿だね、キャビア君。とにかく彼らのことはそのまま見失ってしまった。次に発見したのは夜食のときだった」

「例のキューというところですか」

「丑三つ時だ。舞踏会を後にした僕とシニョンはへとへとだった。まだ一時過ぎだった。そこからシャン゠ゼリゼをはじめ、いくつか大通りを歩いた。

到着したとき、食堂はまだ満席だった。隅の席を予約してあった。ヤンキー連れの二人はすぐに見つかった。餌に釣られて、しっかり針にかかったようだね。バーの前の大きな席を占拠していたが、卓子にはネロ風に、菫《すみれ》の花が散らしてあった。

連中はすでに『シャンパーニュ』を浴びるように飲んでいたが、これは名ばかりで、実際は吐き気のするレモネードだ。陽気な彼らは食卓の下で興味の対象をこっそり採点していた。その他の席には、前にも見かけた若い泥棒連中や、見るからにいかがわしい、不愉快なちんぴらどもがいた。アンリ四世みたいな大きな頭をした店主が、ひとりひとりに愛想を振りまいていた。ここにいる連中の大半は、前にこの店主に親切にしてやったことがあるので、それ以来、関係は良好というわけだ。苦心しながら、なんとか食べられそうな代物を注文すると、ラトゥルイユ判事殿が不安そうな様子で店に入ってきたが、彼にくっついて、面白そうな連中と退屈そうな連中とが、列をなしてやってきた。ほとんどは警察官だった。

そしてもう一人、小柄で細身、金髪の若い女が、絹のヴェールに透明な、夢見がちな眼を隠して、一緒に入ってきた。奇妙で強烈なアジア風の香水を身にまとっていたが、何の匂いかはわからなかった。彼女はラトゥルイユから離れると、アメリカ人たちと一緒にいる二人の若者のところへゆき、空いている椅子に腰かけた。

そうして客で溢れかえった店内は、徐々に狂宴に支配された。本当に狂宴と言えるかどうかはともかくね。アンリ四世は必死に駆け回っていた。ラトゥルイユは注意深いまなざしで、店内をじろじろ見回していた。

紫煙に染まった店内の加熱された空気に、笑い声が混じった。妙に甲高い笑い声で、狂人か瀕死の人間らしく思えた。席から席へと花が放り投げられ、紙吹雪とシャンパーニュがぶちまけられた。若気の至りという言訳も通じないような、幼稚な軽口が飛び交った。

なかでもとくにへべれけになった連中が、上気させた汗みどろの顔で立ち上がった。長い髪が顔にかかった。脂汗で化粧が溶けていた。街娼も真青のしゃがれ声で、卑猥な唄を二、三節がなった。

まわりも仲間入りして合唱になった。何人かは潰れたティアラを頭に載せていて、まるで屠殺場に向かう家畜のようだった。

女は何人もいなかったが、そのうちの一人は、誰も飲み物を奢ってくれないのに業を煮やして出て行ってしまった。彼女は扉を叩きつけながらこう叫んだ。『ああ、この連中と来たら！　とんでもない売女どもだ！』

一方、シニョンは、僕たちの席で大いに興奮していた。

『ああ、嘆かわしい！　殿下、夢を打ち砕く現実というものがあるのです。休眠状態にあるかつての夢、過去に埋もれてしまった夢だけでなく、将来に向けられた夢をさえ、いつか見る夢をさえ打ち砕くものが。ええ、本当に恐ろしいものですよ。私たちはすっかり毀《こわ》されてしまう。ばらばらになってしまう。――あの夜もまさにそうでした』

すると突然、あの判事殿の小さな連れ、金髪の、ヴェールを被った不安そうな面持ちの娘が、それまで静かに収まっていた暗い一隅で声を上げ、まわりで姦《かしま》しい拍手が起こった。僕は礼節も忘れて、何が起こっているのか見てやろうと跳び上がった。すると臆病そうに青ざめた、灰色の髪をした男が、説明しようのないような苦悶の表情を浮かべてそこにいた。男が何やら懇願するのを、おぼこ娘は小馬鹿にしたような微笑で聞き流していた。毛糸のセーターに赤い帯を巻いた二人のごろつきも男を嗤《わら》っていて、拳を突き上げながら汚い言葉を吐いていた。

『もうあの男のことは諦めな、おかまの爺め。さっさと失せねえか』
だが彼はそこに立ち尽くしていた。微動だにせず、息もせず、絶望して、哀れに！　その静けさは印象的だった。するとごろつきの一人が、誰が止める間もなく、すばやく彼に飛びかかった。食卓を皿ごとひっくり返すと、ごろつきは震えているかわいそうな男に組みついた。そして肩を摑み、李《すもも》の樹みたいに揺すぶると、蹴りをお見舞いして床に転がした。怒号や抗議の叫び声、罵詈雑言が沸き起こった。野次馬は敵味方に分裂して二手に割れた。物が飛び交った。カラフェが二つ、あちらとこちらから飛んで来るのを見て錯乱した店の主人は、あの桃色の服を着た小柄な女は、実は若い男なのだと白状した。老人は、こないだまでその恋人だったのだ。よりを戻そうとひれ伏したのも束の間、ぽん引きに金を払っていなかったので、喧嘩になったというわけらしい……。

老人は胸を刺された。騒ぎが大きくなったので、僕は悲鳴を聞きながら、シニョンを置き去りにして店を出た」

「すごい話だ！　その男は警視だったそうですよ」と皇子が興奮気味に断言した。そして夢見るように付け加えた。「それにしてもリリアン、なぜそんな虫けらどもと係りあいになるのです？　あなたほど俗悪なものから遠く離れている者はいない。あなたは靴の踵を赤くするのを流行らせたほどの人だ！[130]」

「本当に憎まれ口ばかり叩くんだからな！　懲罰ものだ。まずは自分の胸に手を当てて考えてみることだね。君だったら、そんな野次馬の仲間入りはしないとでも？　確かに、君くらい偽善者でいるのが正しいのかもしれない。君は素晴らしい人物かもしれないよ！　だが、そんな人生が何だ？　人生！　そいつを豊かにしようと思ったら、抜け道を通ることも必要だよ。すべてを見て、すべてを知らなければ！　苦悩と光、病と健康！　それに、ねえ、皇子、下水のない都市、地下牢のない城などつまらないよ。大自然にほだされて聖歌を捧げるのは他の連中に任せておくさ。嘘だらけの人類も、その場しのぎの健康もくれてやる。僕はと言えば、地下世界の申し子になりたいのだ。墓場の、病院の、牢獄の住人となって、蛆を蒐《あつ》め、胃潰瘍を研究するさ」

リリアンは興奮し、声も大きくなっていた。店員はすっかり動揺して、会計を水増しするのを忘れてしまった。これはラリューのいつものやり口だったのである。

店の隅では、煙と熱に包まれて、ジプシーたちがまだスロー・ワルツの演奏を続けていた。あまりに悲しげな音色で、聴く者の涙を誘うほどだった。強い香水をつけた女たちが席から席へと渡り歩いた。ドレスから露出して照明に照らされている肩が寒々しかった。

「しかし、その意義は？」と皇子は蒸し返した。「下水を訪ねて、どうなると？」

音楽がまさに途切れようとするとき、リリアン卿は辛そうな様子で沈黙を打ち破り、こう囁いた。

「下水へ行くと、熱が出るのさ！」

# XVIII

「悪魔主義ですって？」とシニョンが言った。「もちろん実在しますとも、卿。自己探求のための祭儀です。モーリス・バレスを思い出しても、どうか笑わないでくださいよ。[131] それにユイスマンスのような、衒学的《げんがくてき》な資料集めというわけでもないのです。[132] あんなものは躓いた坊主とか、神秘的なものに目がない婆さん連中に任せておけばよいでしょう。それにわれらがダルザスが書き散らしているような醜聞の類とも一味違います。彼の書くものは、もはや警察署長の回想録みたいになって来ましたからね。[133] 私の悪魔主義の定義は、誰でも自分の良心を探れば見つけられるようなものですよ。サタンは、神に対峙するわれわれ自身です。サタンはわれわれの本質であり、官能の悦びであり、本能です。ですから、要するにサタンは、そんなに悪い奴ではないんですよ！　その証拠に、卿、もしわれわれが自分の欲求に素直に生きたとすれば、われわれは福音書に照らし合わせて、世界に類《るい》のない極悪人ということになってしまいます。

理想とか美徳とかいうものは、何故かくもわれわれの望みとかけ離れているのでしょうか？……私にはさっぱりわかりません。教義だとか宗教だとかいうものは、私の手には負えませんね。何故ある決めつけや偏見に基づいて、赤の他人を生れ変わらせようとしたりするのでしょうか？何故に自分たちの支配欲を満たすために、魂が肉体に背くように仕向けるのでしょうか？　カントはこれを見事に言い表しています。そのような内的な禁欲に励む人間に出会うと、カントは彼の方には一瞥もくれずに、ただ「超人……」と呟きました。[134]

愛の神であろうと怒りの神であろうと沈黙の神であろうと、あらゆる教義や哲学はわれわれを騙し、われわれの本能を鈍らせて絶滅へと追いやろうとするのです。たとえばキリストをご覧なさい。彼の生涯は犠牲の生涯でした。その祈りは苦悶でした。殉教者と狂信者の群れを思い出してください。存在とは、しばらくのあいだ担わなければならない重荷です。死は姿を変えた解放、あるいは快楽でさえあります。しかしその先にあるものは？　キマイラです。この怪物たちのために、われわれは地上の快楽をすべて諦めなければならないのです。

一方、モロク[135]やエホバ[136]、アラー[137]などの畏怖すべき暴君たちの場合はどうでしょうか。恐怖を与えるという意味では、まだしも人間的です。しかしここでも神は、豊穣《ほうじょう》な官能たる人生の快楽を否定します。天国の門は、誰よりも速やかに罰を受ける者たちに開かれているのです。

最後に仏陀《ぶつだ》がいます。仏陀は無抵抗を説きます。私の意見では、仏陀はものぐさなだけです。ここでは人生は、喜びも快楽もなく、生き急ぐこともなく、静かに続いてゆくのです。

こんなものを、人々は受け入れているのです。なんて馬鹿な連中でしょう！　彼らは、責務と欲望がどれほど隔たっているかという現実に目をつぶる偽善者です。もっとも不自然な方法で知的な禁欲を選ぶような人物でさえ、結局は何一つ解決できないのだという現実を理解できない愚か者です。彼らは天国と墓場のあいだの暗闇で、恥辱に震えているのです。

空の鳥は歌うかもしれません。しかし鳥は自分たちの歌など聴いてはいないのです。草原からは甘い香りが立ち、葉は風に吹かれて音を立てるかもしれません。しかし草原は吹き抜ける風の香りを嗅いだりしませんし、葉は枝を揺らす風を心地よいと思ったりはしないのです。若い娘と、頑健な、美しい若者が出会い、新たな性の悦びを予感したとしても、彼らの心は『ハレルヤ！』と叫んだりはしないのです。卿、私を唾棄《だき》すべき唯物論者と思し召すかもしれませんが、およそ自由意志、自然のままに官能を求める意志の外に、人間が従うべき法など存在せず、直観以上のものも存在しないのです」

「おやおや、そこで一休みしてもらおうか。まったく君は下半身のアナーキストだよ！　理性と直観の矛盾を否定し、欲望のために必要なものを犠牲にする人や、あるいは欲望を持たない人を笑い者にするのも結構だ。それは構わない。しかし極端から極端へと移動するなかで、直観と遺伝だけを信じ、肉体の向上における魂の役割には見向きもしないというのは、ちょっと不穏当だね。反対させてもらうよ。学校で成績優秀者を表彰するときに先生たちが好んで唱えるお題目、あの『健全な魂は健全な肉体に』という諺《ことわざ》は、なんだかんだ言って的を射ているよ。あれこそ黄金律というものので、その完璧な平衡が、人間を動物の上位に置くんだ。肉感もいいだろう。だが情感はさらにいい」

「なるほど。しかし、それなら『平衡』を定義していただきましょう。あなたの比較の仕方では、天秤の皿はおなじ高さに揃っているようですね。平衡は、あなた、完璧なものですよ。完璧なものとはつまり、超人的なものです。すると、どうなるでしょうか……。ああ、わかりました。皿の一方がひっくり返り、われわれは物質か精神、現実かキマイラ、存在か、想像上の存在かを選ばなければならなくなる。さて！　精神だけがわれわれの内なる堕天使を再び高みへと昇らしめるなどという、出鱈目で、中身のない感傷に向き合うくらいなら、私は人間を、ただ自然にのみ従う動物であると考えますすね」

「もし精神の力というものが恐ろしいなら、抑圧すればいい、ということだね」

「そうですとも！　病身の天才と健康な愚か者のどちらになりたいかと言われれば、答えは明らかです。まっとうな肉体に包まれた優れた知性というものが仮にあるとしても、それが世代を超えて受け継がれることはありません。そしておしまいには、弱者や神経症患者、堕落者や狂者たちに囲まれることになるのです。したがって人種の全体にとっては何の益もありません。脳味噌というものは、血や臓器に浸して芯を燃やす行灯のようなものです。炎が激しく燃えれば、身内の燃料を速く消費します。そうですとも、卿、思考することは生きることと相容れないのです！」

「しかしそのおかげで人生は神格化され、われわれはただ食って飲んで寝るだけのために生きているわけではない、と思えるわけだろう。思考はわれわれを慰めもする。その姉妹である苦悩と共に、地上の辛苦に耐える助けになる。魂が悲しみで満たされ、あまりの悲しみのために、希望がどのようなものだったかも思い出せない。そんな眠れない夜を過ごしたことが、僕にも君にもあるはずだ。夢のせいで、あるいは蘇った記憶のせいで、涙を浮かべて目を覚ます人もいる。そのようなときにこそ、偉大な詩人の声が、哲学者の諦念が、そして神学者の約束が、嘆きや混乱を忘れさせてくれるのだ」

「ですが、何がその嘆きや混乱をもたらしたのですか？『お前は生きている。よって苦しまねばならない』と誰が言ったのですか？　われわれに悲しみを自覚させたものは何でしょう？……思考ですよ！　ああ、われらの野蛮で原始的な、何一つ知らなかった先祖が羨ましくなるときがありますよ。片手に無知、もう片手に太陽。それこそ黄金時代です。美しき乱暴者たち！

確かに現代に目を向けると、われわれは機構と義務教育に閉じ込められています。学校で学ぶものといえば惨めさと不満足だけです。道徳の下らなさを思い知ってまで、進歩とやらを成し遂げる必要があるのでしょうか？　ですから、われわれを裏切り、堕落させてしまう思考などというものとは決別すべきなのです。そうすれば世界の悪の半分、犯罪的な半分とおさらばできますよ。われわれを徒らに複雑にし、嫉妬深くし、無駄な責任感を押し付ける思考など、捨ててしまうべきです。どこであろうと、それが芽吹いた場所へ追い返してやりましょう。思考することで明らかになるはずだった謎とやらのなかへと送り返して、健康、活発、充足、純真などという幻に包まれた亡霊、つまり美しき人間という獣の前に、そいつを捧げてやりましょう！」

「それもいいかもしれないね」

「いずれにせよ、悪魔主義のゆきつく先がおわかりになったでしょう。サタンというのは他でもない、数珠《じゅず》を繰る貴族の末亡人たちによって楽園を逐われた、最初の男なのですよ。世の人々にとって彼は私やあなたのような男でしかない。肉体を持つプリアポス[138]です。それがお気に召さないとすれば、あなたはまだ悪魔をならず者と思い込んでいるわけです」

「いやはや、君はショーペンハウエル[139]とダーウィン[140]を茶化しているね。だって悪魔主義とは結局のところ、自己探求のための祭儀なんだろう？　それが気に入らないんだ！　せめてそこに情緒のある逃げ場を用意しておいてほしかったね。たとえば賢者の石の探求に疲れた錬金術師が、竈《かまど》で蛙や子供の死骸を炙《あぶ》っていたというような光景をさ。鰐《わに》の剝製、蒸留器や蒸留瓶、眼鏡をかけたユダヤの老人、蜘蛛の巣、呪文の本、ニコラ・フラメル[141]の論文、魔法、新月の晩、魔女と箒……。コーラ・ヴィエイヤール[142]劇場にかけても成功するだろうし、僕が拍手喝采することは間違いなしだよ」

このようにして二人は会話を続けた。陽の光が急速に褪せていった。曲がりくねった椰子や花々で満たされた喫煙室に佇んで、シニョンはもはや会話に集中していなかった。彼はリリアン卿がその上で犠牲者を痛めつけることを好む絹張のソファにもたれて、肉感的な影が室内を覆ってゆくのを眺めていた。外のイエナ街を走り抜ける馬車の音や、新聞を売る少年の呼び声が、くぐもって聞えていた。

リリアンは、この時刻が運んできた瞑想的な空気の慕わしさに驚きながら、自分も話すのをやめた。丸めた香料が、小鍋のなかでゆっくり燃えていた。

「もしお気に召すのなら」と画家は再び口を開いた。「この場所で、この上ない異端のふるまいを再現してもよいのですが。もう理屈めいた超自然の放談はよしにしましょう、卿。悪魔主義について言えば、黒弥撒を夢みておいででしたね。ひとつやってみませんか？」

「僕たちはそんなものは茶番だと思っているし、冒瀆的でもあるし、というわけだ。おや、笑っているね。『生意気なことを』と思っているんだろう。だがね、この儀式はなかなかに注意を要するんだよ。過去には火傷を負った連中もいるんだからね。エンゲルラン・ド・マリニーとテンプル騎士団、[143] フスと取り巻きの背教者たち、[144] モンテスパン夫人と弑逆《しぎゃく》者たち、[145] 僕たちの先祖にはそんな先《せん》達《だつ》がいて、この罪で裁かれている。黒弥撒！ ちょっと考え直してみ給え。ただの異端の寄せ集めではないよ。それは象徴だ。生の神への叛逆《はんぎゃく》、死の神への敬愛を表すものだ。蛮行と葬儀を尊ぶものだ。墓地で有頂天になるということだ！ 束の間の肉の快楽を象徴する若い、しなやかな身体を見て、司祭はいつかそこに沸く蛆と、黴臭い棺桶とを思い浮かべる。黒弥撒の目的は単に呪いを唱えることじゃない。それはただの瀆神《とくしん》でも、楽園への復讐でも、神事への憎しみの誇示でもない。むしろ僕は、それは熱狂的な、熱烈な、燃えるような死骸への礼讃だと思う。

僕は永いこと生きているわけじゃないが、生きるのにはくたびれている。ちょうど礁湖《しょうこ》を漂っていると難破船の破片に出くわすように、僕の魂も、たまの夜、死の偉大な潮流にさらわれてしまいそうになる。だから僕は苦悩の快楽というやつに、眩暈がするほど惹かれてしまうんだ。そして、だからこそ、信じることもできないまま、この妙な教団の仲間入りをしようとは思わないのさ。第一、司祭をつかまえてこなければならないだろう」

呼鈴が短く鳴り、若い二人の会話が中断された。しばらくすると、訝しげな表情を浮かべた召使が現れて、レノルドにある名前を耳打ちした。

「ともかくだ」と彼は笑いながら大声をあげたが、広間からは休暇中の子供たちのような澄んだ声が響いていた。「司祭を探すはずが、少年聖歌隊が先にお出ましだ！」

# XIX

「さて、素晴らしいスカパン殿、優れた侍従長であり、選りすぐりの友人でもある君は、僕の敬虔なる侍祭たちをどう思し召したかな？　とくにあの可愛らしい、澄んだ水のような眼をした十七歳のポーランド人、アンドレ・ラゼスキー君はどうだい？　すでに詩人にして傷物だよ。

あの子たちは歳のわりに垢抜けているだろう。細めた眼が、早熟な陰に縁取られている。髪は透き通るようで、容色澄徹、小作りな鼻は上向いて、瑞々しい唇は父なる神のために喇叭を吹く天使のようだ！　シャンパーニュをどうだい？」

彼らは舞踏会のまえに夕食をしたために来たのだった。頭数は五、六人、なかでもリリアン卿、スコティエフ皇子、ギー・ド・パヤン[146]、クロード・シュリンプトン[147]が中心になって、思い出深い安食堂を賑わせていた。三箇月前、謝肉祭の晩餐会が開かれた店である。その後もこの店は何度か警察の襲撃を受けたものの、これといって特筆すべき出来事もなかった。

この夜も、また静かなものであった。髭をきれいに剃ったぽん引きが二人いる外は、食事をしているのは百貨店の子供服売場の店員だとか、煙草の売店を開くだけの運に恵まれなかった隠居軍人ばかりであった。[148] 彼らはレノルドたちのいる食卓を見るともなしに見ていた。

「しかし、あなたのやっていることは無謀ですよ。少なくとも、やっていると仰ることは」外交官で、オルセー河岸に託児所[149]を創設したモーリス・シャルリュ[150]がこそこそと囁いた。「十三歳の男の子たちを集めるだなんて！」と付け加えた彼は、波の高い海に漕ぎ出してゆくよりも、犯罪者たちの仁義に守られた浜辺に憩うことを好むのである。「私は自分の召使で充分ですね」

「あんたは外務省がお好きだからね」とリリアンが、菫の花を弄《もてあそ》びながらやり返した。「無性に好き、というんだろう……。よく覚えておくよ。だが僕は世論なんてものは気にしないのでね。僕は後ろめたいことなど何もないから、あなたの意見や助言も聞くさ。それでも僕は助言よりも口づけを与えるほうが好きでね。ただし滅多に与えない。シニョンはよく知っているはずだよ。警察の動きを知らせてくれるのは彼だからね」

「餓鬼どもとおいたをするというのはしかし、ずいぶん年寄りじみたお楽しみではありませんか？」

「開眼させてやろうというわけじゃない。そういう役目は中年の執政官どもに任せておくさ。僕自身は残酷な教えを受けすぎて、とても人に教えを授ける気にはなれない。

では、これは気まぐれかと言えば、そうでもないんだ。だが、楽しみに浮かれるうちに大きくなりすぎた子供のままでいるか、馬鹿な俗物ばかりの人士や婆さんに混じって退屈している子供になるかと問われれば、前者がいいね。僕は二十歳だ。四十歳よりも十三歳に近い。そして衒学と冷笑よりも爽やかさのほうを好ましく感じる以上、そちらのほうを愛する権利がある」

「ご注意を。声が大きいですよ」とシャルリュが割り込んだ。劇場の案内係の女のように声が高く、片眼鏡が提灯のように突き出している。「丸聞えです」

「僕の家へ来る子たちが、教理問答にしか興味のない無垢な少年たちだとは思えないね」とリリアンは、シャルリュを無視して続けた。「同じ寄宿舎で寝泊りしていた仲間が相手か、あるいは自由を謳歌する通いの生徒が相手だったかは知らないが、もうとっくに汚されているんだよ。だからこそ僕も謙虚に仲間入りをするわけだ」

「きっとまわりの客は、ラコルデール神父[151]か聖ネフスキー[152]の話をしていると思うだろうね」と皇子が当てこすった。

「餅は餅屋さ」とリリアンは再開した。「スコティエフ、君だって、聖心の守り手にならないとも限らない。さて、少年たちに話を戻すと、彼らは、知っているべきでないことを知っているんだ。そんな彼らにとって、ナルキッソスやアドニスの神々しい伝説はどんな意味を持つと思う？　ポケットに穴を開けて、指先でいじくりまわして、目の下には隈ができるのさ。そういうことだ！」

「手巾が汚れるくらいで済むなら、たいした量じゃないな」

飛び交う哄笑と雑多な声とが作り出す混乱を縫って、一人の男が店に入ってきた。隅の寂しい席を選んだ男は、下品で貧しく、追いつめられた様子で、健康状態も悪そうだった。死を覚悟したウィテリウス[153]のような顔つきだった。だが客は誰一人としてこの男に注意を払わず、男のほうも黙々と食事をした。

「学生寮で繰り広げられるどんちゃん騒ぎを非難して、その無上の愛を否定する輩もいるが、僕はこの奇妙に見える情熱からも確かに真実の情が芽生えるのだと言いたいね。それは神秘と苦しみからなる情熱なんだ。馬鹿どもはこの情熱が自然に反しているというが、それは彼らの自然とやらがそれを理解できなかっただけのことさ。

自然に反しているとは……まったくね！　太古の昔からあることじゃないか。そこで僕は、彼らがまだぼんやりとしか理解できていない愛の偉大さについて教える。そして彼らが僕を信用するようになり、僕のほうでも彼らの感傷的な魂を理解できるようになると、僕は黄昏時に、バイロンの痛々しい苦悩や、哀れなヴェルレーヌの祈りを読んで聞かせてやるのさ。

僕は彼らを勇気づける。なにしろ彼らには心を開ける相手がいないのだし、学校ですることと言ったら文法のおさらいと蹴球だけだ。僕は彼らが心優しい友人を得て、人生の真実を発見できるように後押しする。発見されることを待っている、人生の美しさと優しさをね。

そのような友人との関係はたいてい貞淑なもので、せいぜい唇への軽い口づけくらいに留まるものだが、それは何とも甘く、心を穏やかにしてくれるものだ。悲しいときには慰めになるし、嬉しいときにはなお素晴らしい。

僕は彼らにこう言う。『若さは宝だ。おなじ宝を持っている者と分かち合いなさい。君の信仰や希望、情熱を、くたびれた連中、とくに女どものために汚されてはならない。女は肉感的で、馬鹿なものだ。女は君たちを笑い者にして、馬鹿の仲間に引き込もうとする』女というのはもちろん、娼婦のことだ。子供を相手にするのは、そもそも娼婦だけだからね。

さあ、どうだいスコティエフ、ロシア人の君からしても、僕は間違っていないだろう？　もし明日、誰かが僕を糾弾して、背徳的だと言ったらどうだろう。襟に勲章をつけた禿げ頭の男が、『君は少年たちをフランス的な教養から遠ざけ、人生を踏み誤らせようとしている！　倒錯者になるくらいなら、梅毒にかかったほうがましだ！』などと言って来たなら、僕は『冗談でしょう』と返事をしていいものだろうか？

いずれにせよ、悪いのはナルキッソスの唇か、はたまたメッサリーナの唇か、というわけさ。ふん、偽善者どもめ。学校の近くには何があると思っているんだ。娼館だよ！」

「そう、そしてぼんくらな生徒たちは、そこで初めてきちんと数を数えられるようになる……。潰瘍を数えることになるからね！　リリアン、あなたの考えが教育省のそれと相容れなくて残念ですよ。あなたも有罪かもしれないが、他の連中はあなた以上に有罪だ。

しかしですな、だからと言ってそんな無益な闘いに臨んでも、あなたの若さが無駄になるばかりです。どちらにしろ無能な連中で占められている世間の大多数を説得することなど不可能なのですから。彼らに理解できるのは常識的な偏見に基づいた説だけです。現代では、好きなように生きるためには、無視される存在でなければなりません。そうすれば上流階級も見て見ぬふりをして、舞踏会のワルツに誘ってくれますよ。

薔薇十字団に入り損ねた者にとって、[154] いまこそ黒弥撒に身を投じるときです。ジャン・ダルザスを読み、アシル・パトラク[155]を読み、モントートゥルー氏[156]を読んで、私たちは蝙蝠《こうもり》を、若い男爵を、青い紫陽花《あじさい》を、紅色の真珠を愛するもう一人の自分になりきるのです。私たちはボードレール[157]を朗読する若いブリュネ[158]を褒めちぎります。指には変わった指輪をいくつかはめ、派手な外国人風の外套を羽織り、これによく似合うように髪を伸ばします。可愛らしいしなを作って、女のようにぺらぺらと、サッフォー[159]やガニメデについて謎めいた言葉を並べます。このようにしないと、古代ギリシャの娼婦たちを蘇らせることはできませんからね。それから、ジャン゠ポール・スッサールの言う『古代最後の夜』について囃したてながら、そういえば彼の伯母さんをチュイルリー公園で見た、いや、セイロン紅茶を出す喫茶店でだったかな、などと言い出すのです。[160] そして最新のスキャンダルについて、ぶれぶれと触れ回るのです。[161]

と、こんなこともすべて、仮面さえかぶっていれば許されます。しかし卿、パリも他の都市と同じで、お縄になったらおしまいです！　脅迫されるような隙を見せたり、あるいは門番や記者を怒らせるだけでも危険ですし、間抜けにも警察の襲撃に居合わせた日には！　火炙り、大恥、存在の否定です。ここでも、どの都市でも、王座に君臨するのは馬鹿と卑怯者、それに嘘つきなのです」

「そうだね」とリリアンは物思いに耽るように言った。「金持ちをお縄にするときは、奴らもずいぶん嬉しいだろうね。捕まるほうは、猟犬というよりも禿鷹の餌食になるわけだ。目に浮かぶよ。若さ、幸運、美、才能……。連中はこれらのものを、まるで天からの贈り物であるかのように、グール[162]よろしく貪る。ああ、皇子、人類も地に落ちたものだね！」

静けさがしばし続いたあと、一行は立ち上がった。シャルリュがオランピア[163]へゆくことを提案したのである。

「こんな掃き溜めから舞踏会へ出かけるとはね」とリリアンが皇子に囁いた。「想像できるかい、音楽と香水、照明が渦を巻く。僕らは礼儀正しく、魅力的な、退屈な青年を演じる。相手を見つけたらワルツを踊り、興奮して見せる。僕たちの本性など知る由もない女たちが、いつか僕たちのような婚約者がほしいものだと夢想する。こうして僕たちは嘘に嘘を重ねるわけだね。あ、あれを見てくれ」

食堂の中央にさしかかったとき、リリアンは突然蒼白となり、話すのをやめた。すぐ後ろを歩いていたスコティエフは、リリアンがよろめくのを見て問い質した。

「どうしたんです。ちょっと、どうしたんです」

「あそこ、あの隅だ」

「そこに何か……？」

「僕の過去のすべて！　ハロルド・スキルド！」

「なんだって？　あのふくれっ面の、薄汚い老人が？」

「見られたな。もう手遅れだ……。行こう」

確かにハロルド・スキルドはリリアン卿を認めたのだった。彼は酔漢らしい目つきでこちらを見つめていた。彼らが最後に別れてから、あまりにも多くのことがあった。惨劇と落魄《らくはく》。裁判、毒薬、貧窮、恥辱。だがそれは誇り高い殉教であった。詩人たちは彼の恩赦を求める嘆願書を草したのである。そしてこのパリで、スキルドは苦悩に耐え忍ぶ生活を送っていた。そこへ亡霊が現れたのだ。愛と恍惚の子供、官能の喜びと苦しみをすべて体現する存在が。恩を仇で返し、我が身を忘却の淵へと追いやった子供が！　おお、なんという拷問であったことか！

一方リリアンは、激しく動揺はしたものの、我を失うことはなかった。それでも彼は催眠術にかかりでもしたように、真白な顔で、相手のほうを見もせずに、作家のそばへと歩いていった。

「リリアン、リリアン……。もう私を覚えていないのかい？」とハロルド・スキルドは震えながら立ち上がり、吃《ども》りつつ言った。「さあ！　思い出しておくれ！　それとも君も、皆のように、私を見捨てるのかね？　私は年をとった。私は醜い。私は哀れな悪党だ。しかしかつては私を好いてくれたろう？　リリアン、どこへ行くんだ？　行かないでくれ、行かないでくれ、夢を叶えてくれ、親切さを見せて、話しかけてくれ……。レノルド、もう私にはこの世界に君しかいないのだ！」

　だがスキルドが話し始めるや否や、リリアンは恐怖に駆られて逃げ出してしまった。薄気味の悪い、惨めなスキルドは、閉ざされた扉の前に一人で立ち尽くした。スキルドは、かつては傑作をものしたこともあるこの男は、自らの絶望を表現する片言隻句《へんげんせっく》さえ見つけられなかった。

# XX

「つまりこれが人生というものか！　ああ、詩人が薔薇だの幸福だの、クレーム・シモン[164]について書くのは簡単だ……。ついでにコンゴ製の石鹸《せっけん》についても書くがいいさ。石鹸ならせめて泡くらいは出る。だが人生は！　僕には若さもある、強さもある、愛したいという欲求もある。朝、目を覚ましたとき、床に就くとき、夢をみるとき……。いつだって、僕はこの肉感的な、筋肉に鎧《よろ》われた身体と白い四肢から、愛撫されたような、まどろむような、なんとも言えない震えが伝わってくるのを感じる。

そんなとき、僕は思い出を探りながら、興奮の材料を求める。目も眩《くら》むような期待や、直截に喜びをもたらしてくれるような、何か身近なものを探してみる……。だが、何もない！　誰もいない！　まったく誰ひとり！　僕は完全に孤独だ！

ああ、世の中というものはひどいぺてんだ、薄汚い謝肉祭だ。神はとんでもない道化だ。群衆のなかにあっても孤独しか感じられないような星を創っておいて、そこに活力に満ちた人間たちを放り込むなんて」

古代劇の亡霊のようにハロルド・スキルドが姿を現した悲惨な夜から一夜明けて、リリアンはこんなことを考えていた。古い絹とクッションのあいだに気怠げに沈んで、その顔は常にも増して端正、かつ不安そうだった。唇は尖り、眼差しは謎めいていて、独りごちるその様子はベラスケス[165]が好んで描くスペイン王女たちの素描を思わせた。

「僕のような、いや、僕そっくりの若い男が、世界には何百、何千といるのかもしれない。僕たちは、太陽の下を無邪気に跳ね回る獣のようにして存在の淵に立ちながら、未来には喜びと幸福しかない、と信じて疑わない。お笑い種《ぐさ》だ！　確かに小説にはそんなことが書いてある。ロミオはだしの若者は、三百六十頁も進んだところでようやく正式に義母に紹介されて、自殺せずに済むというわけだ。本当にそんな喜びを味わうために生れてきたとでもいうのだろうか？

確かにこいつはなかなか楽しい宴だ。この涙の谷では、たいてい泣くという選択肢さえ奪われている。僕たちは希望の叫びをあげる代わりに、取り乱した呪詛の怒号を放つわけさ！」

「リリアン、憂鬱な気分だからといって、過去の人生すべてを暗く縁取るのはやめませんか。さあ！」とギー・ド・パヤンが、システィナ礼拝堂風の声[166]で言った。「あなたは、人生について多くを打ち明けてくれましたね。告白してくれた、と言ってもいい。しかし、出会いに恵まれなかったからといって、不満をかこつ必要がありますか？　どうせ幻滅に終わるのです。それにあなたは、キマイラの存在に気づいたのではないですか？

アルヴェール[167]を引用しようというのじゃありませんが、あなたが舞台にデビューを飾ったとき――というのも、あなたの人生には常に舞台がありましたから――、あなたは愛の囁きに包まれていたのではありませんか？　あなたほど若くして舞台上の勝利の味を知った人はありませんよ！」

「それはそうかもしれない……。だが僕は憎悪による陶酔も味わったのだ。つまり憎しみは、愛よりも人を高みに昇らせるのだよ。もし君が――」と若いイギリス人はちょっと周囲を見回してから、「僕が社交界でどれほど早くから妬まれ、煙たがれ、嫌われるようになったか、もし君が知っていたらね！

　取り外し式のカラーをつけたような親戚連中が、なかでもいちばん冷酷だった。『可愛い坊や、このいたずら坊主め。君の顔色ときたらブリキみたいだな。そして淑女のような礼儀作法といったら！　いつでもポケットに白粉を入れているんだって？』とこうだ。僕は『独身女性専用』なんて渾名をつけられていたんだぜ。もちろん連中はこれを汽車のなかで思いついたわけじゃないだろうがね。[168]汽車でなら、家畜と一緒になるよりは、女性専用車輛のほうがまだしも居心地がいいからね。

　そして夜に舞踏会に顔を出すと、若い女性たちの向ける笑顔に混じって、偏屈な爺どもの不機嫌な顔が必ず目についた。そのほうが、ワルツも軽やかに踊れるんだ！　だいたい、そんなことがいったい何だというんだろう？　地上は狭すぎて、僕たちはどうせお互いを踏みつけにしなければならない。踏み潰されるひとは、お気の毒さまと言うほかないね！」

「いつか、そんな言葉や考えを後悔するときが来ますよ。いま、あなたは幸福で、人生を愉しんでいるのです。そんなときこそ、ひとは図々しく、不機嫌になるものですよ。あなたは若く、愛されています。あなたの名声は、この二つの言葉にすべて現れていますよ。しかし、悲しいかな」パヤンは実際に泣き出しそうだった、「私の年齢になると、もう絶望に喘ぐしかありません」

「みなまで言うな。またあの有名なソネットを引用するんだろう。それなら、もうすこし突き詰めてみようじゃないか。君のように、僕を愛しているという人間のことはともかくとして、われわれ若者は、年嵩の男の汚い愛欲を受け止める、洗面器のようなものだと言うのかい？　冗談じゃない。僕はちっとも孤独ではないし、自分さえその気になれば、目配せひとつで好きな相手を夢中にさせることもできる。と、君はそう言うんだろう。なるほど、そりゃ素晴らしいかもしれない。だが実際のところ、目配せしようと首を伸ばして、何が見えると思う？　残骸だよ。そんな連中に、僕の残り少ない若さと美貌を捧げろと言うのかい？　もう二度と取り戻せない宝物だというのに。

　忌々しい、なんて図々しいんだ！　そんな腐った獲物に対する食欲が残っていたとしても、僕はまだ女を相手にするほうがいいね。そもそも、僕が自分のように若く、燃えるような魂を持った同性の相手を探し求めているのも、同世代の若い男女は結婚を通してしか結ばれることがないからだ。

それで僕は悪いお手本について読みすぎて、道徳観の萎縮（と世間は言うだろうね）によって、誤った選択をしたわけだ。馬鹿馬鹿しい！　もう一度言おう。この世界には、リリアンそっくりの何千という若者がいる！　巡り逢い、快楽を共にすることもできるのに、ガンベッタ[169]の相手をしていたような娼婦どもの手にかかって堕落してしまうのさ！

　スキルドにしても、その才能と苦悩の外に、どんな魅力があるというんだ？　奴がスコティエフやシャルリュ、デルスランジュや君自身と、そんなに違うと思うかい？　いいや、君たちはみな恐ろしいよ。老人たちの口づけや、熟れきった愛撫というやつは、秋にまつわりつく蠅みたいな代物だ。べたべたしていて、臭いったらない。こんな言い方をしてすまないがね！」

「また四十年後にお目にかかりましょう。――私が生きていれば」パヤンが含み笑いをしながら言った。

「君はその頃には穴の底だろうね、哀れな友よ！」

「それでもお会いしたいものですね。なぜならそのときには、私でもあなたの苦しみを和らげることができるからです。あなたも老いていますから」

「そうかもしれない。だが笑うようなことではないさ。鏡のなかに最初の皺を発見したとき、少年の姿が消え、いつかそうならねばならない男の姿だけが映っていたとき、僕は隠居するよ。名簿から名前を削除するさ。そして保養地へ引っ込み、ただ罪深い夢と想像だけで渇きを癒すことにするよ！

どうかわかってほしいんだが、いま僕がこの糾弾されるべき愛情に身をやつすのは、自分と同年代の美しい少年と、誠実なやりとりをしたいからなんだ。与え、与えられ、若者の情熱で愛されたいんだ。時が経ったら、僕は喜んで舞台をつぎの世代に明け渡し、愛のきらめきに眼を輝かせる彼らが繰り広げる優しい喜劇に、微笑みながら拍手を贈るよ。

だが若さを失った後にまでしつこく続けるというのは……。新鮮な獲物を罠にかけ、詰物を仕込んで脂まみれになった指で、若鶏を貪るというのはね……。友よ、君がやっているのはまさにそれじゃないか。僕はごめんだ！　だって、しまいに何が残るというんだ？　この水銀の時代が、いつか来る黄金の時代に捧げようとする数々の約束、艱難辛苦《かんなんしんく》、大虐殺……。後に残るのは欲望だけだ。詩情もない、率直さもない、ただひねくれた欲望だ。僕に言わせれば、君たちは年金で食い散らかす、いけすかない蛞蝓《なめくじ》どもさ。エゴイストだ！」

「エゴイストですって？　それであなたはどうなのです。思い上がることの外に、何をご存知なのですか。若さや美に取って代わるかもしれないものに、同情をお感じになったことはないのですか。たとえばスキルドです。天賦の才を持ち、あなたを神のように愛しました。あなたは彼の庇護を受け、彼を破滅させました。彼はあなたのために殉教したのです。二年に及ぶ想像を絶する苦役のあとで、彼は暴徒の巣窟《そうくつ》で偶然、あなたに再会しました。

あなたを見つけた彼は身を震わせ、あなたに懇願しました。しかしあなたは素通りしたのです。たった一言、たったひとつの身振り。それだけでも、生きたまま地獄に放り込まれた彼にとっては天にも昇る喜びだったに違いありません。それをあなたは！　リリアン卿、あなたは何様のつもりなのですか。あなたは去りました。大理石の彫像のように硬く、冷たく。一言もなしに。手を挙げることさえせずに」

かつてないことだったが、レノルドは答えに窮した。自らの過ちの輪郭を曖昧に認めると、説明しようのない憂鬱に圧倒された。外に降るやわらかな雨の、一本調子の音に耳を澄ませた。通りでは、濡れた馬車が行き交っている。何もかもが悲しげだった……。だが今夜も、彼は笑みを浮かべ、優雅にふるまわねばならない。英国大使館で晩餐の予定があった。シャン＝ゼリゼ大通りに寄って契約を結ぶ必要もあった……。

突然、ある考えがよぎった。

「ねえ、パヤン、住所は知っている？」

「誰の住所です」

「ハロルド・スキルドのさ。カルチェ・ラタン[170]のどこかだったろう？」

「ええ、サン＝ジャック通りです。何故です？」

「訪ねたい」

「本当ですか？　よくお考えになったほうが……。昨日の今日では、心も痛むでしょう。お互いに動揺するのではありませんか」

「いや、行かなければ。それが責任だ。君が思い出させたんだ」

「いつ行きます」

「今日……いま……すぐにだ！」

　リリアンは着替えるために姿を消した。

　パヤンは微笑んで、相手の望む通りにさせた。すこし愚かしいと思った。だが若い卿に逆らっても仕方ない。待ちながら、彼はそこここに取り散らかっている十八世紀の年代記などを眺めていた。するとと呼び鈴が鳴った。

　レノルドが自室から叫ぶ。

「ギー、すまないが出てくれ。召使はバスティーユまで使いに出しているんだ。名刺を配りに、というのは口実だがね。連中は盗み聞きをするから……。出てくれるかい」

　呼び鈴が再び鳴った。

「でも、知らない客人だったらどうします」とパヤンは尻込みしている。

「そうしたら君を召使だと思うだろうよ！　いかにも召使という姿だ」

　パヤンは腹を立てながら玄関へ向かった。

「ああ、君だったのか。よかった！」落ち着きを取り戻した彼はそう叫んだ。

入ってきたのはシニョンである。ずいぶん興奮した様子だった。

「おい、どうしたんだい？」

「さあな。リリアンは？」

「出かけるので、着替えているよ」

「どこへ出かけるんだ」

「それは秘密なんだ」

と答えてから小さな声で、

「ハロルド・スキルドに会いにさ」

「なんだって！　その件で来たんだ」

「君が？」

「そうだ」

「それで？」

「奴はおしまいだよ！」

「何……どういう意味だい？」

「編集者のミネから電報をもらって、二時に訪ねたんだ。ところが屋根裏部屋はごった返していて、神父と牧師が死にかけのスキルドを奪い合っているところだった。その騒ぎのなかで管理人が言うには、詩人は昨夜、とあるカフェから意識不明で運び込まれて来たそうだ。心臓発作で昏倒してね」

「カフェだって？　そうか……。わかったよ。哀れな偉人！」

「しかもだ、そこでにわかに騒ぎが大きくなった。死人の最期の言葉が聞えてきた。ああ、僕はずっとその声を忘れないだろう！　彼は身を起こし、腕を振り上げ、信心深い連中を追い払うと、譫言《うわごと》でリリアン卿を呼び続けた。唸り声をあげ、目は飛び出し、恐ろしい力で拳を固めて、信じられないような呪いの言葉を吐いた。そして倒れ込み、動くのをやめ、かわいそうに、力尽きたよ」

「それから？」

「いやはや、まったくよくしゃべる連中だ！」と、浮かれた様子のレノルドが居間へ飛び込んできた。「何事だい？　賭けてもいいが、シニョンにからかわれていたんだろう？　どんな冗談だい？今夜の宴についてか、それとも明日の恋についてか。早く教えてくれよ、もう出かけるんだから」

「卿、笑うのをおやめください。それに、お出かけになる必要はなくなりました」

「どうしてさ？　びっくりさせてやろうじゃないか！」

「誰をです？」

「愛すべきスキルドをさ！」

「びっくりされるのはあなたですよ」

「どうして？」

「彼は死にました」

# XXI

「奇妙なものを見たいとお望みなら、これから存分に変わったものが拝めるぞ」と管理人のアダム氏が、中庭に集まった八人から十人ほどの使用人たちに向かって小声で言った。「上流の連中が集まっている……。男ばかりだ。少なくとも二十人はいるよ……。男ばかりだぞ。汚らわしいと思わないか？　殿下の何のと呼ばれちゃいるが、ずいぶん怪しい連中だよ。しっ、また何人か来たな」

彼らはちょうどそこに組まれていた足場の陰に身を潜めて息を殺した。

遅れてやって来たのはデルスランジュ、ギー・ド・パヤン、そしてロルマール公爵だった。慎重に窓掛で覆われた一階の窓から、桃色の細い光線が漏れていた。布と石壁に抑え込まれた悲しげなワルツの和音が、外からも辛うじて聴き取れた。

「つまり、仲間内だけの宴会をしようってんですね」

「もっと面白いものだよ。まあ、楽しみにしておくんだな。二日前、卿が従僕のヘンリーに言いつけて、招待状を配らせたんだ。宛先は立派な肩書ばかり。大公までいるんだからな！　いったい何事だと思うね？

　それから、花屋だ、壁紙屋だ、音楽家だ、アイスクリーム屋だと、悪魔でも飛び込んだみたいな騒ぎさ。女たちを呼ぼうってときみたいにな！　昨日なんざ」と管理人はことさら秘密めかして、「卿が森へ乗馬へ出かけなすったんで、部屋へ忍び込んでやったよ。まあ見てろ、いまにわかるから」と言いながら、窓枠に梯子を立てかけた。「部屋へ忍び込んだらな、まるで礼拝堂だよ……。銀の壁飾りだの、蠟燭だの。祭壇まであって、とにかく得体が知れない……。いったいあれで何をしようってんだろう。とにかくおれは、警察の旦那に言われて、このところずっと見張ってるのよ。とくにあのイギリス人が子供を連れ込むようになってからな」

「ひどい話だ」下働きの一人が溜息をついた。

「子供たちを傷つけているというのは本当なのかい？　二階で働いてる女中のアデルが言うには、夜着を羽織った旦那様が、小さな男の子を剣を持って追いかけ回していたそうだぜ……。神かけてこの目で見たって言うんだ」

「おれはヘンリーから、血の付いたタオルに染みのあるシーツ、それに汚れた手巾なんかも見せてもらったよ。ある朝なんて十五枚もだ！　間違いなく子供の血だよ！」と言ったのは中二階に住み込んでいる馭者のジャンである。

「管理人さん、この人たちを逮捕してもらわなきゃ」と六階で働いている女中が、中庭の端から言った。「ああ、伯爵だからって、手が出せないだなんて！」

「あいつは閉じ込めなきゃだめだって、一昨日も風紀班のピウー刑事に言ったんだ。でもジュリーさん、心配には及ばないよ。卿の面倒はしっかり見るから。間もなくピウー氏がここへ来たら、おれはいろいろ話して差し上げるよ……いろいろね……」

「じゃあ、何かを見たんですね？」

「おれかい？　何も見ちゃいないよ」

「それなのに？」

「ああ、どっちみち申し上げるのさ」

「いつから見張っていたんです？」

「ひと月くらいだな」

「その間に、建物の所有者には何も言わなかったの？」と小柄な女中は呆れたように言った。

「とんでもない！　六週間もまえに言ったさ！――そうだ、バプティストさん、もう客人も揃ったし、翌朝までは出入りもないだろうから、門番小屋の電気を消して来てくれ。おれはこいつを登って様子を見てくる――。ジュリーさん、六週間もまえに言ったんだよ。（この梯子《はしご》は大丈夫だろうな？）こう言ったんだ、あのイギリス人みたいな奴をうちの建物に住まわせちゃ恥ですよ、って」

「それでご主人はなんて?」

アダム氏はすでに梯子を登って観測点にたどり着き、謎めいた居間の様子を見下ろしていた。

「へ、あんたにもぜひ聞いてほしかったよ! 聞いてほしかったね!」と何度も繰り返すうちに、氏の目つきは興奮した七面鳥に似てきた。

梯子の下では、下働きの連中が痺れを切らしてざわつき始めていた。

「おい、黙れ! 静かにしないか……。卿が何か話してるぞ……」

すると突然、管理人の鼻のすぐ下で灯りが消え、室内から哄笑が起こった。管理人は息も絶え絶えになった。

「見つかった! 見られた!」アダム氏は何度もそう言いながら、大慌てで見張り場所を離れた。

「大丈夫、鎧戸が閉まっただけですよ」と馭者のジャンが言った。「それで……何を見たんです?」

一同は管理人を囲んだ。

「ざっとこうだ。床には、マドレーヌの市場[171]みたいに一面に花が敷き詰められている。祭壇のまわりには蠟燭と香炉。そして祭壇の上にはと言うと、裸の男たちがいるんだよ、ジュリーさん!」

恐怖と怒りがないまぜになったどよめきが起こった。

「あら、もう見られないなんて残念だわ」と女中が文句を言う。

「裸の男たち……いや！　ちょっと考えさせてくれ。それにしちゃ色が白すぎたようだ。窓の覆いのせいで、よく見えないんでね。うん、あれは子供だったかもしれん。そう子供たちだ。まったく身動きしなかった……。一人は白い薔薇と黒い百合に覆われていた……。手に髑髏を持っていた……」

「本当に？　何てことかしら！」

「警察を呼ばないんで？」とジャンが後を受ける。

「放っておけ」と管理人が尊大に言った。「いずれ罰を受けるさ！」

「卿は？　卿は何をしていました？」

「毛皮の上に跪いていたよ。最初は煙を吐く香炉を、こうして、少年の前に捧げ持っていた。それから何やら話しだした。妙な雰囲気だったな。だんだんはっきりと言葉が聞えてきたが、とても繰り返せないね」

「汚らわしいこと？」

「もちろんさ、たいした詩だよ！」

「まあ、ちゃんと聞えたの？」

「聞えたとも！　とんでもない詩だ！　何万賭けてもいいが、おまえたちが絶対に聞いたことのないような言葉だ。きっとシラノ・ド・ベルジュラック[172]だな！」

一同は再び、恐怖と怒りにどよめいた。

それが落ち着いたのは、通りに面した扉のまえに二つの人影が現れたときである。

「やあ！　あなたでしたか！　ご機嫌いかがです？」とリリアン卿の従僕であるヘンリーが、低い声で言った。「遅れてすみません。署長の命令でこちらにいらした刑事のピウー氏と話し込んでいたのです。どこもかしこも錠が下りていて、地下からも入れそうになかったので、とりあえず通りを渡って食前酒を引っ掛けていたんです」

「こんな時間に？」とジュリーがにやつきながら訊いた。「あんた、ご主人様に遅くまでこきつかわれたんだってね。この宴のことも、よく知っているんでしょうね。あんたがお客を案内したの？中では子供が奇怪な顔つきで死んでいるそうよ」

「嘘でしょう！」

「中にいたんじゃないの？」

「いられるもんですか！　今夜は、まだ六時にもならないうちに、主人に追い出されたんですよ。でも警察に知らせるなとは言われなかったものですから」

「じゃあ本当にやるの？　これから踏み込んで捕まえるの？」

「アダムさんと私は、主人を流刑地に送りこめるくらいの情報を握ってますよ！」とヘンリーは宣言した。「こんな宴会を開くんですから、牢屋に入れられても仕方ないとは思いませんか？」

するとここでさらに低い、優しい声を出して、

「ときに、ジュリーさん……。今夜はご褒美をいただけるんですか？　ずっとまえに約束してくれたじゃありませんか。正直に言いますが、夜、寝間着になってあなたのことを思うと、体中が疼くんですよ」

「よしなさいよ、ヘンリーさん。あんたみたいな二枚目は、話すときも王子様みたいでなきゃ」

ヘンリーは喜びのあまり吃りながら、

「このスーツは洒落てるでしょう？　上衣をどう思いますか、ジュリーさん……。月明かりの下でよく見てください。一昨日、卿がくだすったんです……。お小遣いも二十フランばかり。主人は私を怖がっているんですよ。味方につけておきたいんですね」

と、今度は厳粛になり、

「あれは悪人ですよ、お嬢さん。快楽のためにのみ生きているのです」そして最後にはまた思わせぶりに、「ジュリーお嬢さん、今夜は寝てくれますか？」

そして二人は裏の階段を伝って、やがて彼の部屋のほうへと消えた。

二人が通り過ぎるとき、ちょうど刑事のピウー氏が、下働きの連中に囲まれながら、管理人に尋問を始めていた。

「ええ、すべて見ましたとも」と目撃者は言った。「見たくもない乱行を、たっぷり一時間も見ま

した」

「第一級の風俗紊乱《びんらん》罪だな」と刑事はにやついた。「居間には何人いると言っていたかな？」

「百人以上ですよ！」

「なんて話だ！　子供だけだと言ったね？」

「ええ、そう思います、刑事さん」

「未成年者に対する放蕩《ほうとう》の教唆《きょうさ》、と」刑事は続けて、「詩の朗読をはじめ、そのほか卑猥な行為を？」

「卑猥な行為です、刑事さん」

「よろしい！　証言は揃っている。では捜査だ」刑事は手元の資料をおさらいしてから、「イギリス人は袋の鼠だぞ！」

管理人と並んで歩きつつ、刑事は五フランを渡した。「気をつけてくれよ、いいね？」と辞去しながら、「あと二、三週間だ」

「ご心配なく。何も疑われちゃいません。まだ私にも心付けをくださいますよ」

---

その頃、憂い顔のリリアン卿は、喫煙室で絹のクッションに肘を埋めながら、リヴォニアのサーシャ大公と語らっていた。続きになっている回廊と居間では宴が続いていた。

「旅へのいざない」と「愛し合う男女の死」[173]の朗読を終えたレノルドは、コメディー・パリジェンヌ座のマクセ[174]に舞台を譲った。マクセは『アドニス礼讃』[175]から憂鬱な節をいくつか読み、合間にはグリーグの小曲とサマン[176]の詩を歌った。

「ねえ、殿下」とリリアンは囁き声で、「お察しの通り、あれらの詩は、みんな僕が準備したんだ。さよならを言うために……。公式にね。彼らの情熱にも、苦悩にも、思い出にもさよならだ……。今日を限りに、僕は二度と彼らに会うことはないだろう……決して……」

「そんな極端なことを言って、いったいどんな病気に取り憑かれたんです？」と大公は、ほとんど小馬鹿にしたように訊ねた。

「もうその手の生き方にはうんざりなんだよ、殿下。犯しがちな過ち、幻滅、凋落《ちょうらく》、そういったものを見すぎた。僕をその世界に引き入れた男が死んだのは、苦い薬になった。おかげで僕はすっかり回復した気がする」

「理由はそれだけですか？」

「いや、実は……。若い娘なんだ。新しい恋をしたんだ」

「ほう！」

しばし静けさがあった。

「しかし、あなたの改心を信じない、と申し上げたらどうします？」

「どうしてさ、殿下。僕はもう二十歳で、体力も気力も漲《みなぎ》っている。生まれ変わるのに必要なだけね。それを疑うなんて！　僕の少年時代がどれほど寂しいものだったか、僕の魂と心がどれほど歪んでしまったか、想像もつかないだろう……。もちろん、歪んでしまったというのは、下劣で凡庸なブルジョア連中が言う意味で歪んだということなんだが……。それは認めるよ。狂気の発作か、文学に溺れすぎたのか、理由はどうでもいい。明らかなのは、僕が病気だったということだ。

でも道は開けつつある。人生がまた始まるんだ。人生は僕を脅かし、苦悩をもって襲いかかり、危険をもたらす。だがようやく、地に足がついてきた。これまでに見たどんな夜明けよりも美しい夜明けが、突如として僕の目の前にある。これまでは夢に見ることが精一杯だったもの、つまり娘の可愛らしい微笑みと混じり気のない愛情が、ついに見つかったんだ。僕はすっかり生き返った。これまでの人生はいったい何だったんだろう？　今日のための準備だったのだろうか。少なくとも、嘘ではなかった！

恥ずかしそうな顔をするべきだろうか？　いや、そんなことはない。これまでの友人たちのことも、僕は恥じる気はない。率直に認めたんだ、何を恥ずべきことがあるだろう。それに、それは過ちだったのだろうか？　……もし今夜の宴から奇妙な印象を受けているとしたら、――もっとも君は愉しんでいるように見えるが——それは僕の心がここにはなく、魂も他所《よそ》を彷徨《さまよ》っているからだよ」

「心ここに在らずだなんて、本当にそうでしょうか?」と大公はくぐもった声で答えた。「それに、本当に過去を振り払ったと言えるのでしょうか? 甘い考えです! 自分をかつて酔わせたものを、そう簡単に忘れられるものではありません。あなたが見切りをつけようとしているその熱意にも、よいところがあることに気づいてほしいですね。あなたが告白した、過去の暗闇との蜜月は、あなたに苦悩を、落胆を、涙を与えました。今日、あなたは新たな快楽にすっかり興奮しています。ですが明日になれば、過去の記憶が再び蘇るでしょう。ご覚悟を!」

またしても静けさが広がった。ランベールが弾くチャイコフスキー[177]の愛らしいアルペジオが、ようやくそれを破った。

誘惑するような素振りの大公は、すぐそばにいる若い英国人を、曖昧な目つきで直視していた。

「いいや」とリリアンは言葉を続けた。「ビザンチウム[178]への旅はこれで最後にしよう。その香気を吸い込むのも今夜限りだ。明日か、それとも明後日には、結婚しよう。だから今夜はもうすこし音楽を聴き、もうすこし悲しみを味わい、もうすこし謎に惑うとしよう。そして新しい夜明けを迎えるんだ!」

「リリアン……レノルド……胸が痛みますよ」と大公は優しい声で言った。「いまのままで、あなたはとても素敵です。変わらないでください。あなたに同情しますし、あなたを愛しています。リヴォニアにおいでなさい。いいところですよ。宮廷は快適です。あなたは主人となるのです。私も、王位を継いだ暁には、あなたのためにバヴァリアのルートヴィヒ王[179]となりましょう」

「すこし遅すぎたようだよ！」とリリアンは、悔恨の混じった微笑を向けた。「確かに楽しかっただろうね」と陽気そうに、「殿下に勲章をもらえたら！」

## XXII

眩しく輝く朝の日差しが、目覚めたリリアンの寝室に流れ込んだ。

控えめなノックが一度、そしてもう一度、目覚めの時間を知らせていた。夢を打ち切られた彼はその日の計画や予定を思い出し、俄然《がぜん》活力を漲らせ、陽気になった。

この一週間で実に多くの変化があった！　あの最後の宴で、熱烈な愛の宣言に正面から拒絶を突きつけ、かつての仲間たちと永遠に決別してしまったことも、すでにぼんやりした記憶に過ぎなくなっていた。

その変化は見た目には微かなものに過ぎなかったが、実は完全だった。いま抱いている希望のなかに、かつての人生を満たしていた欲望の片鱗は微塵も残っていなかった。リリアンは過去を忘れつつあった。軽くなった彼の良心は、彼に赦しと休息を与えたのだ。

ああ、素晴らしい救済だ！　それにしても、これまでの苦役といったら！　これからは憂鬱な夕も、苦悩の夜もないのだ。それ以上に、苦い官能や嫌悪、疲労に満たされた朝もないのだ。彼は恋をしていた。恋をしていた！　彼はいまこそ真実の愛を、堂々と公言できる愛をわがものにしたのだ。

そんな状態にあって、リリアンはある静けさのなかに、あるいはある言葉、ある眼差しのなかに、何か永遠のようなものが包み込まれているのに気づいて喜んだ。これまで彼は、その若さに似合わず疑ってばかりいた。だがいまは、まるで神を信仰するように未来を信じていたのだ。何よりもうれしいのは、それを確信するだけでなく、声に出しても構わないということだった。耳にしたとたん涙が溢れてくる喜ばしい知らせのように、それを触れ回ってもよいのだ。贋の星座を頼りに孤独な旅を続けてきたその道で、彼はついに彼女に出会ったのだ。その若い娘に！

君は逢いにくると言う、子供らしく微笑んで、
夏の朝、髪に薔薇をさして、
口を開くこともなく、ただ身振りで、衣摺れで、
君の空色の瞳は僕を虜にする！

君は少女らしく、可愛らしく、

僕の待ち焦がれていた友となる……。
僕たちの楽園の門に君が現れるとき、
僕はよろこびのあまり待っていたことさえ忘れるだろう。

僕は言う、「愛している！」と、神に語りかけるように、
そして祈りが成就するとき君の手は僕の手に触れる。
僕は身のうちに輝かしい光を見出す、
銀箔の天使が僕たちを祝福する！

ついに過去の静寂から抜け出して、
優しい言葉、甘い言葉、
昨日の涙、若かりし日の希望、
それに僕の愛とを、君の足元に投げ出すのだ。

そうして、あるいは君が耳を傾け、懇願に同情してくれたなら、
君はほかの遊びをおしまいにして、

赤ん坊をあやすように僕の心臓をつかみ、
お人形を背中のうしろに隠してから、
僕に唇をゆるしてくれるかもしれない！

二時ごろ、外出の準備をしていたリリアンは、ふとそんな詩文を思い出した。虫の知らせだろうか？　それとも白昼夢に過ぎないのだろうか？　彼は今日、彼女の両親の招待に応じて、再び娘に会うのである。彼女の輝かしさは、それを讃美したいという欲求に火をつけた。あらゆる詩は、そのようにして書かれるのだ。彼はこれから田園へ出かけ、レディー・ホガースがヴェルサイユに持っている美しい邸の庭で、踊りとピクニックを愉しむことになっていた。

イエナ街をあとにしたリリアンは、かつてない喜びと希望に満たされていた。道すがら、彼はこの幸福にたどり着くまでの旅路をふりかえってみた。なんという狂気！　単純で素直な喜びが手招きしていたというのに、なぜこれほどに躊躇《ためら》い、道に迷ってしまったのだろうか？

彼が彼女を初めて見たのは、昨年の冬から春にかけての舞踏会で、彼女が社交界にお披露目をしたときであった。二人は一緒に踊ったのだった……。

そのとき彼女の内奥から何とも言いようのない、素晴らしいものが漂って来たときの感覚を思い出して、レノルドは身震いした。彼女はまだほんの子供だった！　その微笑には、子供部屋の瑞々しさがまだ残っていた。二人は一緒に踊ったのだった。

そして夜会の折が重なるうちに、二人は少しずつ言葉を交わすようになり、ただ二人で得意になってワルツを踊る以上の、小さな秘密が感じられるようになった。レノルドはその感覚に混乱させられた。だが悲しいかな、朝になればまた有毒な誘惑に駆られて、その感覚を決まって擲《なげう》ってしまうのだった。

しかし、自分では認めなかったが、リリアンは心の底で、娘に会うことの喜びを徐々に強い感情に置き換えるようになった。その感情はやがて愛に変わっていたのである。その強烈さに耐えられず、彼は美しい従姉妹《いとこ》のラトフォード侯爵夫人に秘密を打ち明けた。侯爵夫人は協力を約束してくれた。ああ、これまで散々、自分の人生は女性から遠く離れた場所で過ぎてゆくのだと思い込んで来たのに、それはみな嘘だったのだ！　それが嘘だったことを、手ずから証明してしまったのだ！

繊細で誠実な、まったく新しい人間が、彼のなかに根を張りはじめていた。彼女のそばに寄るだけで、あるいは口をきくだけで、彼の思考は明瞭になり、彼の魂は純粋になった。

彼女は優雅で情熱的で、気まぐれだが、正直だった！

この若い娘は彼を救ったのだ。

そう、この水晶のように透き通った日、夢のような恋人と再会するこの日、彼は生き返ることの喜びを知ったのだ！

こうして彼は待ち合わせに向かった。自動車を飛ばし、埃を巻き上げながらヴェルサイユに着いた。

古めかしい公園は、かつて宮廷の花形が好んで息抜きをした場所に違いなかった。一世紀も前の古樹が、当時と変わらない形に刈り込まれて、涼しい樹蔭《こかげ》に彼を招いている。規則正しい並木に縁取られた小道には、悲しげで役立たずな前時代の亡霊のように見える大理石の彫像が、ときおり樹の代わりとでもいうように突き出していた。辺り一面が緑色の景色に、目指す小屋は真白に浮かび上がっていた。

明るい色のドレスを着た娘たちが、芝生に水玉模様をつくっていた。子供たちの愉快そうな笑い声が、花々を覆っていた。自分に気づいた人たちが首肯《うなず》いて見せたり、言葉をかけたりしてくると、かつてなかったことだが、リリアンは落ち着かなかった。鼓動が速くなった。顔色が青白く、疲れているように見えはしないかと心配した。そして突然、彼は可愛らしい一団のなかに、彼女を見つけたのである。彼女を……彼女だけを……見たのである。表現しようのない感情に襲われ、震えあがった彼は、勇気を奮い立たせることができなかった。もはや勇気など持ち合わせなかったのである。

その瞬間、背中を親しげに叩く者があった。

「私をお忘れですか、リリアン？　恋というのは、そういうものですよ」と低い声で言ったのはライオネル・ファンサムである。この英国大使の秘書は、娘の伯父だった。「さあ、こちらへ」と彼は続けた、「庭の隅へ行って、ちょっと話しましょう。なに、ほんのすこしの間ですよ！　ほら、例の約束の件です。すこしばかり骨が折れました。夢に浸るのは話のあとになさい、幻視者さん」

　そう言う彼の笑顔はいたずらっぽくもあれば好意的でもあり、リリアンは返事のしようがなかった。

　そうしてライオネルと人気のない小道を進んでゆくと、リリアンはレディー・ホガースと、幼い恋人の母親とに出くわした。彼女たちも愛情に溢れる優しい言葉をかけてきたので、リリアンは神の贈り物のような幸福が待ち受けているものと確信した。

「うちの小鳥が、あなたのことを色々と囀るんですよ、レノルド。でもあなたの従姉妹のレディー・ラトフォードに説得されなければ、私、とても信じられなかったと思いますわ」

「それで？」とファンサムは、片眼鏡が滑り落ちるのに委せて言った。「あなたがうちの小さな姪っ子に、何と言いましょうか……。ある感情をお持ちというのは本当ですかな？」

「愛と呼んでください、ファンサムさん」

「しかし……あなたはまだお若い！」

「彼女も若いではありませんか？」

「なるほど……しかし」とファンサムは、どこか浜辺の監視員のようなおどけた様子で呟いて、

「本当に確かなのですか?」

「確かです」

「一時の気まぐれでは? よく考えてください。結婚というのは——いやはや、神父を気取るわけではありませんが——深刻なもの、重要なものですよ。あなたにとっても姪にとっても、最初は素晴らしかったものが、ひどい結末を迎えるということがあり得るのですよ」

「僕は真剣に、深く愛しているのです」

「あなたは姪にふさわしいお方なのでしょうね? 若く美しい男性の生活には、いろいろなことがありますから」

リリアンは赤面した。ファンサムは何か知っているのだろうか? だが落ち着きを取り戻して、こう答えた。

「いまは、ふさわしい人間であるつもりです」

「私の眼をまっすぐに見てください。眼は嘘をつきません」

リリアンは色の薄い眼を見開いた。そこにはかつての罪の翳りはなかった。

「さあ」とリリアンは呟いた。「これが僕の眼です。何が見えますか?」

「真実が」

静けさが広がった。すぐそばを別の客人が、衣擦れと共に通り過ぎた。

小屋からは、微かなワルツの和音が響いていた。ぶらんこやその他の遊び道具が置かれている辺りで、従僕たちが木陰にピクニックの準備をしていた。

「ではどうぞ、姪のところへ」とファンサム老人はレノルドの手を力強く握って言った。「姪と歩いて、お話しなさい。私は許します。これは一家の総意です。さあ、リリアン、私を信じてください。あなたの想いは報われたのです」

「あなたの想いは報われたのです……」夢のなかでのように響くこの約束の言葉を聞いて、リリアンの心臓は躍った。彼は娘のいる一団のほうへ向かった。

近づけば近づくほど、愛情や畏敬の念と共に恐怖も大きくなった。いよいよ彼女のそばへ来ると、彼は顔を赤くして、退屈な挨拶さえ口に出すことができなくなってしまった。その日の彼女は何とまた可愛らしかったことだろう！　鬱蒼とした古木を背景に、空色の衣装を着た彼女の白くて紅みがかった肌が浮かび上がっていた。

何とも言えない奇妙な心持になって、リリアンは言葉を失ったままであった。他の娘たちがその場にいることも怖かった。一文も、一句も出なかった。しかし何か言葉をかけよう、という決意だけはあった。

近くに向き合ったまま二人はなおも無言だったが、遠くから見守っていたライオネル・ファンサムが助け舟を出しにやってきた。

「どうだい、楽しんでいるかね？　公園の奥にある、美しい神の大理石像は見たかい？　コワズヴォ[180]の作品だよ……。この公園の至宝だね！　さあ、一緒に来るといい、ぜひ見てもらいたいね」

しばらく歩き、リリアンを固まらせてしまった騒々しい客人たちの渦から遠く離れると、ファンサムが言った。

「さあ、私はここで消えよう……。ここから先は二人でもわかるだろう。美しい神の居場所がね！」

こうして二人はついに孤独になった。その孤独は恐ろしくもあり喜ばしくもあった。樹齢百年を超えるであろう菩提樹《ぼだいじゅ》の木陰は、これまでにも愛の物語を見守ってきたに違いなかった。

二人はなおも小道をたどった。わずかに頭を垂れ、相手の顔を見ようとも、静寂を破ろうともしなかった。

そしてついに、レノルドが静かな声で語り始めた。失われた記憶、ずっと昔の記憶、すべての記憶について！　きらめく六月の午後の日差しが二人を包んだ。遠くで踊る人たちのとよめきに、鳥たちの優しい歌声が溶けた。二人の会話はあてどもなく続いたが、その抑揚と囁きによって、はっきり言葉に出さずとも、お互いの秘密をそれとなく告白することができるのだった。

そうこうするうちに二人は門まで来た。その向こうには教会の尖塔が見えている。ゴシック風のアーチの下に鳥が巣を作っている、鳴ることのない鐘をぶら下げた、打ち捨てられた礼拝堂である……。

「行ってみようか」とリリアンは囁いた。娘は生垣からリリアンのために、その雪のように白い手で薔薇を摘んでいるところだった。

答えるかわりに、彼女は手を差し伸べて眼を伏せた。二人はゆっくりと敷地を横断した。草を風が揺らし、香りが立ち昇った。大きな斑模様《まだら》の蝶が、花が飛ぶように逍遥した。暖かな陽を浴びて、蟋蟀《こおろぎ》が高い音をあげて震えていた。小川を跨《また》ぎ、柵を越え、二人はようやく玄関へ着いた。

涼しく静寂とした身廊がその姿を現した。暗がりの奥に、鍍金を施した祭壇が浮かび上がった。

建物に入るまえに、レノルドは後ろを振り返って、公園の緑と、青い霞の向こうに見える小屋とを認めた。

ずいぶん遠くまで来ていたのだ！　二人で抜け出してしまったわけだ！　すると彼は躊躇《ためら》いだした。教会に入れば完全に二人きりになる。

その瞬間、彼は娘を見やった。彼女は、壁の十字架にほとんど頭を預けるようにして、聖域の入口に立ち尽くしていた。まるでキリストのような笑みを浮かべた、小さな優しげな神に見えた。一言も口に出さずに、娘は彼に聖水を勧めた。彼は神秘主義者のプロテスタントらしい大げさな仕草で十字を切った。

深い感動に包まれたまま、二人は聖歌隊席のほうへ進んだ。静寂のうちに蟋蟀の音が響き渡った。

二人を迎え入れてくれた礼拝堂は飾り気もなく素朴だったが、なんとも可愛らしかった！　二人は聖処女の像の足下で立ち止まった。とてもゆっくりした動作で、娘は摘み集めた薔薇をそこへ捧げた。

そうして娘はリリアンに向き直った。彼は相手の率直な眼差しに、魂を震わせた。

有頂天になったリリアンは、いまや跪いていた。夢心地で、こう言った。

「信じておくれ！……愛している！」

娘は立ち上がるよう促した。その身振りは単純で、純粋で、親しげだった！　小柄で可憐な娘は婚約者の胸に憩い、臆病な小鳥のように震えた。

その瞬間、リリアン卿は勝利を、愛を、大いなる幸福を確信した。二人は永遠に結ばれたのだ！　いま神の御前で交わされた契約は、その舞台となった場所にふさわしく、覆しがたい威光に守られているのだ。

彼は妹にするように、娘の額に優しく口づけ、その愛撫に全霊を注いだ。

なんと記念すべき、狂おしいほどに愉快な瞬間であったことか！

「ほら」と彼は言った、「マリア様がお聞き届けくださった。薔薇の花の見返りに、君に心をくださったのだ。ああ、愛しているよ。神よ、救い給え！　これほどの瞬間を過ごすことはもう二度とないだろう！」

腕を絡めて外へ出ると、ステンドグラスを透過した眩しいほどの陽光が、彼らの初々しい愛をことほぐ「ハレルヤ！」の輝かしい合唱と溶け合うようだった。

## XXIII

メッシーヌ街の娘の家の庭、時刻は五時である。

短いが優しさと美しさに満ちた訪問のあと、レノルドは婚約者に暇乞いをした。娘は目顔では唇を捧げたい気持を露わにしながらも、代わりに手を差し出したのだった。

「私のレノルド、すぐに戻って来てくださるのでしょう？　あまり待《ま》ち惚《ぼう》けはさせないでくださいね。小さな、人気のない場所で、あなたとお話しするほど愉しいことはありませんわ。なのに一人になると、静けさが恐ろしいのです。あなたといると、私はうっとりしてしまうの！」

去り際に、すぐにまた来ると陽気に告げて、彼は扉に着くまで何度も振り返った。

お互いに愛を告白してからすでに一週間が経っていた。だがなんと素晴らしい一週間だったろう！　魔法にかかったように愉快な気分のリリアンは、自分はいつもこのように幸せだったのではないか、とさえ感じていた。

婚約！　彼は婚約したのだ！　それも結納金を取り交わすだけのアメリカ式とは違って、妖精の国のおとぎ話のように、甘美なやり方で。若さの婚約であり、愛の婚約であり、生命の結合であり、心の結合なのだ！

彼はそんなことを際限もなく考えながら、メッシーヌ街を辞して自宅へ向かった。今度はあの日、ヴェルサイユの教会をあとにした瞬間のことを思い出した。愛撫と喜びのなかで交わされた約束。二人はそれから、娘の母のところへ行った。これからは二人の母親になる人である。夫人は黙ったまま嬉し涙を流し、眼に希望を浮かべて、二人を抱きしめた。

それから、……ああ、そうだ、それから彼はパリへの道を歩いたのだ。その数時間まえ、不安と自暴自棄に苛《さいな》まれて歩いたその道を、今度は愛する人と並んで、飛び上がらんばかりの恍惚に包まれて歩いたのだ！　なんという幸せだろう。こんな恩寵《おんちょう》が、本当に与えられてよいものだろうか？

あまりに素晴らしい結果にまごついて、イギリス人の従姉妹たちに結果を報告しようというときにも、彼はすこし躊躇《ためら》ってしまったほどだった。それまでの人生を覆っていた悲しみが、すべてに疑惑の暗幕を投げかけた。だがそれでも、彼は確かに希望を叶え、夢はもはや現実となっていたのだ！

今日ではリリアンもすっかり落ち着き、冷静に言うことができた。彼の不安は絵空事に過ぎず、幸福こそが現実だったのだ。

婚約の翌日、娘は彼に肖像を贈った。仮面舞踏会でレノルドが見たままの彼女の、小さな肖像画である。ゆっくりとメヌエットを踊っているその姿は、ヴァトーの「ラ・フィネット」[181]を思わせた。

いまではメッシーヌ街の家で娘と幸福な数時間を過ごして家に帰るたびに、レノルドは百合の香気に満ちた空気にうっとりしながら、すぐに過去の彼女の姿を留めた肖像を取り出し、そこに愛撫の痕跡を見出すのだった。

その結果、彼の寝室はいつの間にか純粋で軽やかな陽気さに満たされるようになった。まるで、聖処女が常に微笑みかけているかのようだった！

その日もレノルドはうきうきしながら帰宅した。敷居を跨いだところで、管理人が恭しく出迎えた。

「来客は？」手紙を受け取りながら、リリアンは訪ねた。

「はい、卿。間の悪いことにお二人、訪ねていらっしゃいました。いや、正確には三人です。お二人のほうは、きちんとした身なりをしておいでで、よろしくと名刺を置いてお帰りになりました。ああ、それにしても！」と雇人はどこか父親ぶった、堅苦しい表情を作り、「卿のお幸せは私にとりましても妻にとりましても実に喜ばしいことでございます！　卿はこれまで、あまりお楽しみになりませんでした……。しかしご婚約からのひと月というもの、卿は実に落ち着きのある青年になられましたな！」

「過去は過去さ」とリリアンは人懐こい優雅さで答えた。「どうかご寛容に、管理人殿。これまでの無鉄砲や、君を寝不足にした幾夜かのことは水に流してくれ給え。もちろん、これまで僕を訪ねてきていた連中は絶対に中へ通さないように。来ないように、と警告はしてあるがね」

「卿、まさにそのことなのでございます。先ほど申し上げた三人目の客というのが、以前に顔を出していた若者でございます。妙な顔をしていて、その青白いことと言ったら！　あの者はたぶんしょっちゅうここへ来ていた……学校の生徒の一人かと思います。どうしても通せと言うのでございます。私は、卿ご自身であっても決してあなたを中へは入れないだろう、卿はご結婚の準備でお忙しいから、と申したのですが、しつこく食い下がるのです。とうとう、箒で引っ叩くぞ、と脅かしてやる羽目になりました」

「心強い用心棒がいて安心だ！　これを取っておいてくれ給え、よい仕事をしたのだから」

レノルドは一ルイを渡し、自室に戻るために中庭を突っ切った。

管理人はその後ろ姿が室内に消えるのを、なんとも言えない表情で見守っていた。

「これが最後の心付けになるかもしれん」と呟いて、管理人は妻を呼んだ。

「おい、ジェニー。これを警察の旦那からいただいたものと一緒にしておくんだ」

---

一方、リリアンは、金髪の婚約者の肖像を飾った机のまえに腰掛けて、手渡されたばかりの手紙を開封していた。

おめでとう、幸運を祈る、友情を込めて、そのような文句にレノルドはいちいち胸を躍らせた。純粋な祝福だろうと、嘘だろうと、幻想だろうと、偽善だろうと、友情を感じない相手だろうと、ちっとも構わなかった！　それに若者らしい幸福に浸っている彼は、普遍的な親切心というものを信じないわけにいかなかったのである。

そこへ突然、呼び鈴が鳴って邪魔をした。メッシーヌ街へ舞い戻る予定が狂わなければよいが、と思いながら返事をした。驚いたことに、それはアンドレ・ラゼスキーだった。修辞学級[182]の生徒で詩人でもあり、かつては常連として黒弥撒を取り仕切った「聖歌隊」の一員である。

「さっき訪ねてきたというのは君かい？」とリリアンは冷たく言い放った。

「ええ、そうです」と少年は乾いた声で答えた。

「どうして会う必要がある？」

「会わなければならないからです」

「何のために？」

「そんなことはどうでもいいのです。レノルド、結婚するというのは本当なのですか？」

「知らなかったのか？」

「そんな馬鹿な。冗談なのでしょう」

「そんなことを言うために押し入ったのか」

「もう一度言います。これは冗談か、さもなければあなたは気が狂ったんだ」

「黙れ！　何の権利があって勝手に上がり込んで、僕にそんな口をきく？」

「あなたを愛し、愛された権利によってです！」とラゼスキーは叫んだ。「ああ！」といよいよ憤慨して、「そんなに他人行儀にして、鞭をくれるように冷たい言葉を投げつけようというならそれでも構わない！　でも、よもや忘れたわけではないでしょう？　僕はあなたの主人で、恋人だった！　それがいまや、あなたは僕を忘れ、笑い者にしている。レノルド、レノルド、どうしてこんな仕打ちを？」

　息も絶え絶えのアンドレは、涙を浮かべて黙り込んだ。少年の苦しみように驚いたリリアンは、どう答えるべきかわからなかった。

「ねえ、レノルド……。僕が生半可な気持ちでないことはわかるでしょう……。僕があなたを愛していることはわかっていたはずだ。それも気も狂わんばかりに……。僕は初めて誰かを愛したんだ。あなたは僕を完全に征服して、不治の病を負わせた。愛することを教えたのはあなたじゃないか」

　リリアンが反論しようとすると、少年はさらに続けた。

「いや！　僕はあなたのふるまいを責めるつもりはないよ、レノルド」と言った少年の眼は燃えるようだった。「あなたに会う前から、学校で、何もかも経験していたんだ。寄宿舎では皆そうだよ。家から遠く離れて、寂しくてたまらないからね！　だからあなたが僕を傷物にしたというわけじゃない。むしろ反対なんだ……。あなたは僕の心と魂とを高めてくれた。あなたは僕の人生を変えたんだ。あなたを通して、僕は愛を祝福するようになった。あなたを通して、僕は愛の何たるかを知った。

でも、レノルド、愛というものは、この世のものではないからこそ、永く続いてゆくものでしょう。それはどのようにして生れ、どのように膨らむのか。鳥だとか山だとかについて、誰もそんな疑問は抱かない。ああ、あなたは僕を『小さな恋人』と呼んでくれた。覚えている？　僕がどれだけあなたを愛しているか、どれだけあなたを自分だけのものにしたいと思っているか。それがわかるなら、僕がどれほど嫉妬に苦しんでいるかもわかるはずだ。僕みたいな若い男をよそにも欲しがるなら構わない。いつでも取り戻せるはずだから。でも女は！　女はあなたを参らせて、すっかり手込めにして、いつまでも放さないだろう！　女は僕たちの敵だ。駄目だ、駄目だ、絶対に駄目だ！　あなたは僕のものだ。あなたは僕の所有物だ。あなたは僕だけのものだ。あなたは僕の神だ！　もし彼女と結婚するなら、僕は死ぬ！」

紙のように白くなりながら、しかし愛情と苦しみのために滲み出すほとんど人間とも思えないような力強さで、アンドレ・ラゼスキーはこれだけのことを甲高い声で言いおおせた。

リリアンは身震いした。室内にも夜の帳が降り、調度品を影が包みはじめていた。しばらく返事もせずに考えに沈んでいたリリアンは、ようやく生徒に向けて囁いた。

「かわいそうに！」

するとアンドレは椅子の上に崩折《くずお》れ、泣き出した。そして涙を啜りながらこう言った。

「レノルド、一度も言ったことがなかったけれど、いままでずっと……僕は自分があなたの玩具に過ぎないことはわかっていた。ほんの一時の気まぐれなのだということもわかっていた。でも僕がこれまでに捧げた詩を読めば、僕の苦しみは明らかだったはずだ……。僕の詩はろくなものじゃないから、あなたには理解されなかったかもしれない……。でも僕は夜になると、部屋であなたのことを想って書いた……。あなたは同郷の詩人たちについて、とても面白く語って聞かせてくれたね……。そのときも、僕はこの椅子に座っていたんだ……。時間もちょうど、黄昏だった……。あなたの声が静けさのなかに響き渡って、その心地よさと優しさは、まるで詩がひとつ終わるたびに口づけをもらうようだった……。その思い出は消えない。絶対に消えない……。それは僕の人生のすべてだ！　両親は僕を捨てるつもりなんだ。学校なんて牢獄だ……。僕にどうしろと言うの？」

アンドレはなおも涙声で続けた。

「もし結婚するのなら、いつまでも愛していると言った僕を捨てて結婚するのなら、僕の人生はおしまいだ。傷はここ、僕のなかだ！　僕の魂はあまりに深く傷ついてしまって、もう決して癒えない！」

深く心を動かされたリリアンは、二人の呪われた関係を振り返った。彼らはとある演奏会か舞踏会で出会ったのだった。すぐにお互いに惹かれ、快楽は友情へと変わっていった。そして友情はゆっくりと愛に移っていったのである。若い同志の快活な知性に深い印象を受けたリリアンは、彼のために愉しみながらバイロンを、ブラウニング[183]を、ロセッティ[184]を、テニソンを訳し、聞かせてやった。こうして神々の言葉が、二人の唇に憩うたのである。そう、確かに、二人は忘れがたい時を共に過ごしたのだ。

「どうか聞いておくれ、友よ、弟よ……」リリアンは憐れむように言った。「涙を拭いて、泣くのをやめて聞いておくれ。僕のことは忘れるんだ……。一緒にしたことは、みんな忘れるんだ……。あんなものはすべてまやかしだ、どれも罪なこと、悪いことなんだ……。僕は間違っていたし、君を巻き込んでしまったことにも責任がある。

こんな生き方はやめなければ駄目だ。僕たちのように、女性の愛情を同性の愛情で置き換えられると思ってしまうのは、感情が病にかかっているからなんだ。僕たちのほとんどは女性に近づく勇気も持てずにいて、その臆病さがやがて憎しみを生むんだ。そして、最初の経験というのはたいてい大惨事になるから、手に入れられるはずだった神秘や愛や美しさを求めて、あらぬ方へ目を向けてしまうんだ。なるほど、二人のナルシストが見つめ合えば、確かに魅力的な快楽の扉が開く。だがそんなものが見えるのも、思春期の間だけだよ。年を取れば、すぐに俗っぽさが露わになってしまう。だから、もう二十歳になった僕には、すべておしまいなのさ。

僕は罪を悔い、救われた。僕もずいぶん苦しんだんだ、アンドレ。決して君を拒絶するんじゃない。君が早く回復できるように力を貸すよ。人生がどれほど素晴らしいものになるか！　どれだけ健康に、身体も丈夫になるか！　絶望してはいけない。君は美男で、知的で、善人だ。モーツァルトやショパンにも引けをとらないよ。未来は君のものだ。ねえ、聞いて！　あと一年、あるいは二年もすれば、君も僕のように、とても素敵な若い娘を見かけて、はっとして足を止める日が来るよ。さあ、可愛い君、涙を拭いて……。泣かないで……。僕のことは忘れるんだ！」

深まる闇のなかに静けさが満ちた。もはやリリアンに見えるのは生徒の細っそりしたシルエットと、淡い黄褐色の髪のきらめきだけだった。

「僕は君を愛していた」とリリアンはさらに続けた。「愛していたとも……。だが君がそれほどまでの愛をもって応えてくれるとは思わなかった。僕は君を弟子にしたかった。儚い若さ、脆い美しさの信奉者に育ててあげたかった。それなのに！　僕は君を夜明けから遠ざけ、黄昏へと、日没へと導いていたんだ……。聞いておくれ。君はまだほんの子供だから、すぐに忘れることができる。僕は君を愛していた……。だが僕たちには愛を生き抜くことなど無理だったんだ！」

「それなら……。いまは」と頭を持ち上げたアンドレ・ラゼスキーは、熱に浮かされたように言った。「いまは……。何かの冗談なの……？　もう終わってしまったの？　壊れて、枯れてしまったの？　もう僕を愛していないの？」

レノルドはかつてこれほど美しく、情熱的で、しかも誠意のあるアンドレを見たことがなかった。「まさか！　もちろんまだ愛しているよ！」という言葉がほとんど口の端に上った。だがそこで彼は自分の約束を、誓いを、婚約を思い出したのである。彼女を！

そうだ、彼女はいまも彼の訪れを待っているだろう。人気のない公園の奥で、彼が来ないのを悲しがっているだろう。過去の悦楽を蘇らせるにはもう遅すぎるのだ。彼は過去を葬ったのだ。過去は死んだのである。

「もう愛していない」とリリアンはゆっくり言った。「もう愛してはいけないからだ」

「悪党め！　卑怯者！」アンドレは叫んだ。「自分の嘘を恥ずかしく思うだけの良心も失ったのか！　お前は僕を見つけ、騙し、汚し、道を誤らせた。僕を哀れな、呪われた化物に変えてしまった。僕はまだ十七なのに！　お前の欲望の玩具にされて、ついには笑い者にされたんだ！　そして僕を捨てるんだろう！　お似合いだよ。『窓を開けて、こいつを放り出してくれ！』とでも命じるんだろう。僕や、他にもたくさんいるに違いないアンドレ・ラゼスキーたちが、お前の悪徳のために使い捨てにされるんだ。

お前が引きずり込んだことも認めないつもりか。なんて嘘つきなんだ！　お前の持ち出す文学だとか美だとか可愛らしい詩句だとかいうものが、僕をどんどん蝕んで、追い込んだことがわからないのか……。泥沼は醜い……。だがリリアン、お前はそれを花々で覆い隠したんだ！」

リリアンは悪罵に混乱しながらも、少年をなんとか宥《なだ》めようとしたが無駄だった。

「お前は、心を引き裂かれた僕が自棄《やけ》を起こして、またつぎの悪の園へ飛び込んでゆくと思っているんだろう！　それなのにお前は知らん顔で、自分はさっさと足を洗って、腐った匂いを乙女の清純さに結びつけてごまかそうとしている！　虫がよすぎるじゃないか！」

「ねえ、アンドレ、落ち着くんだ。僕はこのあと約束がある……。もうじき七時になるよ。着替えなければならない。君はもう帰るんだ……。こんなことをして何になる？」

「僕の国では、赦すことや忘れることはしないんだ」とラゼスキーは吐き捨てるように言った。「僕はお前から学んだことを実践するよ。世界とは仮面の俳優たちが居並ぶ舞台で、僕たちはこの連中に復讐してやらなければならないのだとお前は教えてくれた。だが実はお前こそが、誰よりも冷酷な俳優だったんだ。それなら、それまでのことさ。さあ、僕を取り戻したいか？　もう一度だけ訊く、僕を愛しているか？」

「いいや」

「それなら、復讐だ！」

騒音が起こった。銃声。叫び声……断末魔の叫び声！

アンドレは喘ぎながら、レノルドの上に崩折れた。


---

悲劇的な静けさが室内を満たした。外はざわついていた。

「間違いない、英国人の一階の部屋からだ！」と言う声が聞えた。「すごい騒ぎだぞ！」

「助けを、早く！」ともう一人が答える。「まず扉を開けなくては……」

忙しく人の出入りがあった。

走り回り、誰かを探しているらしい。

ついに、鍵のじゃらつく音がした。誰かが扉を開け、最初の一団が、尻込みしながら敷居に立った。

「いたぞ！」

「なんてこった、動かないぞ……。死んでる！」下働きの一人が叫んだ。「ひどい修羅場だ！」

「もう一人は誰？　拳銃を握ってるわ」と女が言う。

「さあ……。卿の以前の仲間だろう」

「そうだ」と管理人が言った。「英国人に会いに、何度か訪ねてきた奴だ。誰か医者を……。警察は？　急げ、もう暗くなるぞ。殺しだ！」

「でも相討ちじゃない？」

「馬鹿、ジェニー、お前は何もわかっちゃいないな」と管理人は忌々しそうに言った。「早く家族に電話をかけるんだ」

「家族って？」

「決まっているだろう、婚約者のだ！　おれは、こんなところは真平だ。屍体は嫌いだよ」

皆が彼について部屋を出た。電灯はつけたままにして、鍵をかけた。

長い静けさのあとに、呻き声がした。

血塗れの顔のアンドレ・ラゼスキーが、必死に立ち上がろうとしているのである。だがその力はなく、膝をついてしまった。見下ろすと、レノルドは息をしていない。手を置いた胸からは血が滴っている。

「ああ！」

電気に痺れたように彼はリリアンのそばへ躙《にじ》りよった。その顔は白く、目蓋は青ざめている。自分の身体にもひどい痛みがあった。頭が重く、持ち上げていられない。アンドレは慎重にレノルドの上衣とシャツをまくった。あった！　自分が撃ち込んだ弾丸である。その小さな創《きず》から、温かい血潮がとめどもなく流れていた。

「レノルド、僕のレノルド……」アンドレは泣いた。「なんてことをしてしまったんだ。なんてことを？」

涙がリリアンの白い顔の上に零れた。すると若い卿は微かに動いた。色のない唇が開いた……。そして眼も開いた。夢を見ているように、辺りを見回した……。

「生きているんだね！　ああ、神よ、よかった！」アンドレは吃りながら、弱々しく言った。「レノルド、生きて！　僕が死ぬよ！」

「かわいい子、僕の弟、愛する君……」リリアンは遠くから囁くように言った。「もうすぐそこだ……。平穏な墓場……。最も美しい国々への扉……。ああ、苦しい！　そうだとも、『小さな恋人』さん」痛みに酔ったように、彼はさらに続けた、「君が正しかったんだ……。君を見捨てるなんて無理な話だ……。これから一緒に長い旅に出るんだよ……」

息が切れ、言葉が途切れた。

「あなたを殺してしまうだなんて……」アンドレは当惑しながら言った。

「君が？　まさか……。そんな馬鹿な！」息も絶え絶えに、リリアンは痙攣するように言った。

「殺人犯は僕さ……。忘れたのかい？　僕は君を騙し、汚し……道を誤らせて……。それだけじゃない、あまりにもひどいことを！　最期の時を迎えて、ようやくわかったよ」と、ここで震え出し、

「ああ、怖いよ、アンドレ、僕は怖い……。子供たちが僕を見ている。ほらそこに……大きな悲しげな目で僕を見ている……。何か恐ろしいことを囁き交わしている……。僕を脅しているんだ！アンドレ……怖いよ！」

リリアンは自らの血に噎《む》せた。すぐ隣で、アンドレ・ラゼスキーは荒い息遣いで、赦しを乞うような眼差しを注いでいる。

するとレノルドは一瞬、幻惑から覚めたようだった。

「許して……ほしい……かい？」と彼はこのうえなく優しく、穏やかに言った。

アンドレの眼差しは恍惚としたそれに変わった。すると突然、身体を硬直させ、二度、傷ついた鳥のように息をしようとした。そしてそのまま後ろへ倒れ、事切れたのである。

「亡霊……また亡霊だ……」レノルドはなおも吃りながら言った。「あの女は誰だ……胸に刃を突き立てて……。この子供は……あそこで花々のうえに横たわって……。それにこの泣いている男は……？　レディー・クラグソン……アクセル・アンゼン……ハロルド・スキ……」

その瞬間、大きな声を出しながら、数人が扉を開いて入ってきた。医者と、警視総監もいる。一人がラゼスキー少年の上に身を屈め、かなり長いあいだ観察していたが、ようやく沈黙を破って言った。

「こっちはもう駄目だ……。運び出してくれ」

彼らがアンドレの亡骸《なきがら》を担架に乗せているあいだに、昏睡するリリアンは寝台に移された。


---

「それで先生、あちらのほうは助かるでしょうか?」と警視総監はレノルドを指さして囁いた。

「逮捕令状が出ているので、私が本部から呼び出されたのです。重篤ですか?」

「まさに重篤ですね。動かすのは難しいでしょう」

「まったく無理ですか? つまりですな……相当な醜聞ですから! どうしても身柄を確保したいのです」

「そんなことをして何の役に立つんです?」

「私は勲章をもらえるでしょうね!」

「死なせてやりなさい……」

外では穏やかな夏の甘い空気のなかを、燕《つばめ》が囀り交わして飛んでいた。すっかり夜になった。

セイロン、カプリ　一九〇四年

## 訳注

1 一八七〇～一九四〇年までのフランスの政治体制。普仏戦争のさなかに樹立され、当初は王政復古を謳う勢力も根強かったものの、徐々に共和派が多数となった。いわゆるアンシャン・レジームの崩壊から現代までの歴史のなかで、最も長命の政体となった。

2 ジョルジュ＝ルイ・ルクレール・ド・ビュフォン（一七〇七～一七八八）はフランスの博物学者、数学者、植物学者。

3 ギリシャ神話に登場する美少年。美の神アフロディテに愛された。嫉妬した軍神アレスに射殺され、その血からアネモネの花が生れたという。

4 ギリシャ、アテネの東にある山。古来、大理石と蜂蜜の産地であり、夕焼けの美しさも知られている。

5 パリ中心部の大通り。

6 ギリシャ神話に登場する怪物。獅子の頭、山羊の体、蛇の尾を持つ。そこから、荒唐無稽な幻想を言う。

7 ギリシャ風の犯罪劇とは、もちろん少年愛が絡む犯罪のことを暗示している。「トト」という名前は「タタ」と並んで、同性愛者の青年につけられる典型的な愛称である。（アシル・エセバクの書いた少年愛小説『デデ』の主人公もよく似た名を持っている。注155参照。）アンティノポリスは、ローマ皇帝ハドリアヌスがナイル河岸に建設したエジプトの都市で、この川で溺死した愛人の少年アンティノウスを記念している。

8 モデルとなったのはジャン・ロラン（一八五五〜一九〇六）。世紀末に活躍した象徴派の詩人・小説家。ダンディズムに傾倒し、退廃的な作風で知られる。同性愛を公言。

9 一四三一〜一五〇六。ルネサンス期のイタリアの画家。パドヴァ派の代表格とされ、彫刻的な人体描写で知られる。

10 紀元前五世紀のアテナイの政治家。抜きん出た美貌の持主で男女の愛人が絶えず、かつ知性にも恵まれていたために非常に傲慢であったと言われる。

11 一八三三〜一八九八。ラファエル前派とゆかりの深いイギリスの美術家。

12 モデルとなったのはオスカー・ワイルド（一八五四〜一九〇〇）。十六歳年少のアルフレッド・ダグラス卿との同性愛関係のために逮捕され、二年間の重労働を課せられた。解説も参照。

13 ピエロ（ペドロリーノ）、クリタンドル、スカパンはいずれもイタリア発祥の即興劇コメディア・デラルテのキャラクターである。また、例えばクリタンドルはコルネイユの悲喜劇『クリタンドルまたは無罪放免』（一六三〇）に、スカパンはモリエールの喜劇『スカパンの悪だくみ』（一六七一）にという具合に、後世の作品にも受け継がれている。

14 ユダヤ人隔離地区。ヴェネツィアのそれは世界最古である。一七九七年、ヴェネツィア共和国がナポレオン・ボナパルトによって滅ぼされるとユダヤ人は居住の自由を与えられたが、その後も貧困に喘ぐさまざまな人種がゲットーに住みつづけた。

15 一六九六〜一七七〇。ヴェネツィア生れ。ルネサンス最後の巨匠として名声を轟かせ、多くの宮殿や城館に天井画を描いた。

16 「ぞくぞく」と訳した frissonnière は、「黒弥撒事件」でフェルサンと共に嫌疑をかけられたアルベール・ド・ワーレンの造語。事件を報道する新聞等で盛んに繰り返され、「デカダン族の新語」として広まった。

17　フェルサンが一九〇三年に逮捕されたとき、ダルザスのモデルになったジャン・ロランは嘲笑うかのような記事を新聞に発表している。この一文はしたがって、フェルサンによる意趣返しなのである。

18　トマス・ロバート・マルサス（一七六六～一八三四）。サド侯爵（一七四〇～一八一四）とほぼ同時代のイギリスの経済学者。『人口論』では人口の抑制のために戦争や貧困は歓迎すべきという持論を展開し、サドの思想との親和性が指摘されている。

19　ヴェネツィア元首の称。

20　レイノルズというのはジョシュア・レイノルズ（一七二三～一七九二）のこと。イギリスの画家。多くの肖像を描き、王立芸術院の初代会長となった。リリアン卿の名であるレノルド（Renold）はレイノルズ（Reynolds）より一字ではなく二字少ないが、発音の点では最後の *s* が足りないだけである。なおレノルドというのは、生れてすぐに死んだフェルサンの弟の名でもある。

21　ギリシャ神話の登場人物。美青年ナルキッソスはニンフの愛を拒絶したために復讐の女神ネメシスの呪いを受け、水面に映った自らに恋をしてしまう。恋の相手が自分自身であることに絶望したナルキッソスは死を選ぶ。

22　シャルル＝モーリス・ド・タレーラン＝ペリゴール（一七五四～一八三八）。フランスの政治家。投獄されたことはないが、革命期から七月王政までに至る長い期間に八面六臂の活躍を見せたことから、刑罰としてではなく文字通りの「重労働」をしていた、ということであろう。

23　十九世紀を代表するフランスの女優、サラ・ベルナール（一八四四～一九二三）のことか。クレオパトラはベルナールの当たり役である。なお、ゾラの小説『ナナ』のモデルの一人とされる高級娼婦コーラ・パール（一八三五～一八八六）も連想される。

24　アルフレッド・ド・ミュッセ（一八一〇～一八五七）。フランスのロマン主義の作家、詩人。ヴェネツィアを描いた作品も多い。

25 セバストとはパリのセバストポル大通りのこと。当時、売春婦と男娼の多さで知られていた。

26 フランスの画家アンリ・ド・トゥールーズ＝ロートレック（一八六四～一九〇一）が考案したカクテルに Tremblement de Terre（地震）と呼ばれるものがある。同量のコニャックとアブサンを混ぜたもので、当然、飲むと「地震」に襲われることになる。

27 ピーテル・パウル・ルーベンス（一五七七～一六四〇）はフランドルの画家。外交官としても活躍し、欧州の貴族に幅広く作品を販売した。

28 フランシスコ・デ・ゴヤ（一七四六～一八二八）はスペインを代表する画家。宮廷画家であったが、晩年は自由主義者への弾圧を避けてフランスへ亡命する。

29 ギリシャ神話の登場人物。トロイアの王子で、美貌を謳われた。

30 メアリー・ステュアート（一五四二～一五八七）はスコットランド女王メアリー一世。ダーンリー卿ことヘンリー・ステュアート（一五四五～一五六七）はその従弟。フランス王妃であったメアリーは夫フランソワ二世が早世し、再婚の機をうかがっていた。そこにダーンリーが現れるとメアリーは一目惚れし、周囲の反対を押し切って結婚する。しかし新しい夫は野心家でかつ浮気者で、二人はすぐに不和となった。

31 一七二七～一七八八。イギリスの画家。肖像画の巨匠として知られるが、一説には自ら風景画家を以て任じ、肖像画は口を糊するための手段に過ぎなかったという。

32 一七九〇～一八六九。フランスのロマン派を代表する詩人。政治家でもあり、一八四八年の二月革命によって、臨時政府の外務大臣となった。

33 ワイト島の北端にある港町。

34 一六八八年のイギリス名誉革命で王位を追われたジェームズ二世の復位を支持した反革命勢力。

35 一八四六〜一九〇一。イギリスの挿絵画家。子供を大人の縮小版として見るのではなく、子供という独自の存在として描くことに注意を向けた最初期の画家と言われる。

36 一七八八〜一八二四。ロマン派を代表するイギリスの詩人。ヨーロッパを遍歴、ギリシャ独立戦争に参加した。なお最初のヨーロッパ旅行後に書き上げた代表作は『チャイルド・ハロルドの遍歴』である。

37 イタリア南部、カンパーニア州にある古代ローマの遺跡。もとはギリシャ人が基礎を築いたポセイドニアと呼ばれる街であった。

38 二〇五〜二二二頃。その退廃ぶりで世紀末の芸術家たちに愛されたローマ皇帝。

39 紀元前六三〜紀元一四。ローマ帝国初代皇帝。養父カエサルの後継者。

40 一一一〜一三〇頃。ローマ皇帝ハドリアヌスの愛人であった少年。注7も参照。

41 ギリシャ神話に登場する、シチリアの美男の羊飼い。

42 リージェント・ストリートはロンドン中心部の大通り。メッシーナはイタリアのシチリア島にある港湾都市。

43 スコットランドの作家ウォルター・スコット(一七七一〜一八三二)の同名小説の主人公。ただしスコットランドを舞台にした作品を多く残したスコットにあって、『アイヴァンホー』の舞台はイングランドである。

44 スペイン発祥のイタリア貴族の家系。政略に長け、ローマ教皇などを輩出。陰謀、好色、残忍などのイメージがつきまとう。注88も参照。

45 ロンドン中心部の地区。

46 この人物のモデルはあるいはエイダ・メンケン(一八三五〜一八六八)かもしれない。アメリカの女優で、裸体のように見える肉襦袢のみを身につけて馬に乗る「マゼッパ」という芝居で一世を風靡した。舞台はロンドンやパリにも巡業し、メンケンは当時最も大金を稼ぐ女優と言われた。小説家のアレクサンドル・デュマ(一八〇二〜一八七〇)などとの恋愛でも知られる。

47　シェリーズはルイ・シェリー（一八五五〜一九二六）が創業したレストラン。ウォルドルフはドイツ系の富豪であるアスター家が創業したホテル。どちらもニューヨークを代表する社交場であった。

48　ニューヨークのレストラン。ロウアー・マンハッタンで開業し、一躍高級レストランの代名詞となった。ステーキが有名で、アメリカのレストランで初めてアラカルトでの注文やワインリストを導入したとも言われる。

49　ジョセフ・チェンバレン（一八三六〜一九一四）。イギリスの政治家。経営者として成功したあとバーミンガム市長を経て国政に進出。ボタン穴の蘭と片眼鏡は彼のトレードマークであった。同じく政治家でノーベル平和賞を受けたオースティン・チェンバレン、イギリス首相となったネヴィル・チェンバレンは息子。

50　デヴィッド・ギャリック（一七一七〜一七七九）。イギリスの俳優。演劇の近代化に大きな役割を果たした興行主でもあった。

51　一六八八〜一七四四。イギリスの詩人。独学で古典を学んだ技巧派。上流階級を読者としたため、詩風は貴族好みで機知に富む。

52　一六〇八〜一六七四。イギリスの詩人。代表作『失楽園』はダンテ『神曲』とも並び称される長編叙事詩である。後半生は盲目となった。

53　一八〇九〜一八九二。イギリスの詩人。評価を受けるまで永い時間を要したが、晩年は桂冠詩人となり男爵に叙せられた。

54　一七五一〜一八一六。アイルランド出身の劇作家、政治家。代表作『悪口学校』は英語で書かれた風俗喜劇の傑作に数えられる。

55　一六六七〜一七四五。イギリス系アイルランド人の作家。『ガリヴァー旅行記』をはじめとする、諷刺的な作品で知られる。司祭でもあった。

56　一八一二〜一八七〇。イギリスの小説家。ヴィクトリア朝時代を代表する文豪であり、下層階級に寄り添った温かみのある作品が多い。

57 フランスの作家アルフォンス・ドーデ（一八四〇〜一八九七）の出世作、『フロモンとリスレール』（一八七四）の登場人物。

58 キティラ島とも。エーゲ海の出入口に位置するギリシャの島。アフロディテの生地とされ、「愛の島」として多くの芸術家に霊感を与えた。なおこの島とショパンの関係は不詳だが、作曲家のクロード・ドビュッシー（一八六二〜一九一八）は『リリアン卿』刊行の前年（一九〇四）、画家ヴァトーの有名な「シテール島への巡礼」に触発されて「喜びの島」を作曲している。

59 モデルはフリードリヒ・アルフレート・クルップ（一八五四〜一九〇二）。ドイツの実業家、政治家。カプリ島を愛し、海洋研究の傍ら、海沿いの岩壁を掘削し「ヴィア・クルップ」と呼ばれる風光明媚な坂道を作らせ、島の名勝とした。ところが一九〇二年、その島でクルップが「フラ・フェリーチェ団」なる秘密結社に所属し、青年たちと同性愛の宴を開いたことが一斉に報じられる。肥大化するスキャンダルに対処する術を持たず、クルップは自殺した。解説も参照。

60 このようなかつての女性との恋への回顧は、フェルサン自身の詩集『埋もれた愛』の主題でもある。詩の多くは、スキャンダルによって絶縁状態になった元の婚約者に宛てられている。

61 紀元前二七〇年頃に活躍した古代ギリシャの詩人。「牧歌」の概念を確立した。

62 アカデモスはギリシャ神話に登場する英雄。アテナイの王テセウスは十二歳のヘレネを妻にすべく拐かした。激怒した兄たちはアッティカに攻め入り、アテナイを滅ぼすと警告する。そこでアカデモスはヘレネが閉じ込められている場所を教え、アテナイを滅亡から救ったのである。それ以来、アカデモスの領地は聖域とされ誰にも占領されることがなかった。アカデモスの死後、土地はアカデミアと呼ばれ、土地の北西には領主の墓地を守るように茂みが作られた。後にプラトンがこの場所で講義を行ったので、俗に学問の世界のことを「アカデモスの茂み」と呼ぶのである。

63 マルタの首都。当時は大英帝国領である。

64 ギリシャ、アッティカ地方の港湾都市。

65 ローマ神話の葡萄酒の神。ギリシャ神話のディオニュソスに当たる。酩酊と狂乱の神でもある。

66 古代ギリシャの勝利の女神。ローマ神話のウィクトーリアに当たる。これは無論、ヴィクトリアという名の元である。

67 ジャン・ロランの小説『彷徨える悪徳』(一九〇二)にも、放蕩者ノロンソフ皇子が「アドニス祭」という途方もなく贅沢な催しを開く場面がある。

68 ヘルメスの持物。柄に二匹の蛇が巻き付いた杖で、頂には翼がついている。

69 ロンドンはコヴェント・ガーデン地区のドルリー通りにある劇場。

70 「陽気なパリジェンヌ」は実在する二幕もののミュージカル喜劇。脚本はジョージ・ダンス。アーネスト・ルースデン作曲で、一八九四年十月にノーザンプトンのオペラハウスで初演。二年後の一八九六年四月には新たにイヴァン・キャリルの作曲でロンドンのデューク・オブ・ヨーク劇場にかかり、三六九公演のロングランとなった。このときパリジェンヌ役を演じたのはエイダ・リーヴである。

71 バッカスの従者。禿頭の肥満した酔漢として描かれる。

72 この一文には、象徴派の詩人ポール・ヴェルレーヌ(一八四四〜一八九六)の次の詩文の影響が見られる。「屋根の向うに/空は青いよ、空は静かよ!」(堀口大學訳)。これは同棲していた詩人ランボーに発砲した廉で収監された経験を持つヴェルレーヌの、囚人による悲哀の唄である。

73 このスキルドの手紙がオスカー・ワイルドの『獄中記』の模倣であることは明らかである。

74 西班牙芫青はツチハンミョウ科の昆虫。西班牙蠅とも。体内にカンタリジンという成分を蓄えており、これを摂取すると尿道の血管が拡張し充血を起こす。西洋では古代から催淫剤として用いられ、サド侯爵がいわゆる「マルセイユ事件」で娼婦に飲ませたのもこれである。コーラはアフリカ原産の植物で、カフェインを含むことから飲み物の調合に用いられる。リリアンは乾燥させた西班牙芫青の粉末をコーラの果汁に溶いたものを飲んだのであろう。

75 俗に、ノルマンディー地方の人々は狡猾であると言われる。

76 クアドリは老舗カフェが集まるサン・マルコ広場にある店。創業は一七七五年。

77 古代エジプトの王。ヘロドトスによれば、軍勢を率いてヨーロッパに攻め込んだ。

78 パリスの審判は、トロイアの王子パリスが、ヘラ、アテナ、アフロディテ（ヴィーナス）の三女神で最も美しい女神を判定するというギリシャ神話の物語。そもそもは、最も美しい女神に林檎が与えられるという約束であったが、三女神があまりにも激しく林檎を奪い合ったので、ゼウスの命令でパリスが審判役となった。結局、ヴィーナスが勝利するが、それがきっかけでトロイア戦争が起こる。

79 前項のヴィーナスの林檎に対して、男性神のアポロンで切り返している。梨はその形状から、男性器に例えられることもある。

80 古代ギリシャの青年。とくに軍事訓練を受けている最中の十代後半の若者を指す。

81 古代ローマの神話に登場する家畜や田園の神。狼の毛皮や花冠をまとい、酒杯を持った姿で描かれることが多い。ギリシャ神話のパンと同一視される。女性のファウヌスはファウナと呼ばれる。

82 ジョゼファン・ペラダン（一八五八〜一九一八）のこと。フランスの神秘主義小説家。秘密結社「薔薇十字団」の復活を目指し、「薔薇十字のサロン」を主催。バビロンの王から授けられたという、最高位の司祭を意味する「サール」の肩書を名乗り、現代社会の即物的な物質主義を捨て、芸術・美・宗教・詩に回帰することを説いた。

83　フォーブール・サンジェルマン。現在のパリ七区に属する左岸の一地域で、貴族や成功を収めた市民など富裕層の邸宅が集まっていた。ヴァレンヌ通りもこの地区にある。

84　フランス演劇のストック・キャラクターである奸智に長けた従者。イタリアのコメディア・デラレテに登場するアルレッキーノと共通点が多い。

85　炭酸アンモニウムを主成分とする気つけ薬。ヴィクトリア朝のイギリスでは、失神した女性の目を覚まさせる目的で利用することが流行した。嗅ぎ塩を香水を混ぜた酢に溶かし、海綿に染み込ませたものを、凝った細工を施した小壜に入れて持ち歩いた。

86　一八〇九〜一八四九。アメリカの小説家、詩人。ゴシック風の恐怖小説を多くものし、推理小説の父とも呼ばれる。貧苦のうちに没したがその評価は欧州でにわかに高まり、フランスの象徴派にも大きな影響を及ぼした。

87　シェイクスピアの戯曲「オセロ」の登場人物。夫の部下の謀略により密通を疑われ、夫の手にかかって死ぬ。

88　一四七五〜一五〇七。ルネサンス期のイタリアの政治家。父ロドリーゴが教皇アレクサンデル六世となったことで自らも若くして枢機卿の座につき、当時の複雑な政治情勢のなかで精力的に活動する。一方、弟フアンを殺害したと噂されるなど残虐な面も目立つ。ローマで父と共に倒れた際は、毒入りワインを飲んだことが原因とされた。妹ルクレツィアとの近親相姦の噂はつとに有名だが、このルクレツィアは常に毒を仕込んだ指輪をはめていたと言われるなど、現在では悪女の一典型となっている。

89　三者ともにルネサンス期のイタリアの画家。とくにティツィアーノとヴェロネーゼは、当時のヴェネツィアを代表する巨匠であった。

90　ペルゴレージ（一七一〇〜一七三六）はイタリアのナポリ楽派の作曲家。オペラ・ブッファの基礎を築いた。ヴェルボーサは不詳。

91 富裕な商人であったヴェンドラミン家が所有していた宮殿。長期滞在のために建物の中二階を丸ごと借りていた作曲家のワーグナー（一八一三～一八八三）はここで死んだ。現在はホテル兼カジノになっており、ワーグナーの記念館もある。

92 ジャンセニスムは十七世紀から貴族を中心に流行したキリスト教の思想。アウグスティヌスの人間観の上に、人間は生れつき罪にまみれており、恩寵によってのみ善に向かい得ると説いた。

93 『アマディス・デ・ガウラ』の登場人物。同書は十四世紀から書き継がれた騎士道物語の記念碑的作品。十六世紀に本国スペインで流行し、セルバンテスが『ドン・キホーテ』を著すきっかけの一つとなった。早い段階でフランス語に翻訳され、十七世紀にはジャン＝バティスト・リュリによってオペラ化されている。

94 紀元二〇～四八。ローマ皇帝クラウディウスの妃。冷酷、強欲、淫奔で知られ、宴会の席で誰彼の見境いなく交わった、娼婦に化けて売春宿で客をとった、などの伝説がある。

95 一八三八～一九二九。第三共和制時代のフランス大統領。在任一八九九～一九〇六。言うまでもなく、『リリアン卿』発表当時の元首である。

96 ここで示唆されているのはシャルル・ペローの童話「ロバと王女」。グリム童話にも類話「千匹皮」がある。

97 娼館のこと。

98 この登場人物は、その詩の書きぶりも含めて、リリアン卿以上に作者フェルサンの影を留めているとも言える。アクセルという名は、フェルサンの父の名でもある。

99 アンリ・ファンタン＝ラトゥール（一八三六～一九〇四）。フランスの画家。静物画や、画家・作家たちが集合したところを描いた肖像画で知られる。

100 十七世紀に流行した男性用のゆるやかな半ズボン。スカート状で、両脇に房飾りをあしらう。

101 今日の乗馬服に見られるような、ぴったりした膝丈のズボン。

102 ハンス・アクセル・フォン・フェルセン（一七五五～一八一〇）は作者フェルサンの祖先である。スウェーデンの名門貴族に生れ、国王グスタフ三世の寵臣として活躍。フランスを第二の故郷とする一家に育ち、自身もパリ社交界の花形であった。仮面舞踏会で同年のフランス王太子妃マリー・アントワネットと出会い、恋仲となる。フランス革命に際しては国王一家を救うために奔走している。なおグスタフ三世の時代、スウェーデンは文化的な勃興期を迎え、芸術や啓蒙思想が花開いている。解説も参照。

103 パリのリシュリュー通りとイタリアン大通りを結ぶパサージュ。パサージュは屋根付きの商店街で、十八世紀末から二十世紀初頭にかけて、既存の商店街を接続する形で造成された。かつてのパリは未整備の道が多く、馬車の通行も多かったため歩行者には不便であった。そこで歩行者専用のパサージュ（抜け道）が設けられ、さらには屋根をつけ、内装も美しく整えることで、百貨店が登場するまでの主要な商業施設として隆盛した。なお「プランス」は「王子たち」の意。

104 ギリシャ神話の巨人族の女神。月の女神アルテミスの祖母に当たる。アルテミスもこの名で呼ばれることがある。詩語としては、月の異称である。

105 ヨハン・スヴェンセン（一八四〇～一九一一）、グリーグ（一八四三～一九〇七）は、ともにノルウェーの作曲家。ハルトークは未詳だが、あるいはオランダの作曲家エドゥアルト・デ・ハルトーク（一八二五～一九〇九）を意識したものか。

106 十七世紀のいわゆる「フランドル戦争」ではなく、フランドル都市連合がフランス軍を破った「金拍車の戦い」（一三〇二年）を指すのだろう。

107 いわゆる百年戦争の一環で、一三四六年に起こった。ここではイギリス軍が二倍の勢力を持ったフランス軍を破っている。

108 赤い薔薇はランカスター家の紋章。ウォーリック家が味方したヨーク家の紋章は白薔薇の図案である。両家の争いが薔薇戦争と呼び習わされる所以である。

109 英国王チャールズ一世（一六〇〇～一六四九）は、ホリールード宮殿でスコットランド王として戴冠した。清教徒革命に伴い収監、ホワイトホール宮殿で公開処刑された。

110 初代バッキンガム公爵、ジョージ・ヴィリアーズ（一五九二～一六二八）。チャールズ一世と二世に仕えた重臣。ルーベンスによる肖像画が有名である。

111 現在のベルギーのトゥルネー近郊で行われた会戦。オーストリア継承戦争の一環をなす。

112 提督ホレーショ・ネルソン子爵（一七五八～一八〇五）。イギリス屈指の英雄であり、ロンドンのトラファルガー広場に記念柱がある。

113 ナポレオン戦争最後の一戦。一八一五年六月十八日、ベルギーのワーテルロー近郊で、イギリス軍、オランダ連合軍、プロイセン軍がナポレオン率いるフランス軍を打ち破った。

114 いずれもナポレオン戦争時代の人々である。英国王チャールズ四世（一七六二～一八三〇）は当時摂政皇太子であった。ウェリントン公爵アーサー・ウェルズリー（一七六九～一八五二）はナポレオン戦争で武勲を重ね、後に英国首相となった。ワーテルローの戦いの名付け親でもある。カスルリー子爵ロバート・ステュアート（一七六九～一八二二）はアイルランド系のイギリスの政治家。ワールシュタット公ゲプハルト・レベレヒト・フォン・ブリュッヒャー（一七四二～一八一九）はワーテルローの戦いでプロイセン軍の総司令官を務めた軍人。

115 一八八六年創業のパリのレストラン。マルセル・プルースト（一八七一～一九二二）をはじめとする多くの常連客がいた。

116 シャンパーニュの銘柄。

117 イタリアのコメディア・デラルテに端を発するストック・キャラクターの一。

118 これはフランスの劇作家エドモン・ロスタン（一八六八～一九一八）の韻文劇「鷲の子」を示唆していると思われる。この一九〇〇年の作品はライヒシュタット公爵とも呼ばれたナポレオン二世を取り上げた悲劇で、非常な好評を博した。残酷な運命を負った病弱で夢見がちな皇子の役は、サラ・ベルナールとエドゥアール・ド・マックスが交互に演じた。

119 慈善活動家のモンティオン男爵（一七三三～一八二〇）が設立したアカデミー・フランセーズ主催の文学賞。人類の向上に寄与した作品に送られる。モンティオンはまた「美徳賞」なるものも設立しているが、これは自己を犠牲にして他者に尽くしたひとに贈られる賞で、しばしば伝道師などが受賞した。

120 「牛の尾」の意。「尾」queue は男根の俗語でもある。

121 パリのモンマルトル大通りとサン＝マルク通りを結ぶパサージュ。パノラマの名は、かつてパサージュの入口を飾った大きな風景画に由来する。パサージュには男娼の集まる場所としての側面もあったが、このパサージュはとくに悪名高く、しばしば警察の取り締まりの対象となった。例えば警察署長であったカンレはその『回想録』（一八六二）のなかで、このパサージュでの逮捕劇の数々を思い起こしている。注103も参照。

122 一ルイは二十フラン。

123 謝肉祭の最終日、いわゆる「マルディ・グラ」ではパレードが行われ、人類の王、すなわちイエス・キリストなどを象った山車も出る。

124 フランスでは、ときの大統領フランソワ・ミッテランの指示で廃止される一九八〇年代まで、警察によって同性愛者の名簿が作られていた。

125 パリ最高峰の紳士クラブ。馬種改良奨励協会として発足し、徐々に貴顕紳士の社交場として機能するようになった。とくに第二帝政期から第三共和制の時代にかけて、クラブのメンバーは大きな権力を持っていた。クラブはパリ八区のラブレー通りに現存する。

126 一フランに当たる。

127 ヒモの意。

128 原文 Latrouille。話し言葉で avoir la trouille といえば「びくびくする」の意になる。

129 ローマ神話の商人の神で、ギリシャ神話のヘルメスに当たる。直前に月の女神ディアナの名前が出たことからの連想だが、実際はメルクリウス Mercure が「水銀」をも意味することにかけた洒落である。当時、梅毒の治療には塩化水銀が用いられていた。兵士たちとの行為に及べば、梅毒にかかって塩化水銀が必要になるだろう、ということである。

130 靴の赤い踵は、十七世紀の貴族の流行。ここから「赤い踵」には、洗練されている、趣味がよい、などの意味がある。

131 モーリス・バレス（一八六二～一九二三）はフランスの作家、ジャーナリスト。保守派で、反ドレフュス派の論客であった。代表作は一八八八年から一八九一年にかけて書かれた『自我礼拝』。

132 ジョリス＝カルル・ユイスマンス（一八四八～一九〇七）はフランスの作家。代表作『さかしま』は退廃文学の金字塔とされ、オスカー・ワイルドの『ドリアン・グレイの肖像』においても、ドリアンに決定的な影響を与える書物として登場している。文体は緊張感に溢れ、描写は過密である。ユイスマンスは後に『彼方』で悪魔主義を描くが、やがてカトリックに改宗する。

133 警察関係者の回想録は十九世紀に人気を博したジャンルであった。その多くは同性愛者の摘発についても紙数を割いている。例えば元犯罪者の密偵フランソワ・ヴィドック（一七七五～一八五七）も、その『回想録』によってユゴーやバルザック、ポーなどの作家に影響を与えている。注121も参照。

134 むろん「超人」はカントではなく、ニーチェ（一八四四～一九〇〇）が提出した概念である。ここで展開されている議論も多分にニーチェ的。

135 中東の古代神。「血塗られた魔王」と呼ばれ、人身供犠の対象であった。

136 旧約聖書に登場する古代イスラエルの唯一神。近年ではヤハウェと表記することが多い。

137 イスラム教の唯一神。前項のエホバに対応する。

138 ギリシャ神話の庭園、果樹園の神で、豊穣を司る。巨大な一物を勃起させた姿で描かれる。古代ローマの詩集『プリアペイア』はこの神に関連する詩を集めたもので、その多くが少年の美を歌っている。

139 一七八八〜一八六〇。ドイツの哲学者。『意志と表象としての世界』（一八一九）で知られ、インド哲学、仏教への造詣も深い。日本を含め、多くの思想家や作家に影響を与えた。

140 一八〇九〜一八八二。イギリスの自然科学者。『種の起源』（一八五九）に代表されるいわゆる「進化論」と、自然科学における科学的探求の方法論がもたらした影響はあまりに大きい。

141 一三三〇〜一四一八。フランスの出版人。賢者の石の精製に成功した錬金術師であったとも言われるが、『象形寓意図の書』をはじめとするその著書は偽書であるとの見方も強い。

142 コーラが女優サラ・ベルナールのことであるとすれば、これはパリのサラ・ベルナール劇場を指すことになる。注23も参照。

143 ド・マリニー（一二六〇〜一三一五）はフランスの政治家。端麗王と呼ばれたフィリップ四世の侍従長であった。中央集権化を推し進めていたフランスは当時非常な財政難に陥っており、王は様々な手段で資金調達をしていたが、その一端としてヨーロッパ最大の騎士修道会であったテンプル騎士団の財産没収を思いつく。その方法として選ばれたのが、騎士団に異端の烙印を押すことであった。団員は悪魔崇拝、男色などの廉で告発され、指導者たちは処刑された。このような暴政を陰で支えていたド・マリニーは、王の死後に収賄の容疑で逮捕される。しかし収賄ではたいした罪にはならないため、ド・マリニーを疎んじていた他ならぬ王弟、シャルル・ド・ヴァロワによって魔術を使った罪で重ねて訴えられ、モンフォーコンの絞首台で公開処刑となった。
144 ヤン・フス（一三六九頃〜一四一五）はボヘミアの宗教家。反教権の立場から聖書をよりどころとする純粋な信仰を説き、プロテスタント運動の先駆けとなった。カトリック教会を破門されたフスは、教会内の異端を一掃することを目的の一つに掲げたコンスタンツ公会議で有罪となり、火刑に処された。
145 モンテスパン侯爵夫人フランソワーズ・ド・モルトゥマール（一六四〇〜一七〇七）はフランス国王ルイ十四世の寵姫として絶大な権力をほしいままにしていたが、その金遣いの荒さと高慢から徐々に王の心は離れていった。加えて容色の衰えに絶望したフランソワーズは、魔女と呼ばれたラ・ヴォワザンと結託し、赤ん坊を犠牲に供す黒弥撒を開くようになる。毒殺や堕胎も請け負っていたラ・ヴォワザンはやがて逮捕され、一六八〇年に処刑されるが、得意客には有力貴族も多くおり、大変なスキャンダルとなった。結局、国王の保身のためにフランソワーズの名前は伏せられたが、もはや王との関係は修復不可能であった。
146 フェルサンが一九〇三年に起こした事件に連座したアルベール・ド・ワーレンがモデルとなっている。
147 『リリアン卿』初版の表紙画を描いたアメリカの漫画家、クロード・シンプソンのもじり。
148 当時のフランスでは煙草は専売であったから、退役軍人への恩典の一つとして、販売許可が与えられることがあったのである。
149 オルセー河岸はフランス外務省の所在地であったことから、この役所の俗称ともなっている。同時にこの場所は、同性愛者のいわゆる「発展場」としても有名であった。
150 この名前は、マルセル・プルースト『失われた時を求めて』の登場人物であるシャルリュス男爵と酷似している。一般的に男爵のモデルとしては、ユイスマンス『さかしま』の主人公にもモデルを提供しているロベール・ド・モンテスキュー伯爵や、男爵と同じようにヴァイオリニストに恋をしたジャック・ドアザン男爵、それにオスカー・ワイルドなどが挙げられるが、プルーストの幼友達であるモーリス・デュプレーの証言によれば、当時パリの男娼世界に暗躍したぽん引きで、歌手でもあったシャルリュスという人物がおり、男爵の名前はそこから採られたのだという。

151 ジャン＝バティスト＝アンリ・ラコルデール（一八〇二〜一八六一）はフランスの聖職者でジャーナリスト。フランス革命で衰退したドミニコ会を復興させた。十九世紀を代表する説教の名人と言われ、青少年の教育について多くを語った。

152 アレクサンドル・ネフスキー（一二二〇〜一二六三）はノヴゴロド公、キエフ大公、ウラジーミル大公を歴任した貴族。侵略者を相手に数々の軍功を挙げた。ロシア史上最大の英雄と言われ、聖人に列された。パリ八区にも、ネフスキーの名を冠したロシア正教の大聖堂がある。

153 アウルス・ウィテリウス（紀元一五〜六九）はローマ皇帝。暴君ネロの死に続く混乱期に即位するが、在位わずか一年で処刑される。

154 ジョゼファン・ペラダンの「薔薇十字のサロン」には多くの裕福な通人が集っていたが、『リリアン卿』発表当時はすでに廃れていた。注82も参照。

155 アシル・エセバク（一八六八〜一九三六）のこと。フェルサンの友人で、『デデ』や『リュック』など、少年同士のプラトニックな恋を素材に、悲劇的な結末を迎える感傷的な小説を書いた。自身も若者の写真を撮影していたが、小説の表紙には、フォン・グレーデン男爵が撮影した少年の半裸写真が用いられることもあった。解説も参照。

156 ロベール・ド・モンテスキュー＝フェザンサック伯爵（一八五五〜一九二一）のこと。美学を追求するダンディ、詩人として、多くの文学作品にモデルを提供した（注150も参照）。文学者として成功を収めたとは言い難いが、『蝙蝠』『青き紫陽花』『紅真珠』などの詩集には相当の影響力も認められる。なお本文の「若い男爵」は、あるいは秘書兼恋人であったアルゼンチン出身のガブリエル・イチュリを指すか。

157 一八二一〜一八六七。フランスの詩人。生前に発表した唯一の詩集である『悪の華』がその退廃的な作風により罰金刑を受ける。ヴェルレーヌ、ランボー、マラルメなど後続の詩人に絶大な影響を与え、近代詩の父とも称される。

158 不詳。パリの社交界では若い美男の俳優を呼んで詩の朗読をさせるのが流行であった。

159 紀元前七世紀から前六世紀を生きた古代ギリシャの女性詩人。その詩は生前から読まれ、プラトンによっても高く評価されたが多くは散佚した。出身地のレスボス島に選び抜かれた娘のための学校を作ったことなどから同性愛者であったと言われるようになり、島の名はレズビアンの語源となった。

160 この一節にモデルを提供した人物については不詳。

161 「ぶれぶれ」と訳した boulestiner という動詞は、フェルサンの友人であったグザヴィエ・マルセル・ブレスタン（一八七八〜一九四三）の姓をもじった造語であると思われる。小説家コレット（一八七三〜一九五四）の最初の夫、ウィリーことアンリ・ゴーチエ・ヴィラール（一八五九〜一九三一）の秘書兼代作者であったブレスタンは、ウィリーが量産するモデル小説にしばしば同性愛者として登場し、自身も一九〇九年、フェルサンが発行した雑誌「アカデモ」において同性愛小説「モーリスの交友関係」を連載した。後には料理人としても頭角を現し、初めてテレビ番組を持つシェフとなった。英語圏の一般家庭にフランス料理を広めた一人とも言われる。

162 イスラムの伝説に登場する魔物。墓を暴いて屍肉を喰らう。

163 パリ九区にあるミュージック・ホール。有名なムーラン・ルージュを作ったジョセフ・オレールにより一八八八年に創業された。

164 当時売り出し中であった化粧品の商品名。

165 一五九九〜一六六〇。スペインの宮廷画家で、バロック期の巨匠。

166 システィナ礼拝堂の聖歌隊の声、すなわち女性的なカウンター・テナーの声ということ。

167 フェリックス・アルヴェール（一八〇六〜一八五〇）はフランスの詩人、劇作家。ロマン主義運動に先鞭をつけ、幻想文学の祖とも言われるシャルル・ノディエ（一七八〇〜一八四四）の娘マリーに捧げられた「秘密」と題した詩は当時の文学愛好家のあいだで広く朗唱され、今日アルヴェールはただこの詩の作者としてのみ記憶されている。本文でギーがリリアンに述べている言葉は、「わが魂に秘密あり、わが人生に神秘あり」と書き出されるこの詩と重なるものである。

168 「独身女性専用」という標識が、当時汽車の一部の車輌などに掲げられていた。

169 レオン・ガンベッタ（一八三八〜一八八二）はフランスの政治家。首相に就任して間もなく、ピストルの暴発により急死。レオニー・レオン（一八三八〜一九〇六）という愛人がいたが、以前にも別の男性の子を産んでいた彼女は結婚には応じなかったという。

170 ラテン地区の意。セーヌ左岸、学びの場を多く擁する地区であり、ラテン語を共通言語とする学生が各地から集っていたことからその名がついた。

171 パリ八区、マドレーヌ寺院に隣接するマドレーヌ広場。生花市が立つ広場として知られる。

172 一六一九〜一六五五。フランスの剣士で作家。ただしここで話題になっているのは、彼を主人公にしたエドモン・ロスタンによる同名の芝居（一八九七）のほうであろう。シラノを鼻の大きさに悩む騎士として描いたこの作品は五百日も興行が続く大当たりを取ったと言われる。実際には背徳的な内容ではないが、ここで管理人たちは無教養な者として描かれているので、売れるからには卑猥な芝居であろうと考えているのである。注118も参照。

173 どちらもシャルル・ボードレール『悪の華』所収の詩篇。題名は堀口大學訳に拠った。注157も参照。

174 エドゥアール・ド・マックス（一八六九〜一九二四）のこと。豪傑で鳴らした著名な舞台俳優。同性愛者の芸術家たちの花形であり、作家アンドレ・ジッド（一八六九〜一九五一）は彼に戯曲『サウル』を捧げ、ジャン・コクトー（一八八九〜一九六三）は彼の庇護によって名声を得たとも言われる。ジャン・ロランの書いた戯曲『プロメテウス』では全裸で舞台に立った。

175 『アドニス礼讃——サド侯爵風に』は他ならぬフェルサンが一九〇二年に発表した詩集。

176 アルベール・サマン（一八五八〜一九〇〇）はフランスの象徴派詩人。ボードレールに強い影響を受け、退廃的な主題を、保守的なロマン主義風の言葉で紡いだ。自作をキャバレー「シャ・ノワール」で朗読し人気を博したという。

177 一八四〇〜一八九三。ロシアの作曲家。

178 古代ギリシャ人がバルカン半島に建設したと言われる都市。その後、東ローマ帝国の首都、コンスタンティノポリスとして栄える。現在のイスタンブールの旧市街に当たる。世紀末の芸術家たちにとってこの都市の名前は、ローマ帝国の退廃を思わせる一種ユートピア的な響きを持っていた。

179 バイエルン王ルートヴィヒ二世（一八四五〜一八八六）は、神話と音楽の世界に生き、財政難を無視して城の建築に熱中した「狂王」。美青年を愛し、女嫌いであった。シュタルンベルク湖で謎の死を遂げる。現代に至るまで、多くの芸術家に素材を提供している。

180 アントワーヌ・コワズヴォ（一六四〇〜一七二〇）はフランスの彫刻家。若くして才能を開花させ成功を収める。とくに大理石の扱いに優れ、彫刻の新時代を切り拓いた。

181 アントワーヌ・ヴァトー（一六八四〜一七二一）はロココ時代のフランスの画家。「ラ・フィネット」は一七一七年頃に制作された、ギター様の古楽器を持つ少女の絵。注58も参照。

182 フランスの中等教育制度で最後の二年間に当たる哲学級の下の学年。

183 ロバート・ブラウニング（一八一二〜一八八九）はイギリスの詩人。早熟であまりに難解な詩を作ったため評価されなかったが、五十代のときの作品『指輪と本』でようやく地位を確立する。妻エリザベスも詩人であった。

184 ダンテ・ガブリエル・ロセッティ（一八二八～一八八二）か。今日ではラファエル前派の画家としてよく知られているが、詩も多く残している。なお妹のクリスティーナ、父のガブリエーレも詩人である。

# 解説

フランス文学に「鍵小説」roman à clef という概念がある。十七世紀、貴族のサロンを中心に近代小説が隆盛すると、半ば必然的に、実在の事件や人物がその物語に取り込まれるようになった。だがあからさまな言及で利害を生じれば筆禍を招きかねない。そこで一種の安全策として、筆者による韜晦が行われた。読者は文中に散りばめられた暗示や、あるいは関係者との人脈から独自に「鍵」を入手し、虚構の幕の向こうに透けて見える実際の「事件」を追体験するのである。むろん、事実がどうであったかということにはさほどの意味もない。いつの時代もひとは噂話に目がなく、しかもそれが解きがたい秘密に包まれているとなると、なおさら快楽を覚えるのである。このような小説の流行は同時に、それまで文学の周縁に追いやられていた小説というものが、社会性の獲得を通して磨かれてゆく一助にもなっただろう。日本には「鍵小説」を作品の区分とする習慣はないが、それは逆に、明治時代に流入した自然主義が煮詰められ、そこから「私小説」という近代小説の髄を濾し取ってきた経過があるためでもあろう。つまり日本文学はむしろ多分に「鍵小説」的であることが普通なのである。そもそも古典において、すでに実在の宮廷貴族の人間関係を作品に描き出すことが当然のように行われていたのだから、醜聞を虚構化することにかけては日本のほうが先行していると言ってもよいかもしれない。

本作『リリアン卿』もまた、「鍵小説」であることを第一の特徴とするテクストとして知られる。だが作中の主人公よりも遥かに自由な生を謳歌したこの唯美主義者の代表作を、ただの実話小説の類に矮小化することは避けねばなるまい。作中に描かれるのは決してフェルサン自身が引き起こした「黒弥撒事件」とその周辺の状況だけではない。そこにはフェルサンの理想とした美的な世界が、それ以上の執拗さでもって刻みつけられている。ここでは小説をより深く味わうのに有益な「鍵」を提供するとともに、これまで日本に紹介されることのほとんどなかったフェルサンとその芸術についても、いくらか論じてみることにする。

## フェルサンの系譜と生いたち

ジャック・ダデルスワル＝フェルサン（Jacques d'Adelswärd-Fersen　一八八〇～一九二三）はパリに生れた。母ルイーズ・エミリー・アレクサンドリン・ヴューラーはアルザス地方出身のカトリック教徒。その父親トマ・ミシェル・アレクサンドルは政府に奉職した後「ル・パリ・ジュルナール」誌の編集長を務めたほか、パリで発行されていた新聞「ル・ソワール」を創刊した人物である。

母方の家系についてはそれ以上のことはよくわかっていないが、プロテスタントである父方の先祖、ジョルジュ・アクセル・ダデルスワル男爵が祖国からフランスへやって来たのは一八〇六年のことである。スウェーデンの軍人であった男爵はフランス軍によって捕えられ、国境にほど近いムルト＝エ＝モゼル県のロンウィに収監されていた。しかし男爵は釈放後もそこへ留まり、土地の公証人の娘、アンヌ・ベルナールと結婚したのである。

ダデルスワル家で注目すべきはフェルサンの祖父に当たるルノー・カシミール・オスカーであろう。兵役が済むと、彼はロンウィに製鉄所を開き、地元に大きな富をもたらした。その功績で政治の世界にも足を踏み入れ、パリの国民議会では同じく議員であった文豪ヴィクトル・ユゴーと親しく交わったという。

その息子がフェルサンの父、アクセル・ダデルスワルである。パナマで黄熱病にかかり四十歳で没した彼は典型的な金満家の息子であり、これといった業績を残さなかった。ただしヨットを操る技術にかけては一流であったようで、その死を報じた新聞記事はアクセルを「世界中の海を制覇した勇敢なるヨットマン」と称えている。

このような系譜の先に、ジャック・ダデルスワル＝フェルサンは誕生したのである。母方の家系からは文学と出版に対する情熱を、父方の家系からは放蕩の一生を支え得るだけの財産を受け継ぐことになる。しかしフェルサンにとって誰より重要な祖先は、やはりかの有名なハンス・アクセル・フォン・フェルセン伯爵であろう。

名門貴族の長男として欧州を遊学後、フランス軍のロシャンボー元帥の侍従としてアメリカ独立戦争に参加したこの冒険家は、フランス革命の勃発とともにスウェーデン国王の間諜としてヴェルサイユへ送り込まれる。王妃マリー・アントワネットとは二十歳の頃から恋仲であった。このような個人的な事情もあってフェルセンは国王一家の助命に奔走したが、それが失敗に終わったことは

フェルセン伯爵

言うまでもない。本国でも国王グスタフ三世の暗殺という事件が起こり、フェルセンは絶望と失脚とを同時に味わったのである。それでも次代のグスタフ四世が親政を開始すると第一線に返り咲き、元帥にまで昇進、ウプサラ大学の学長も務めた。

かつては貴公子の名をほしいままにしたフェルセンだが、この頃には憂鬱で強権的な中年貴族へと変わり果てていた。革命を起こして恋人を奪った民衆への憎しみを抑えることができなかったのである。憎しみは反射され、民衆の内にも煮えたぎるようになった。そして一八一〇年、王太子カール・アウグストが事故死したのをきっかけに、民衆の鬱憤は爆発する。王太子が死んだのはフェルセンの責任であるという噂が飛び交い、王太子の葬儀の真最中、白昼の広場で、フェルセンは突如として暴徒化した集団によって惨殺されたのである。

フェルサンとフェルセン伯爵の繋がりは、実はさほど濃くはない。先に述べたジョルジュ・アクセル男爵の妻、アンヌ・ベルナールの遠縁の従兄弟に当たるに過ぎないからである。しかし容姿端麗にして多芸多才、恋に生きつつ世界を股にかけ、最期には悲劇的な死を遂げた大貴族を、フェルサンが先達として渇仰しないはずがない。それは彼が自らの姓にその家名を結びつけ、あたかも直系の子孫を演じたことからも明らかである。

さて七歳で父を亡くしたフェルサンは、母と祖母、二人の妹とパリで暮した。末の弟レノルドは夭逝している。つまり女性に囲まれていたので、ときには健全な発育のためと称して、伯父ギュスターヴに預けられることもあった。この伯父はフランス北部では名の通った溶鉱炉の技術者であると同時に酒造家でもあり、さらには才能ある画家でもあった。また夏休みには一家がロンウィに所有するエルスランジュと名付けられた邸宅で過ごすこともあったが、フェルサンは製鉄所に隣接するこの息苦しい別荘よりも、イギリス海峡のジャージー島にあった祖父の地所で、花々や蝶と戯れることを好んだようである。

九歳になると学期中は寄宿舎で寝起きするようになった。中等教育を終える十八歳までの間、フェルサンは優秀な生徒で通しているが、なんと同じパリ市内で五度も転校しているのである。いずれも大学進学を前提とする名門校であってみれば、転校が将来像の変化によるものとは考えにくい。むしろフェルサンは単純に集団生活を嫌い、ある時点で我慢の限界を超えると、もうその学校に愛想をつかしてしまう、ということを繰り返していたものと思われる。家族もこれを許したのだから、その溺愛ぶりが窺えよう。彼が母に送った手紙には、自由のない生活が息苦しいこと、巨大な学生寮の不気味な静けさが安眠の妨げになること、運動を強制されるのが耐え難いこと、などが書き連ねられている。また後年の本人の証言によれば、同級生たちからは「娘っ子」と呼ばれ、無理に売春宿へ連れてゆかれるなど、性的な嫌がらせの対象になったことも少なくなかったという。

それでもフェルサンは大学入学資格試験に合格すると、スイスのジュネーヴ大学に進学する。その一八九八年は、初の作品『愛の寓話』を出版した年でもあるが、事実上散佚しておりその詳細は不明である。それよりもこの年の主な出来事として挙げられるべきは祖父の死であろう。フェルサンはフランスへ呼び戻され、莫大な遺産を相続したのである。

パリの大学でいくつかの授業を聴講しながら無為に過ごすうちに、兵役という義務を果たすときが来た。寡婦の息子であるため、その期間は十か月に短縮されている。これを了え、再びパリに戻ったのは一九〇二年の九月であった。これといってやるべきことはなかった。外交官か政治家になろうと漠然と考えつつ、法律学、文学、心理学などをつまみ食いした。自慢はお仕着せを身につけた運転手つきの、ロイヤル・ブルーのダラクの自動車である。

結局、フェルサンは作家として名を成すことに何よりも惹かれた。書くことに関しては、怠惰ではなかったのである。このときすでに『軽妙詩集』(一九〇一)、『アドニス礼讃』(一九〇二)という二つの詩集に加え、雑文集『草稿と気晴らし』(一九〇二)、そして小説『死海の聖母』(一九〇二)を発表していた。パリの文学サロンの花形となるには充分な資格である。何より着道楽で、富豪であった。婦人たちはフェルサンを恋人に、あるいは義理の息子にしたいと望み、いつでも彼を歓待した。才能は問題ではなかったのである。

## 黒弥撒事件の前後

翌一九〇三年は、すでに「黒弥撒事件」の年である。こうしてみると、この事件と、それを素材に書かれた代表作『リリアン卿』とが、いかにフェルサンの人生や芸術の出発点に近いところに位置しているかがわかる。漠然と芸術家としての生を選択しようと思い初めたばかりのフェルサンのその後の航路は、この年にほとんど決定されてしまうのである。

一月、フェルサンはフリードランド通りに独身者用のアパルトマンを借りる。この部屋に警察がなだれこみ、未成年者と猥褻な行為に及んだ疑いでフェルサンを逮捕したのは入居からわずか半年後、七月九日のことであった。なんと二軒となりの建物には、フェルサンの母親が住んでいた。息子の動向を知らずにいたということはないだろう。この母親の愛情の深さにはやや常軌を逸したところがあった。おそらくフェルサンは自分の「犯罪行為」に関しても、それを母親の目から隠す必要を感じなかったのではないか。

翌日から多くの新聞雑誌が事件について書き立てた。フェルサンは共犯者であるアルベール・ド・ワーレン（一八八一〜一九二八）と共に、自宅で木曜日と日曜日の週二回、「黒弥撒」と呼ばれる集いで痴態の限りを尽くし、カルノ、シャプタル、コンドルセなどの名門校の生徒を中心に、上流階級の数知れぬ少年たちを毒牙にかけたというのである。ド・ワーレンとは親しくなったばかりだったが、夭逝した弟と同年ということもあり、フェルサンにはこの悪友がずいぶん可愛かったようだ。

黒弥撒の参加者には、パリの上流階級のなかでも相当の権力者もいたし、カトリックの神父もいたし、作家のアシル・エセバクのような芸術家もいた。貴顕紳士に淑女たちは群れをなしてフェルサンの家を訪れ、一糸まとわぬ少年たちが作り上げる「異教の彫像」と題された活人画の妖しさに嘆息を洩らし、ときには自らも作品の一部となった。例えば高級娼婦であったリアーヌ・ド・プジーが、「美しい尻のヴィーナス」の役で参加したという証言も残っている。男娼の少年たち、すなわち本職のエフェベたちも、輪に入って場を盛り上げた。

このような狂宴に毎週のようにリセの生徒たちが参加していては、噂の立たないはずもなかった。フェルサンがとくにご執心だったのが、カルノ校の優等生で男爵の息子であるルルことルイ・ロクレである。フェルサンはしばしば自ら校門までルルを迎えにいった。教員たちは警戒して学校周辺

ド・ワーレン

を歩き回っていたが、伊達者の青年貴族を怪しむ理由はなかった。フェルサンはいつも堂々と少年たちを連れ去った。何しろ少年たちも、有力者や芸術家の注目を一身に浴びることに魅力を感じていたので、抵抗することは稀だったのである。

だがついに警察が目をつけた。元執事のヴェルプリーが、すべてを吐いた。主人が春から少年たちを家に招いていること。精液のついたハンカチを見つけたこと。いかがわしい写真が机の上にひろげられていたこと……。ヴェルプリーは良識を重んじる人物であったらしく、フェルサンの母親に事情を話してから、こんな主人に仕えるのはごめんだと暇をとっていたのである。

とはいえ容疑者は貴族である。警察は、フェルサンと共犯者のド・ワーレンに、親切にも事前に警告を発したらしい。その証拠に、七月に入るとフェルサンは黒弥撒をぱたりとやめ、かねて交際していたブランシュとの婚約に動き出した。実業界でも成功していた子爵家の娘である。七月十一日から旅行に出る計画も立て、高跳びの準備は万全であった。ド・ワーレンは一足先に偽名を使い、ニューヨークへ逃げている。

だがそこへ、折悪しく複数の脅迫状が届いた。差出人は宴を彩った男娼の少年たちである。ボシェ、ベレ、コテなど、フェルサンは十五歳から二十歳前後の男娼を少なくとも六人、黒弥撒に参加させていた。最初にフェルサンと出会ったのはボシェである。大通りでボシェに声をかけたフェルサンは、自慢の愛車で彼を自宅へ連れ込み、自慰を見せるように言い、しばらくすると今度は口淫に及んだ。そして仲間の紹介を依頼したのである。

手紙は匿名であったが、その内容から誰が書いたかは明らかであった。ただでさえ疑惑の渦中にあるフェルサンにとって、これはむろん歓迎すべからざる事態である。しかも困ったことに、手紙はブランシュの父、モープー子爵にも送られてしまった。破談は時間の問題であった。

だが脅迫も結局は無意味であった。九日には警察が踏み込み、フェルサンを逮捕してしまうからである。拘留されたフェルサンは精神科医による診察を受け、医療刑務所へ移送された。「ル・マタン」紙によれば、フェルサンは精神病、アルコール中毒、さらには癲癇持ちであり、これらはいずれも遺伝したものだという。幼い頃にひどい発作を起こしたために脳に障害が残り、虚言癖がついた。また転校を繰り返したために道徳教育が不十分であり、善悪の区別がつかないというのである。一方、「ル・プティ・パリジャン」紙の主張は真逆と言ってよく、フェルサンは「目立ちたがり屋のボードレール気取り」に過ぎず、必要なのは治療ではなく更生であった。

実際のところ、フェルサンが北フランスの医療刑務所で受けていたのは、複数の性病の治療であった。国立公文書管理局の記録によれば、疥癬、淋病、潰瘍の症状があった。これらはすべてが黒弥撒の置き土産というわけではない。フェルサン自身の証言を信ずるならば、街頭や公園に立つ少年たちの味を彼に教えたのは兵役時代の仲間であったし、ほんの子供のときから好色な文学を愛好し耳年増になっていた彼に実践的な知識を与えたのは、寄宿舎の先輩たちであったという。

ところで翌年出版することになる詩集『埋もれた愛』の原稿をここで書いていることからも、医療刑務所への移送が、厳しい環境での拘禁を避けるための方便でもあったことは明らかであろう。『埋もれた愛』所収の詩の大部分は、婚約破棄となったブランシュに宛てられたものと思われる。

十月にはサンテ刑務所へ移送され、いよいよ判事と対峙した。そこには共犯者ド・ワーレンの姿もあった。逃亡に疲れたド・ワーレンは自首し、同じくサンテ刑務所に収監されていたのである。正式な裁判は十一月二十八日に始まり、十二月三日に終わった。結果、未成年者に対する放蕩の教唆については有罪であったが、風俗紊乱の罪には問われなかった。フェルサンはすでに五か月にわたって服役していたので、即日釈放されている。

この比較的軽い刑罰は、黒弥撒事件に関与した有力者を守るための方策であったとも考えられる。被害者として列挙された少年はルルをはじめ六名に過ぎず、これは実際よりもかなり少ない人数である。少年たちの多くは両親によって地方に「療養」にやられ、取り調べにも応じなかった。裁判も非公開であり、事件の詳細は闇に葬られたと言ってよい。だがこれをもって黒弥撒が忘却の彼方に沈んでゆくことを関係者が望んだのだとしたら、その思惑は外れたと言うほかない。フェルサンの逮捕から連日のように書かれた夥しい記事によってこの事件はすでに多くの人々の心に刻みつけられていた。フェルサンが今日まである程度の知名度を保っているのも、作家としてではなく、黒弥撒事件の首謀者としての資格によるのである。

例えば一九〇四年には、ポルノグラフィー作家のアルフォンス・ガレーによって、早くもフェルサンの伝記小説『ジャック男爵回想録』が書かれている。「ラガイユ博士」の変名で書かれたこのでっち上げの伝記では、フェルサンはオスカー・ワイルド、ピエール・ロティ、ジャン・ロランの愛人であり、幼時に母親に犯された心の傷を癒すために、その母親の頭蓋骨の上で少年たちに狼藉を働くのである。作中のフェルサンは最終的に北フランスの医療刑務所で肛門の手術を受けるが、その失敗によって命を落とす。

もちろん、フェルサンの事件はこのような二束三文の駄文にのみ素材を提供したわけではない。ピエール・ルイス、ポール・レオトー、マルセル・シュオッブ、ロラン・タイラードなどの文学者も、様々な機会にフェルサンに言及しているのである。またマルセル・プルーストは、とある夫人のサロンに居合わせたポール・エルヴューがフェルサンに対する呪詛を口にすると、人間には誰しも自分の愛したい人間を愛する権利があるのではないか、と同情の余地があることを訴えた。シャルル＝ルイ・フィリップやアルフレッド・ジャリも、それぞれにフェルサンを擁護している。

当時、黒弥撒事件について最も興奮した様子で語ったのはジャン・ロランであろう。『リリアン卿』の登場人物ジャン・ダルザスのモデルともなっているロランは、高踏派の影響を受け、ダンディズムを信奉する詩人、小説家であった。同性愛者であることを公言し、退廃的な作風で知られるが、今日では愛読者は多くない。ロランはむしろ、文学史上ではマルセル・プルーストとの決闘事件で知られている。ロランはプルーストの最初の作品集『楽しみと日々』を繰り返し罵倒し、さらに作者の同性愛についても当てこすったのである。決闘はパリ郊外のムードンの森で拳銃を使って行われ、双方怪我なしで終わっている。

さてロランは死後に出版された評論集『ペレアストル——文学の毒』のなかで、文学における様々な「悪趣味」をこきおろしている。ペレアストルというのはロランの造語で、ドビュッシーのオペラ「ペレアスとメリザンド」を観にゆくような俗物、というほどの意味である。そこにはフェルサンと『リリアン卿』に関する一節もあるが、ロランはまるで自分の目で見てきたかのように「黒弥撒」の内容を語っている（もちろん、彼が実際にその場にいた可能性もある）。そして、フェル

ジャン・ロラン

サンは哀れな俗物に過ぎず、ユイスマンスやジル・ド・レ、それにモンテスパン侯爵夫人やラ・ヴォワザンと結託して黒弥撒を行ったギブール神父を気取るなど馬鹿げている、と容赦ない。そもそもロランに言わせれば、プロテスタントであるフェルサンがカトリックの儀式である弥撒を模倣することと自体が子供じみているということになる。

フェルサンとロランは何度も顔を合わせており、仲間内では友人同士と思われていたが、実際にはまるで相容れぬ志向と趣味の持ち主だったようである。同性への関心のあり方もまるで異なり、フェルサンが美しい少年たちとの親密なつきあいを愛するウラニアンであったのに対し、ロランの理想は筋骨隆々の水兵であった。ロランの著作からの証言に戻れば、フェルサンの主催した黒弥撒はその実、文芸サロンで催されるような仮装舞踏会と大差なく、最も驚くべき出来事といっても、せいぜい絹の金紗で裸身を覆った少年が熊の毛皮の上に寝そべり、象牙で作った髑髏に腕を預けている、という程度のものであったという。

だが、いくら世論が騒がしいとは言っても、それだけのことで投獄の憂き目にあうものだろうか。フェルサンについて綿密な調査を重ね、小説『カプリ島への追放』(一九五九)をものしたロジェ・ペイルフィットの考えは異なっている。ペイルフィットは作家であると共に外交官であり、同性愛者の権利擁護にも熱心であったが、後年に発表した自伝『秘密のおしゃべり』のなかで、遺族を慮って小説には書き込まなかったとして、次のような「真相」を明らかにしている。それによると、黒弥撒に参加した少年たちは彫像のふりをすることから解放されると、疲れを癒すために浴室へ向かう。するとフェルサンが矢庭に乱入し、少年に組みつくと、手を使って射精させたのだという。

またフェルサンの罪状には、裸体の少年たちの写真を保持していたことも含まれている。これについてフェルサン自身は、それらの写真は芸術品であり、芸術品を自宅に飾ることは罪ではない、とまったく物怖じせずに開き直っている。

共犯者ド・ワーレン側の調書を組み合わせると、一連の事件の輪郭はもうすこしはっきりする。主にカルノ校の近くのモンソー公園で少年たちを物色し、フェルサンに紹介していたのは、ド・ワーレンのほうであった。少年たちは軽食や焼き菓子、リキュールなどを振る舞われ、詩について語らった後、フェルサン自慢の愛車でドライブをする。少年たちの内で黒弥撒に参加した者は一握りで、たいては一人か二人ずつ、ド・ワーレンの家に招かれた。そこでフェルサンも混じって自慰を見せ合い、ときには男たちによって口淫されたのである。フェルサンのお気に入りであったらしいアダルベール・クロワゼ・ド・プルスレは証言に応じた数少ない少年の一人だが、フェルサンは「蒐集」と称してアダルベールの性器をスケッチしたり、その寸法を精確に測ったりもしたという。

ところでアダルベールには二人の兄弟があり、彼らもド・ワーレンの家に出入りしていた。息子たちの変化に気づいた父親は真相を知ると激怒し、すぐにフェルサンたちを逮捕しなければ自分の手で殺すつもりだ、と警察に駆け込んだ。有力者が関与する醜聞という扱いにくい事件に対して警察が比較的迅速に動いた背景には、この父親の剣幕も大いに関係していたのだろう。

**カプリ島という楽園**

さて釈放されたフェルサンは、かつての婚約者を訪ねるも門前払いにされ、植民地の部隊に入ろうとするも前科を理由に断られ、スウェーデンの親戚方に身を寄せようとするも眉を顰められる、という具合で、すっかり四面楚歌になっていた。相変わらず息子に盲目的な愛情を注いでいたのは母親だけであった。「いつまで息子を責めるのですか、子供の悪戯ではありませんか！」と警察に怒鳴り込んだというから驚くではないか。

フェルサンはこの時期、自殺を考えていたという話もあるが、これは怪しいものである。むしろ、自分はもはやフランスにはいられないこと、そして知人や親戚がいては、かえって自由に生きられないということを冷静に分析し、次なる拠点を探しはじめていたのだろう。

そして選ばれたのがカプリ島であった。檸檬を産し、青の洞窟を擁する風光明媚なナポリ沖のこの島は、かつてローマ皇帝ティベリウスが隠棲し、首都の政治を動かしながら淫欲に耽ったという伝説で知られている。一七七六年には、アルクイユ事件、マルセイユ事件という二つの醜聞と投獄・脱獄を経て、妻の妹であるローネー嬢を伴って逃亡旅行に出ていたあのサド侯爵が、この島に立ち寄っている。また一八九六年には、恋人オスカー・ワイルドの投獄を受けて、アルフレッド・ダグラスもこの島で生活している。このような島の来歴が、フェルサンを惹きつけないはずがなかった。

それに当時においても、カプリ島は母国を捨てた放浪者や、自由を求める芸術家たちにとって聖域とも言うべき場所であった。ドイツの実業家クルップがこの島で秘密結社を組織し、青年たちと快楽に耽ったという醜聞のために自殺に追い込まれたのは一九〇二年のことである。つまりカプリ島へ行けば、同好の士に事欠かないことをフェルサンは知っていた。少年時代には、この島で家族

Mai 1882.
TEICH HANFSTAENGL
KONIGL. SÄCHS HOFPHOTOGRAPH
Ostra Allee Stall Str. 1.
DRESDEN.

クルップ夫妻

オスカー・ワイルドとアルフレッド・ダグラス

で休暇を過ごしたことも何度かあり、土地勘もあった。

ティベリウス帝の宮殿趾を見下ろす丘に土地を購入したフェルサンは、リシス館と呼ばれることになる邸宅の着工を見届けると、友人たちと東洋への旅に出る。主に滞在したのはセイロン島であった。この旅のさなかに、一九〇五年に出版することになる『リリアン卿』の大部分を書き、さらにはヒンズーの教義を探求しながら阿片の引き起こす幻想を描く『瞑目微笑』（一九一二）の稿を起こしたのである。旅はそこからシンガポール、香港、上海、北京、日本、ハワイ、そしてアメリカ本土へと続いた。

カプリ島へ戻ったフェルサンは、リシス館の完成を待ちながら別の邸宅を借りて住んだ。仮住まいとはいえ調度はすっかりフェルサンの好みに仕立てられ、館は蘭の花、香水、宝石、黒檀の家具、様々な銅像、それに旅行鞄いっぱいの阿片で溢れかえっていたという。地元の美少年が三人、従僕として雇い入れられた。

ところがその頃、リシス館の工事中に事故があり、職人が命を落としてしまう。かねてよりフェルサンの胡散臭さに冷たい視線を向けていた島民が不満を露わにするようになると、フェルサンはローマに逃げた。そしてここで、生涯の恋人となるニーノ・チェサリーニ（一八八九〜一九四三）と出会うのである。当時まだ十四歳であったニーノに心奪われたフェルサンは、両親にニーノを秘書として雇いたいと申し入れ、カプリ島へ連れ帰った。島民が二人を歓迎したとは考えにくい。事故の件を彼らはまだ忘れていなかったし、フェルサンと妙な関係にあるらしい少年がカプリの人間ではなくローマ出身であることも、よい印象を与えなかっただろう。

しかしすぐにまた旅に出た二人には、風評など気にならなかった。シチリアやタオルミーナをめぐる旅のさなかに、フェルサンは一九〇七年に発表することになる小説『青年』や『ナルキッソスの口づけ』を書く。『青年』はニーノという名の十六歳の神学校の生徒と恋に落ちる二十三歳の画家、ジェレーヌの物語である。ジェレーヌの邪魔をするのはやはりニーノに恋い焦がれている神父セラフィーノ。しかしニーノ自身は少女ミカエラに恋をしている。この四角関係は結局、ミカエラの死によって、ニーノが僧になる決心をするところで終わる。言うまでもなくこの作品は、フェルサンが新しい恋人に捧げたものである。一方『ナルキッソスの口づけ』のほうは、古代世界の幻想に溺れてゆく主人公ミレスの泥濘のような思索をたどるもので、文学的に成功しているとは言い難いが、同性愛や異性装を扱った小説をものした先駆的な作家であるラシルド(一八六〇～一九五三)は、これをゴンクール賞にも値する傑作と呼んでいる。

一九〇五年七月、ついにリシス館が落成する。定礎石には、「一九〇五年、ジャック・ダデルスワル＝フェルサン伯、この館を築き、愛の瑞々しさに捧げり」と刻まれた。フェルサンは伯爵ではなく男爵であり、そもそもダデルスワル＝フェルサンなる家名も存在しないのだから、リシス館はまさにフェルサンの幻想を具現化した「理想宮」ということになるだろう。だがすっかり旅行癖が身についているフェルサンは落ち着かない。原稿を書き継ぎ、出版にかかる事務処理をこなしながら、パリへ、オックスフォードへ出かけ、再び中国へと長い旅に出た。一九〇七年に島へ帰る頃には、行く先々で蒐めた阿片吸引用のパイプは三百を超えていたという。

十七歳になったニーノは、いよいよ成熟した美を具えるようになっていた。フェルサンは様々な芸術家を島へ招き、少年の姿を永遠に留めようとした。ブルネレスキ（一八七九～一九四九）は肖像画を、イェラーチェ（一八五四～一九三七）は銅像を制作した。銅像の素案になった写真を撮影したのは、ヴィルヘルム・フォン・グレーデン男爵（一八五六～一九三一）と、その従兄のヴィルヘルム・プリュショー（一八五二～一九三〇）である。この二人のヴィルヘルムは、古代世界の住人に扮した少年の裸体を撮影した作品を多く残した芸術写真家であり、同好の士であるフェルサンとは親しく交流していた。また、ミュンヘン分離派の指導的立場にありながら同性愛の醜聞でドイツを逐われたパウル・ヘッケル（一八五四～一九一〇）も、まさにギリシャの少年らしい佇まいを見せるニーノの肖像を描いている。

芸術家たちは、依頼を受けたこととは無関係に、純粋にニーノの美しさに酔いしれていたようだ。むろんこれは、芸術家に限った話でも、同性に限った話でもない。フェルサンと訪れる様々な都市で、ニーノはしばしば注目を浴びた。とくにヴェネツィアではアントコルスキーというロシア婦人がすっかりニーノに参ってしまい、カプリ島まで追いかけてきて誘惑する始末だった。このようなことがあるたびにフェルサンは自尊心をくすぐられたが、それは当然ながら嫉妬と背中合わせでもあった。詩集『マルシュアスかく唄いき』（一九〇七）は、ニーノが自分を捨てて去ってゆくのではないかという恐怖を歌った激情的な作品である。

フェルサンが次に発表した小説『そして炎は海に消え……』（一九〇七）は、少なくともカプリ島では物議を醸すことになる。若い彫刻家マレーヌを主人公とする物語には、島で活動する実在の芸術家や貴族たちの退廃的な生活が、当人にはすぐにそれとわかる形であからさまに描きこまれて

フォン・グレーデン男爵

ヴィルヘルム・プリュショー

いたのである。出版の差し止めや、フェルサンをカプリ島から追放しようという動きも出た。

だがフェルサンは気にかける様子もなく、ナポリなどから少年たちを招いては、リシス館でひねもす阿片に溺れていた。館には相変わらずプリュショーも出入りしており、少年たちを被写体に撮影を行っている。島内ではリシス館はすっかり魔窟として知られるようになり、良識ある大人たちは決してそこへ近づかぬよう子供を諭したという。

しかしフェルサンがニーノの二十歳の誕生日を祝うために企画した野外での芝居は、少々行き過ぎであった。古代信仰の太陽神ミトラスの兵士に扮したニーノに、皇帝ティベリウスや神官になりきった仲間たちが加わり、洞窟の外で篝火を焚いて、大騒ぎに興じたのである。締めくくりは、奴隷役を演じるスリランカ人の少年たちによる、ニーノの尻への鞭打ちであった。

香草を採りにきていた島民の通報で、この乱痴気騒ぎは警察の知るところとなった。フェルサンを追放するまたとない機会である。しかし実業家クルップの事件のときのように、島に記者が大挙して押しかけるような事態は避けたい。そこでフェルサンの妹、ジェルメーヌと結婚していたナポリの議員、ブグナーノ侯爵が仲介役となった。フェルサンを呼び出した侯爵の提案は単純であった。自らイタリアを出国するか、さもなければ強制的に追放されるか、というのである。フェルサンが前者を選んだことは言うまでもない。こうして一九〇九年十一月、放蕩息子はパリに帰還した。

楽園からの追放をフェルサンがどれほど気に病んだかは知る由もないが、少なくとも雑誌の仕事に集中することで、すこしは気が紛れたことだろう。雑誌というのは、フェルサン自身が一九〇九年一月に創刊した「アカデモ——自由芸術と批評の月刊誌」のことである。この事業は、フェルサンが旅の途次で出会ったドイツの出版人たちの影響を色濃く受けていると思われる。当時ドイツではすでに世界初のゲイ雑誌と言われるアドルフ・ブランドの「アイゲネ」や、マグヌス・ヒルシュフェルトの「中間性年鑑」が創刊されていた。フェルサンもこれらに次ぐ、先端的な雑誌を創ろうと望んだのである。

十二号まで続くことになるこの雑誌は、小説、詩、戯曲、評論などあらゆる文章を掲載したが、モーリス・バレス、アシル・エセバク、アナトール・フランス、コレット、ピエール・ロティ、モーリス・メーテルリンク、ロベール・ド・モンテスキューなど錚々たる寄稿者を得た。編集方針は自由を旨とし、ギリシャへの回帰や、ラテン世界の純粋さが謳われた。反対に敵視されたのは卑俗、偽善、反啓蒙主義と、あらゆる醜悪なものである。同時代の芸術の動向や社会の出来事、とりわけ同性愛に関わる事象にも大きな注意が払われている。

だがフェルサンがパリに居を移してわずか二か月で、「アカデモ」は廃刊に追い込まれてしまう。購読者があまりに少なく、莫大な赤字が出ていたためである。捲土重来の機を窺いながら、フェルサンは雑誌に関わった仲間たちと週末ごとに酒場へ繰り出しては浴びるように飲んだ。店主や居合わせた客との喧嘩はしょっちゅうで、警察が呼ばれることも再三であった。さらには交通事故を起こして新聞沙汰にまでなっている。結局、居心地が悪くなったのか、フェルサンは再び東洋への旅に出た。

この旅は断続的に続き、一九一一年九月、ニーノが兵役から解放されると、二人は改めて地中海から東洋をめぐった。南仏ニースへ戻ったのは一九一二年の春である。その間、詩集『パラディンヤ』（一九一一）を出し、初めて東洋を訪れたときから書き継いでいた『瞑目微笑』も完成させた。

翌年、フェルサンのもとに朗報が届く。ときの首相ルイージ・ルッツァッティに捧げた長詩が功を奏したのか、カプリ島へ戻る許可が出たのである。振り返ってみれば、わずか四年間の「追放」であった。

## 死に至る退廃

一九一四年、大戦が幕を開けると、軍部はフェルサンに出頭を命じた。だが骨がらみの薬物中毒者が戦場を駆けられるはずもない。病院で阿片中毒の治療を始めるも、結果としては禁断症状を緩和するために覚えたコカインに溺れただけであった。軍務不適格の烙印を喜んで受け入れたフェルサンは、リシス館へ戻って執筆と薬物摂取に精を出した。最後の詩集となる『黒香《ヘイシャン》』（一九二一）は、作家晩年の生活にふさわしく、ほぼ全篇にわたって阿片を歌っている。

だがフェルサンには最後の出会いが待っていた。公証人の息子で、両親と共にカプリ島で休暇を過ごしていた十五歳のコラード・アンニチェッリ（一九〇五～一九八四）である。意外と言うべきか、少年の両親はフェルサンが息子に近づくことを嫌がらなかったようだ。フェルサンは多くの芸術家と親交のある名士であったし、コラードにとって理想的なフランス語の教師でもあった。

すでに四十歳になっていたフェルサンにとって、コラードは『ヴェニスに死す』の老作家アッシェンバッハにとってのタッジオのような存在であったのだろうか。だが、どうもコラードはそんなに無垢な少年でもなかったらしい。「小さなファウヌス」と呼ばれ愛された彼はすぐに、何かとフェルサンを焦らしては楽しむ小悪魔へと成長した。フェルサンは若い恋人を連れ、請われるままにイタリア中を案内し、詩を書いては捧げた。生前は刊行されることのなかった連作詩篇「小さなファウナのための九日間の祈禱」はその代表的なものである。

コラードは確かにフェルサンを愛したが、その薬物乱用には辟易していたようだ。実際、この頃にはフェルサンの健康状態はきわめて悪化していた。一九二三年、休暇の終わるコラードをソレントの自宅に送り届けた帰りに、フェルサンは離婚してトリノ近郊で暮していた妹のジェルメーヌを訪ねている。ジェルメーヌは兄を一目見て死の気配を感じたという。

十月になると、フェルサン自身も死期が迫っていることを悟っていた。学期中ではあるが、フェルサンはソレントへ出向いてコラードを連れ出すと、シチリア島のフォン・グレーデン男爵を訪ねている。恐らくコラードの姿が永遠に写真に焼きつけられたところを確認しなければ、死んでも死に切れないと思ったのだろう。次いでフェルサンは体を引きずるようにしてナポリまで行き、コラードとエクセルシオール・ホテルに宿をとった。ここでコカインを売ってもらう手筈になっていたのである。

翌朝、ニーノが二人を迎えにやってきた。カプリへ帰りつくと、三人は晩餐をしたためた。そして、その直後、フェルサンは事切れたのである。死因はシャンパンに溶かしたコカインの過剰摂取であった。自殺であったという見方が優勢だが、真相は定かではない。その夜、カプリ島は嵐となり、十二時間も激しい雷雨が続いたという。

死亡診断書に署名した医師は、死因を心臓麻痺と記録している。ところが妹ジェルメーヌと母親は、新しい恋人に嫉妬したニーノによる毒殺であったと吹聴してまわったのである。遺産がニーノに流れないための苦肉の策であった。しかし再度の解剖に付しても、毒殺の証拠は何も出なかった。結局フェルサンの亡骸はローマで火葬され、カプリ島の丘に広がる墓地に葬られた。

法定相続人は母ルイーズだったが、毒殺を証明できなかった以上、息子の遺言を守る義務があった。これにより長年の恋人であったニーノは、フェルサンの家業である製鉄会社の株と、銀行口座にあった残高、そしてイシス館に残っていた現金を相続した。館そのものはジェルメーヌが相続したが、ニーノにはこの館で生活する権利と、第三者に賃貸する権利とが与えられた。ルイーズも充分な遺産を手にしたものの、ニーノへの遺産の多さにはやはり納得できず、後には裁判を起こすなどしている。

ニーノは後年、ジェルメーヌに二十万リラでリシス館の権利を売却すると、フェルサンの一家との縁を切った。ローマへ戻ってからは新聞の売店や酒場を経営していたが、五十代で病没した。一方、コラードは俳優として大成し、七十八年の生涯を全うした。

## リリアン卿とその時代

フェルサンの代表作である『リリアン卿』（一九〇五）は、作者の名を歴史に刻みつけることになる黒弥撒事件という実際の出来事を着地点としながらも、傲慢かつ繊細、孤独かつ優美な青年貴族リリアン卿の、架空の伝記という体裁をとっている。主人公は冒頭、酒と阿片に酔う好事家たちの集まりにさっそく鮮烈な登場を見せるが、第二章から読者はリリアン卿の生涯を時系列に沿って

コラード・アンニチェッリ

追いかけることになる。

スコットランドに居城を構えるリリアン卿ことレノルド・ハワード・イヴリン・モンローズの先祖は十五世紀にノルウェーから渡ってきた。累代の武勲により王家の覚えもめでたい、由緒正しい一族の末裔が、我らが主人公たる伯爵である。しかしリリアン卿の幼少期は幸福とは言い難い。母の記憶はほとんどなく、妻を喪って以来すっかり塞ぎがちな父親とは心が通わない。彼を慰めるのはスコットランドの大自然と、大貴族としての誇りのみである。ところが十五歳のときに父親が死ぬと、事態は一変する。孤独には慣れている。莫大な遺産を相続したことも、驚くには当たらない。問題は、封印されていた母の寝室で、不倫の証拠を見つけたことである。聖母のような母の幻想は崩れ去り、行き場を失った愛は、自らに向けて注がれるようになる。おりしも春の目覚めを迎えたリリアン卿は、あたかもナルキッソスに生れ変わったかのように、鏡に写る自身の姿に夢中になる。

この鏡の檻からリリアン卿を外の世界に連れ出したのが、流行作家ハロルド・スキルドであった。少年の美と資質に魅了されたスキルドは戯曲「ナルキッソス」を書き、リリアン卿はカーディフ公爵の邸に設えられた劇場で俳優として舞台を踏む。つまりリリアン卿はもはや私的なナルキッソスではなく、公的なナルキッソスとなったのだ。

芝居を観た人々はたちまち神話の世界から抜け出してきたような美少年の虜となった。わけてもレディー・クラグソンはすっかり血道をあげ、少年に夜這いをかける。スキルドからも肉体的な官能を教え込まれたばかりであったリリアン卿は、瞬く間に性の垣根を超えた快楽を我が物とし、その経験によりさらに自己愛を膨張させる。

次いでリリアン卿は、スキルドと共にギリシャの島々やマルタ島を巡る旅に出る。最初のうちこそ、数少ない幼友達であり、ほのかな初恋の相手であったイーディス嬢の思い出が蜃気楼のように浮かぶが、その土地土地の美しい娘を観察したり、売春宿での一夜の快楽に溺れるうちに、無垢な時代の思い出は遠くなる。そしてアテネ近郊のピレウスにたどり着いたとき、レディー・クラグソンと再会するのである。

スキルドは早速、異端の神々の行進を思わせるような、壮大で贅を尽くした演し物を企画する。むろん、中央に坐すのは輝くような裸身をわずかな宝石類で覆ったリリアン卿である。その神々しさにレディー・クラグソンは再び取り乱し、本番中に口づけを懇願する。しかし演技に熱中しているリリアン卿がにべもなく拒絶すると、レディー・クラグソンは自らの胸に小刀を突き立てて息絶えるのである。

次の場面では、リリアン卿は悪友たちと徒党を組んでロンドンの街を闊歩している。愉しみと言えば噂話と娼館通いである。だがそこへ、スキルド逮捕の知らせが届く。リリアン卿は嫉妬深いスキルドに嫌気がさして、すでに袂を分かっていたのである。自分にも司直の手が伸びることを警戒して、リリアン卿はヴェネツィアに移る。

ここで物語の時間軸は第一章に接続する。ヴェネツィアにもスキルドの獄中からの手紙が追いかけてくるが、リリアン卿は冷淡である。ジャン・ダルザス、スコティエフ皇子、デッラ・ロッビア、デルスランジュなどと折々に恋の鞘当てを演じながら、ときに滑稽な遊びに耽るリリアン卿は、人生に退屈しきっている。そんな状況に救いをもたらすかと思われたのが、スウェーデンからやってきたアクセル・アンゼンであった。だがこの腺病質の青年は、リリアン卿と愛を誓い合って間もなく死んでしまうのである。絶望したリリアン卿はスコットランドへ帰郷し、偉大な先祖たちの肖像に見下ろされながら、無為に過ぎたこれまでの人生を悔いる。

とはいえパリに移ったリリアン卿は再び快楽の渦に飲み込まれ、同性愛者の集まる食堂を根城に、悪魔主義を論じるなど勝手気ままである。そしてついに、十代の少年たちとも関係を持つようになる。ところが、老い衰えて絶望に打ちひしがれるスキルドと再会すると、またしても心が揺らぐ。一度は無視したスキルドに面会しようと決意するが、一足違いでスキルドは息を引き取る。

一方、怪しげな人士と少年たちが集まるリリアン卿のアパルトマンには、すでに警察が目をつけている。しかしリリアン卿は、若い良家の娘に恋をしたことをきっかけに、突如としてそれまでの放埒な生活から足を洗うのである。庭園の礼拝堂で密かに愛を誓ったリリアン卿は、初めて幸福を意識する。

だが運命はそれを許さなかった。ある日、婚約者のもとから帰ったリリアン卿を待っていたのは、少年たちのうちで最も親密だったアンドレ・ラゼスキーである。自分を捨てないでくれと懇願する少年を、リリアン卿は苦しみながらも拒絶する。少年は逆上して銃を抜く。無理心中である。リリアン卿は少年を赦す。そして自分の罪に怯えながら、困惑のうちに息を引き取ろうとする……。

以上のように『リリアン卿』の筋書きは螺旋的であり、しかも上昇よりは下降してゆく傾向にある。リリアン卿は呪われたナルキッソス、アドニス、あるいはヘリオガバルスとして常に愛を投げかける先を求めており、それを見つけたと思っては見失うことを繰り返す。俳優という職業、演技という行為への度重なる言及、鏡という小道具の多用、それにヴェネツィアという仮面の都市への強烈な憧れは、いずれもこのリリアン卿の反射する自己愛を象徴するようである。

また、作品を貫くギリシャ的なものへの執着も無視できない。神話からの引用や、実際にギリシャの島々を訪れていることについては言うまでもないが、『リリアン卿』が登場人物の間の対話に非常な重きを置いていることも注目に値するだろう。焦点こそ快楽に絞られているが、愛情や芸術、文明に関する考察と批評は、プラトン以来のギリシャ哲学の営みを引き継いでいると言ってよい。付け加えるならば、作中でスキルドがものしたことになっている戯曲「リシス」は『友愛について』として知られるプラトンの対話篇『リュシス』、およびその主人公である美少年と同名である。これは、フェルサンがカプリ島の自邸につけた名でもある。また、フェルサンが創刊した雑誌「アカデモ」が、ギリシャの学問の守護聖人ともいうべき英雄アカデモスの名をとったものであることも忘れてはなるまい。

フェルサンのギリシャ的な知性への関心は、当然ながら自身の同性愛、少年愛の問題とも深く関わっていただろう。この問題は、むろんリリアン卿の言動を通して様々に表明されている。だがリリアン卿の主張は、とうてい一貫しているとは言えないのである。理想としては、リリアン卿にとっての同性愛とはギリシャ的な、年少の少年との関係を指す。それを自然に反するものとして糾弾するのは近代の奢りであり、本来、同性愛は女性との肉欲的な愛よりも高次に属するものである。しかしその一方で、同性愛はまた異性との恋の前には簡単に揺らいでしまうものでもある。そうなると同性愛は一気にその美を失い、病的な精神の罪に堕してしまう。

現在のリシス館　© Gerd Fahrenhorst

このような矛盾に満ちた同性愛観は、フェルサンの実感というよりも、個人の感情や現代社会のなかで同性愛はどのように位置づけられ得るのか、という思考実験であるとも思われる。リリアン卿はまだあどけない時分にスキルドによって半ば強制的に同性愛の世界の扉をこじ開けられたが、そのまえには幼馴染イーディスとの恋もあり、愛の対象は決してどちらかの性に限定されているわけではない。また愛のあり方にしても、一対一の関係だけが措定されているわけではなく、リリアン卿は男女を問わず居並ぶ快楽主義者たちから崇拝されることに最大の悦びを見出し、かつ自身も複数の少年たちに愛を注いだのである。したがってリリアン卿をめぐる愛の問題は同性愛の概念に回収され得るものではなく、むしろ全性愛の枠組みのなかで論じられるべきものであろう。

一説によれば、フェルサンは「カイロネイア騎士団」という秘密結社に所属していたという。組織の名は、友情と愛情で結ばれた三百人の精鋭の兵士たちからなる「神聖隊」が、マケドニアのピリッポス二世に滅ぼされた「カイロネイアの戦い」から取られている。結社を創設したのはイギリスの詩人で同性愛者のジョージ・セシル・アイヴス（一八六七～一九五〇）である。アイヴスは詩業のほかに、ギリシャ・ローマ文明における少年愛文化の研究者でもあり、英国性愛心理学協会の創設者でもある。結社の目的は明快で、同性愛者に対する弾圧に幕を引くことであった。

フェルサンもまたその作品や雑誌「アカデモ」の仕事を通して、同性愛についての、あるいは同性愛者による表現活動を奨励していたことは、近代の文学者の姿勢として評価されるべきであろう。訳注でもとりあげたように、『リリアン卿』が書かれたのは同性愛に対する締めつけが強くなっていた時期であり、同性愛者の集まる飲食店などに警察が踏み込む例が後を絶たなかった。そのような事件が起こるたびに新聞各紙は嬉々としてフェルサンの起こした「黒弥撒事件」を蒸し返したが、それは結果として後続の小説作品などに霊感を与えることにもなった。

例えば一九〇四年三月二十一日の「ル・マタン」紙には「古代の狂宴」と題された特集記事が載ったが、そこで問題となったのは、アメリカ人画家アーネスト・ボルトンの住居で執り行われた、十六歳の少年とその年上の恋人との「結婚式」である。参列者に『リリアン卿』初版の表紙を描いたクロード・シンプソンがいたこともあって新聞はまたしてもフェルサンを糾弾したが、この事件はフランスの作家ビネ゠ヴァルメール（一八七五〜一九四〇）の代表作『リュシアン』（一九一〇）に素材を提供することとなった。この小説は、それまで主人公の死で終わることの多かった同性愛小説にはめずらしく、新天地で幸福な余生を送る「夫婦」の姿を描き、多くの版を重ねたのである。『リリアン卿』も、少なくとも三種の版が存在していることから、発表当時には少なからぬ読者を獲得したものと思われる。この作品は、端的に言えばフェルサンという一人の唯美主義者が、自らを美神のような大貴族リリアン卿に置き換え、オスカー・ワイルドのあからさまな戯画であるハロルド・スキルドと対置させることで、自らを理想化した幻想的な自伝である。主人公とスキルドの関係からは、フェルサンが実際には面識のなかった憧れの先達を、不遜にも乗り越えようとする野心も透けて見える。リリアン卿をアルフレッド・ダグラス卿の戯画と見ることも可能であろう。なおパリで刊行された初版本の表紙には、「恋には二人の敵がいる。偏見と、管理人である。」という句が、ワイルドの言葉として引用されている。ワイルドの作品を繰ってもこの言葉は見当たらないから、あるいは管理人の裏切りによって破滅する主人公の運命に合わせたフェルサンの遊び心でもあろう。事程さように、『リリアン卿』はオスカー・ワイルドを意識して書かれた作品であり、十九世紀末に事実上の終焉を迎えた、爛熟したヴィクトリア朝文化の産物である唯美主義の退廃の残り香を引き受けたアングロフィルたるフェルサンの、曼荼羅めいた自伝小説なのである。

作中に散りばめられた現実世界の「鍵」は枚挙に遑がない。ギー・ド・パヤンは共犯者のド・ワーレン、画家シニョンのモデルは鞭打たれる娼婦の姿などを好んで描いたエドゥアール・シモーである。また物語の終盤にやや唐突に登場する、名もない婚約者の少女が、自ら起こした事件によって破談となったモープー嬢の引き写しであることは容易に想像がつく。そしてしばしば敵対したジャン・ロランは、作中では常に不機嫌なジャン・ダルザスに置き換わっている。その他にも本文にはフェルサンの審美眼にかなった古今の詩人、作家、画家、社交界の人士、そして女優たちが、あるいは本名で、あるいは変名で登場している。しかし『リリアン卿』が、モデルの読み解きに終始してしまっては勿体ないだけの深みを有していることは言を俟たない。この小説は、現代において想像以上に忘却の淵に追いやられてしまっている美の追求者たちが、二十世紀初頭のめまぐるしい世界をいかに見つめていたかを読み解くための、重要な「鍵」でもあるはずなのだ。

本書は *Messes Noires. Lord Lyllian.* Montpellier: GKC-QuestionDeGenre, 2011 の全訳である。これは一九〇五年にパリで Léon Vanier/Albert Messein によって刊行された初版本を、装丁も含めて再現した普及版である。なお翻訳の精度を上げるため、初の英訳版である *Lord Lyllian: Black Masses.* Hanover, NH: Elysium Press, 2005 も参照した。ちなみに仏語版の書肆名にある GKC とはゲイ・キッチュ・

キャンプの頭文字であり、英語版の版元も、絶版になった二十世紀のゲイ文学の復刻に力を入れている出版社である。このこともフェルサン受容の一端を物語っており興味深い。

日本ではほとんど未知といってよいフェルサンだが、これらの書物の刊行も手伝ってか、欧米ではかなりの数の研究がある。二〇〇八年にはパトリシア・マルコズによる大部の博士論文「異教の復活――ジャック・ダデルスワル＝フェルサンの生涯と作品」がパリ大学に提出されており、いまなおフェルサン研究が前進しつつあることがわかる。なお既存の文献を詳細に整理し、フェルサンの生涯を考証した資料にウィル・オグリンクの「愛と嘆きの祭壇――ジャック・ダデルスワル＝フェルサン」があり、この解説でも大いに参考にしたことをお断りしておく。

最後に、本書の出版を快諾してくださった国書刊行会の清水範之氏と、編集作業にご尽力いただいた伊藤昂大氏に感謝したい。なお、本書の存在を訳者に示し、翻訳のきっかけを与えてくれたのはK女史である。その慧眼なくして本書は存在し得なかった。

二〇一六年十月　訳者識

**ジャック・ダデルスワル＝フェルサン**

パリ生れの作家、詩人（1880-1923）。製鉄業で財をなした男爵家の莫大な遺産を若くして相続する。かの有名なフェルセン伯爵の子孫を名乗り、世界を旅しながら創作を続けた。自宅に少年たちを招いて「黒ミサ」を行ったとして逮捕、事件をもとに代表作『リリアン卿』を執筆する。後半生はカプリ島に拠点を移し、恋人ニーノと共に過ごした。コカインの過剰摂取により死去、自殺と見られている。自らの作品のみならず、雑誌「アカデモ」の創刊を通じて同性愛の問題に正面から取り組んだ点では先駆的な文学者であった。

**大野露井（オオノ ロセイ）**

本名、ロベルト。1983年生れ、東京都出身。国際基督教大学卒、同大学院修了。博士（学術）。日本社会事業大学専任講師。専門は古典を中心とする日本文学、比較文化、文学理論。

# リリアン卿《きょう》――黒弥撤《くろみさ》

二〇一六年一〇月二五日　初版第一刷　印刷
二〇一六年一〇月三〇日　初版第一刷　発行

著者　ジャック・ダデルスワル＝フェルサン
訳者　大野露井

発行者　佐藤今朝夫
発行所　株式会社国書刊行会
〒一七四―〇〇五六
東京都板橋区志村一―一三―一五
電話　〇三（五九七〇）七四二一
FAX　〇三（五九七〇）七四二七
HP　http://www.kokusho.co.jp
E-mail　sales@kokusho.co.jp
印刷所　三松堂株式会社
製本所　株式会社ブックアート
装丁　柳川貴代
ISBN 978-4-336-06095-2

## マルセル・シュオッブ全集
大濱甫・多田智満子ほか訳

＊

近年大きな注目を受ける
世紀末の天才作家の作品を集大成
『架空の伝記』『少年十字軍』ほか
15000円

## 童貞王
カチュール・マンデス／中島廣子ほか訳

＊

狂王ルートヴィヒ2世と
音楽界の巨匠ワーグナー
耽美主義者と魔術師の聖なる物語
2800円

## 亡びざるもの
バルベー・ドールヴィイ／宮本孝正訳

＊

ワイルドが英訳を手掛けたことで
知られる、デカダン派巨匠の
極限の愛と愛の不可能性の物語
3200円

＊税別価格。改訂する場合もあります。